Ullstein Krimi

Ullstein Buch Nr. 10122
im Verlag Ullstein GmbH,
Frankfurt/M – Berlin – Wien
Titel der englischen
Originalausgabe:
You Can Say That Again
Übersetzt von Malte Krutzsch

Erstmals in deutscher Sprache

im Verlag Ullstein GmbH,
Frankfurt/M – Berlin – Wien

Ungekürzte Ausgabe

Umschlaggestaltung:
Herbert Göllnitz, Frankfurt
Umschlagfoto:
Sabine Reinhardt, Overath
Printed in Germany 1981
Gesamtherstellung:
Ebner Ulm
ISBN 3 548 10122 4

Oktober 1981

CIP-Kurztitelaufnahme
der Deutschen Bibliothek

Chase, James Hadley:
Ein Double für die Falle: Action-Thriller/
James Hadley Chase. [Übers. von Malte
Krutzsch]. – Ungekürzte Ausg. –
Frankfurt/M; Berlin; Wien: Ullstein, 1981.
(Ullstein-Buch; Nr. 10122:
Ullstein-Krimi)
Einheitssacht.: You can say that
again ‹dt.›
ISBN 3-548-10122-4
NE: GT

Vom selben Autor
in der Reihe der
Ullstein Bücher

Einmal Prag und zurück (1203)
Süßes Parfüm Gold (1285)
Der scharlachrote Mund (1346)
Jacht der Toten (1362)
Ein Grab voll roter Orchideen (1401)
Zahle oder stirb (1427)
Hurrikan der Leidenschaften (1743)
Rasthaus des Teufels (1751)
Plötzlich und unerwartet (1763)
Gemeingefährlich (1776)
Es tut nicht weh, Baby (1799)
Satan in Satin (1810)
Dame mit beschränkter Haftung (1822)
An einem Freitag um halb zwölf (1834)
Sei so gut und stirb (1846)
Geld stinkt nicht (1864)
Ein Schlummertrunk vom Boss (1876)
Bedarf gedeckt (1894)
Vier Asse auf einmal (1902)
Brillanten für die Bestie (1912)
Zu hoch hinaus (1930)
Der Schlächter von Dead End (1948)
Die Todespille (1966)
Gleich bist du eine Leiche (1974)
Geier sind geduldig (1984)
Hallo, ist da jemand? (10011)
Der Mann mit dem blauen
Gesicht (10034)
Cade (10046)
Leichen sind lästig (10058)
Einen Kopf kürzer (10079)
Nett wie ein Loch im Kopf (10085)
Gesucht wird Mallory (10101)
Jeff Barratts Ratten (10113)

James Hadley Chase

Ein Double für die Falle

Action-Thriller

Mit einem Nachwort
über James Hadley Chase
von Martin Compart

Herausgegeben
von Bernd Jost

Ullstein Krimi

1

Seit einer Woche hatte ich allein in meiner Mietwohnung gesessen, ins Leere gestarrt und gewartet. Ich hatte kein Bargeld mehr, und, was noch schlimmer war, keinen Kredit. Mein Rettungsanker in diesem Augenblick war das Telefon. Als es klingelte – zum erstenmal in sieben grausamen Tagen – brach ich mir fast ein Bein, um an den Hörer zu kommen.

»Die Sekretärin von Lu Prentz hier.«

»Hallo, Liz!« Ich war nicht umsonst gelernter Schauspieler. Ich ließ herzliche Freude in meine Stimme einfließen: kein verzweifelter Schrei aus der Not, sondern sanft, keine Panik, völlige Gelassenheit. »Fast hätten Sie mich verpaßt. Gerade wollte ich ausgehen.«

Ich wußte zwar, daß dieser lausige Dialog bei Liz Martin nicht ankam, aber ich wußte auch, sie würde mitspielen. Als Angestellte von Lu Prentz hatte sie zur Genüge gelernt, daß alle seine Klienten verzweifelt Arbeit suchten.

»Mr. Prentz möchte Sie dringend sprechen, Mr. Stevens«, sagte sie mir. »Kann er Sie erwarten?«

»Was heißt denn ›dringend‹?«

»Nach dem Essen. Um drei Uhr?«

Es gab eine Zeit, da hatte Lu Prentz bei einem kostspieligen, üppigen Essen Geschäftliches mit mir besprochen, aber das war irgendwo in dunkler Vergangenheit. Jetzt wollte er mich nur noch sehen, um mich daran zu erinnern, daß ich ihm fünfhundertunddrei Dollar schuldete.

»Sorgt er sich wegen meiner Schulden bei ihm, Liz?« fragte ich in meinem gelangweilten Ton. »Will er mich deswegen sprechen?«

»Es geht um einen Job, Mr. Stevens.«

»Ich werde um drei dort sein.«

Als ich auflegte, holte ich erst mal tief Atem. Mann, konnte ich einen Job gebrauchen! Irgendeinen gottverdammten Job!

Vor ein paar Jahren war ich als Filmbösewicht in Western erfolgreich gewesen. Dann sattelte ich um auf *den Freund, der nie das Mädchen kriegt,* reine Nebenrollen; von dort auf *den Burschen, der zu Anfang des Films erschossen wird*; dann auf Fünfzigsekundenaufnahmen als *der Typ, der mit drohender Miene herumsitzt*; danach nicht mehr viel: ein paar kleine Rollen, dann ein größerer Part in einer Fernsehserie, und jetzt hatte ich, wie es in der Branche heißt, eine Pause eingelegt.

Ich näherte mich den Vierzig: groß, gutaussehend, dunkelhaarig und geschieden. Meine liebevoll gepflegte Garderobe sah langsam etwas strapaziert aus. Ich steckte so tief im Graben, daß ich aus Angst, das Telefon alleinzulassen, nicht aus dem Haus ging, aß nicht mehr als einen Hamburger täglich, der mir gebracht wurde, hoffte aber immer noch auf die große Wende.

Lu Prentz war als letzte Zuflucht für die erfolglosen und alternden Schauspieler und Schauspielerinnen bekannt. Wenn keine der großen Agenturen, der nicht so großen und der kleinen Agenturen mehr Interesse zeigte, war Lu bereit, es zu versuchen. Oft meinte er mit seinem öligen Lächeln: *Wer weiß? Irgendein Traumtänzer könnte dich kaufen, und das sind Dollars auf meiner Bank.*

Um Lu Gerechtigkeit widerfahren zu lassen: Er hatte mir in den letzten sechs Monaten unter die Arme gegriffen, als mir das Wasser bis zum Hals stand. Er hatte mir den Kies mit der Erklärung überreicht, daß er Vertrauen zu mir hätte. Er sei überzeugt, ich würde ihm sein Geld zurückerstatten, inklusive fünfundzwanzig Prozent Zinsen. Als ich sein Geld annahm, stimmte ich ihm mit Freuden bei, fand aber doch, daß er ein Risiko einging. Ich hatte sogar meinen Wagen verkauft.

Aber wenn Liz sagte, es gebe einen Job, dann meinte sie das auch.

Liz Martin war eine welterfahrene Achtzehnjährige. Sie arbeitete seit drei Jahren für Lu. Wenn irgend jemand ein Herz aus Gold hatte, dann war sie es. Ich habe sie heulen sehen, als irgendeine klapprige alte Schauspielerin zu unsanft aus Lus schäbigem Büro befördert worden war.

Liz tippte gerade wie verrückt auf der Maschine, als ich in das winzige Zimmerchen kam, das als Empfangsraum diente. Ich zeigte ihr mein breites, freundliches Lächeln.

Liz war eine dünne kleine Blondine mit großen blauen Augen und von einer Anziehung, wie sie Spaniels haben: ein bißchen traurig, aber nach Zuneigung verlangend.

»Hi, Liz«, sagte ich, indem ich die Tür schloß. »Ist der Alligator schon vom Knochenknacken zurück?«

Sie nickte und wies auf Lus Tür.

»Gehen Sie gleich rein, Mr. Stevens, und viel Glück.«

Lu Prentz saß hinter seinem Schreibtisch, die dicken Hände auf die schmuddelige Schreibunterlage gestützt, dieAugen geschlossen. Der dunklen Röte auf seinem Gesicht nach hatte er auf Kosten von irgend jemand anderem den Pegel einer Scotchflasche gesenkt.

Lu war klein, untersetzt und zu fett. Mit beginnender Glatze und glattrasiert, wenn er also das Rasieren mal nicht vergaß, bot er das Bild eines mißratenen Onkels, der auf der Suche nach einem Dollar in die Heimat zurückkehrt. Er trug stets denselben abgewetzten blauen Anzug. Er begeisterte sich für handbemalte Krawatten mit Blumenmustern und für flaschengrüne Hemden. Erst als er die Augen aufschlug und mich ansah, erinnerte ich mich, daß er nicht nur auf Draht, nicht nur gerissen, sondern auch hart wie Kruppstahl war.

»Nehmen Sie Platz, Jerry«, sagte er mit einem Wink zum Besucherstuhl. »Ich glaube, es hat sich was ergeben, was Ihnen nützen könnte.«

Ich setzte mich vorsichtig hin, denn aus Erfahrung wußte ich, daß dieser Stuhl so bequem war wie die Eiserne Jungfrau, dazu bestimmt, Lus Klienten in der schnellstmöglichen Zeit loszuwerden.

»Gut schauen Sie aus, Lu«, sagte ich. »Lange nicht gesehen.«

»Lassen wir ruhig den billigen Filmschmus«, sagte er und stieß eine leisen Rülpser aus. »Hören Sie nur zu.« Er verdrehte die Augen, während er mich betrachtete. »Sie schulden mir fünfhundertunddrei Dollar.«

»Doch jetzt keine alten Geschichten, Lu. Was hat sich ergeben?«

»Ich erinnere Sie nur daran, damit Sie, wenn Sie diesen Job an Land ziehen, mir als erstes mein Geld zurückbezahlen.«

»Was für einen Job denn? Fernsehen?«

»Ich weiß nicht, was das für ein Job ist, aber mein Instinkt sagt mir, da könnte Geld drin sein.« Er tippte an seine Hakennase. »Immer vorausgesetzt, Sie kriegen den Auftrag.«

»Sie haben zuviel zu Mittag gegessen. Sie reden unzusammenhängendes Zeug.«

»Stehlen Sie nicht meine Zeit! Sie sollen zuhören!«

Also hörte ich zu.

Diesen Morgen um zehn, sagte er mir, war ein Mann, der sich Joseph Durant nannte, in das Büro gekommen. Der Mann hatte auf Lu großen Eindruck gemacht. Er war etwa fünfundvierzig Jahre alt, wohlgenährt, dunkel und elegant. Sein makelloser Anzug mußte viel Geld gekostet haben. Er trug schwarze Schuhe aus Eidechsenleder und eine Krawatte von Cardin. Diese Einzelheiten hatte Lu sich gemerkt. Das Äußere dieses Mannes strömte eine intensiven Duft nach Reichtum aus.

Mr. Durant sagte, er sei interessiert daran, einen stellungslosen Schauspieler zu engagieren. Er habe sich umgehört und erfahren, daß Mr. Prentz auf stellungslose Schauspieler spezialisiert sei.

Lu antwortete mit seinem öligen Lächeln, er habe auch viele andere Klienten, die beim Film und beim Fernsehen großes Geld verdienten.

Mr. Durant hatte diese offenkundige Lüge beiseite gewischt. Hätte Mr. Prentz wohl Fotos von diesen Schauspielern, die arbeitslos waren und einen Auftrag suchten?

Lu sagte, er hätte etwa vierhundert Fotos von hervorragenden Schauspielern, die unglücklicherweise zur Zeit pausierten.

»Ich werde mir diese Fotos ansehen«, sagte Durant.

»Nun ja, vierhundert . . . vielleicht können Sie mir ungefähr angeben, an was für einen Mann Sie dachten. Dann könnte ich die Daten durch meinen Computer (Liz Martin) laufen lassen. und Ihnen eine Auswahl anbieten.«

Durant nickte. »Ich brauche einen Mann zwischen fünfunddreißig und fünfundvierzig. Er muß mindestens einszweiundachtzig groß sein. Die Größe ist wichtig. Er sollte schlank sein: nicht mehr als achtzig Kilo. Er sollte Auto fahren können, reiten und gut schwimmen. Er muß ein gefälliges Temperament haben. Ich möchte keinen von diesen Schauspielerprotzen, die glauben, sie seien kleine Götter.«

Lu hatte nur fünf stellungslose Schauspieler in seinen Büchern, die ungefähr dieser Beschreibung entsprachen, und jeder davon hielt sich für einen ausgewachsenen Gott. Er machte viel Aufhebens von dem Vorlegen der Fotos, die Durant aufmerksam prüfte.

Lu zeigte mir sein öliges Lächeln.

»Sie hat er ausgewählt, Jerry. Er möchte Sie sehen, bevor er sich entschließt, Sie zu engagieren.«

»Wieso denn?« fragte ich. »Wer ist das denn? Ist er ein Talentsucher?«

»Das bezweifle ich.« Lu zuckte die Achseln. »Er war verschwiegen. Ich weiß aber, daß er nach Geld riecht, und das ist es doch, woran wir beide interessiert sind . . . stimmt's?«

»Das kann man wohl sagen«, antwortete ich erbittert.

»Okay. Heute abend also, um Punkt halb elf, werden Sie in die Halle des *Plaza Hotels* marschieren. Sie gehen dann zum Zeitungsstand und kaufen sich ein *Newsweek*. Dann gehen Sie in die Bar und bestellen sich einen trockenen Martini. Sie setzen sich an die Theke und blättern *Newsweek* durch. Sie wechseln ein paar Worte mit dem Barmann, trinken aus und kehren in die Halle zurück. Überstürzen Sie das alles nicht. Man wird Sie beobachten. Ihr Auftreten, Ihre Bewegungen und die Art Ihres Benehmens sind für Mr. Durant von Interesse. Sie setzen sich in die Hotelhalle. Wenn Sie Mr. Durant zufriedengestellt haben, tritt er an Sie heran. Sind Sie durchgefallen, tut er's nicht, und Sie gehen nach einer halben Stunde wieder heim und vergessen, daß es je passiert ist. Das wär's. Es liegt bei Ihnen.«

»Sie haben keine Ahnung, was er will?«

»Keine Ahnung.«

»Kein Wort über Geld?«

»Kein Wort über Geld. Das sind erst Probeaufnahmen. Es liegt bei Ihnen.«

Ich dachte darüber nach. Es kam mir komisch vor, aber es konnte sich als ein Job entpuppen.

»Er sieht nach Geld aus?«

»Er stinkt nach Geld.«

»Na, okay. Was hab' ich zu verlieren? Ich werde dort sein.« Lu setzte sein öliges Lächeln auf. »Gut. Und denken Sie daran, ein gefälliges Temperament. Der Bursche meint, was er sagt.«

»Gefälliges Temperament? Das bedeutet, ein Jasager.«

»Brav gedacht, Jerry. Das bedeutet es.«

»Angenommen, er engagiert mich? Was wird mit dem Geld? Übernehmen Sie diese Seite?«

Lus kleine Augen wurden kalt. »Wenn er von Geld redet, verweisen Sie ihn an mich. Ich bin doch Ihr Agent, oder nich'?«

»Müssen Sie sein. Sonst habe ich anscheinend keinen.« Ich zeigte ihm mein jungenhaftes Lächeln, minus Herzlichkeit. »Na, okay, ich werde dort sein.« Nach einigem Zögern setzte ich hinzu:

»Da ist noch eine Kleinigkeit, die wir regeln sollten, bevor ich Sie Ihren Bergen von Arbeit überlasse. Ich gehe ins Plaza. Ich kaufe ein *Newsweek*. Ich bestelle einen trockenen Martini . . . ja?«

Er musterte mich argwöhnisch.

»Das tun Sie.«

Ich zog mein jungenhaftes Lächeln in die Breite.

»Womit?«

Lu starrte mich an. »Ich kann Ihnen nicht folgen.«

»Sehen wir den schmutzigen Tatsachen ins Auge. Ich bin völlig blank. Ich mußte sogar zu Fuß in Ihr lausiges Büro kommen. Ich habe sogar meinen Wagen verkauft.«

Lu ruckte in seinem Sessel zurück. »Unmöglich! Ich habe Ihnen . . .«

»Das war vor sechs Monaten. Im Augenblick bin ich gerade einen Dollar und zwanzig Cent schwer.«

Er schloß die Augen und stieß einen leisen Seufzer aus. Ich konnte sehen, daß er mit sich kämpfte. Schließlich öffnete er die Augen und zog eine Zwanzigdollarnote aus einer vollgepackten Brieftasche und legte den Schein, als wäre es Porzellan aus der Ming-Zeit, auf seinen Schreibtisch.

Als ich nach dem Schein griff, sagte er: »Sie sollten sich diesen Job holen, Jerry. Das ist das letztemal, daß ich Ihnen aushelfe. Falls Sie den Job nicht kriegen, lassen Sie sich in meinem Büro nie wieder blicken. Ist das klar?«

Ich stopfte den Schein in meine leere Brieftasche.

»Ich hab' schon immer gewußt, daß Sie ein Herz aus Gold haben, Lu«, sagte ich. »Dereinst werd' ich meinen Enkelkindern von Ihrer Großzügigkeit erzählen. Die armen Kleinen werden sich die Augen ausweinen.«

Er schnaubte.

»Sie schulden mir damit fünfhundertunddreiundzwanzig Dollar, plus fünfundzwanzig Prozent Zinsen. Und jetzt ab mit Ihnen!«

Ich ging hinaus ins Vorzimmer, wo zwei alte, ärmlich aussehende Männer an der Wand lehnten und darauf warteten, mit Lu zu sprechen. Ihr Anblick bedrückte mich, aber ich rang mir ein strahlendes Lächeln für Liz ab. Ich ging auf die Straße hinunter. Auf dem Weg zu meiner trostlosen Wohnung hoffte ich, wie ich noch nie zuvor gehofft hatte, daß der Abend mir die entscheidende Wende bringen würde, die ich brauchte.

Als ich in die Halle des *Plaza Hotels* kam, zeigte die Wanduhr halb elf.

In meinen besseren Tagen hatte ich das Hotel oft besucht, speziell die Bar und das Restaurant, wenn ein Püppchen willig mit mir ging. Damals pflegte der Portier seine Mütze zu lüpfen, aber diesmal streifte er mich nur mit einem Blick, während er die Stufen hinuntereilte, um die Tür eines Cadillac zu öffnen, aus dem ein dicker Mann und eine noch dickere Frau waberten.

Die Hotelhalle war ziemlich überfüllt durch den üblichen Mob, der herumlief und sich Grüße zuwarf: die meisten Männer im Smoking und die Frauen in voller Kriegsbemalung. Niemand beachtete mich, als ich durch die Halle hinüber zum Zeitungsstand ging. Das alte Mädchen, das schon hinter der Theke gestanden hatte, als das Hotel eröffnet wurde, lächelte mich an.

»Nanu, guten Abend, Mr. Stevens! Ich hatte Sie vermißt. Waren Sie fort?«

Wenigstens erinnerte sich jemand an mich.

»In Frankreich«, log ich. »Wie geht's denn so?«

»Mittelmäßig. Wir werden alle nicht jünger. Und Ihnen, Mr. Stevens?«

»Prächtig. Geben Sie mir das *Newsweek,* Herzchen, ja?« Sie lächelte verlegen. Leute ohne Geld und ohne Ruhm sind leicht zu erfreuen. Sie gab mir die Illustrierte, und ich bezahlte. Dann schenkte ich ihr, in dem Bewußtsein, vielleicht beobachtet zu werden, mein charmantestes Lächeln, sagte ihr, sie sähe jünger aus als ich sie zuletzt gesehen hätte, ließ sie benommen vor Freude stehen und ging langsam durch das Gewühl zur Bar. Ich widerstand der Versuchung, mich umzuschauen, ob ich Mr. Durant entdecken könnte. Ich hoffte nur, daß er da war und meinen Auftritt beobachtete.

Die Bar war überfüllt. Ich mußte mich an der dicken, parfümierten Frau und an dem dicken, spitzbäuchigen Mann vorbei zur Theke schlängeln.

Jo-Jo, der schwarze Barmann, servierte gerade Cocktails. Er hatte eine Menge Gewicht zugesetzt, seit ich ihn zuletzt gesehen hatte. Er warf mir kurz einen Blick zu, stutzte, dann strahlte er mich an.

»Hallo, Mr. Stevens. Bin in einer Sekunde bei Ihnen.«

Ich stützte meine Ellbogen auf die Theke: noch jemand, der sich erinnerte. Als Jo-Jo schließlich zu mir kam, verlangte ich einen trockenen Martini.

»Lange nicht gesehen, Mr. Stevens«, sagte er, indem er sich einen Shaker griff. »Sie sind ein seltener Gast.«

»M-hm. Sie wissen ja, wie das ist.« Ihm erzählte ich den Quatsch von meinem Frankreichaufenthalt nicht. Jo-Jo war zu welterfahren.

»Klar. Wir kommen und wir gehen und wir kehren in diese Stadt zurück.« War der Ausdruck in seinen Augen Verständnis? »Jedenfalls nett, Sie wiederzusehen.« Er goß den Drink ein und ging, um eine Clique zu bedienen, die lärmend Nachschub verlangte.

Ich fühlte mich auf einmal ziemlich gut. Es war Monate her, seit mir jemand gesagt hatte, es sei nett, mich zu sehen. Die meisten meiner sogenannten Freunde wechselten auf die andere Straßenseite, wenn sie mich kommen sahen.

Ich fragte mich, ob meine Vorstellung mit Jo-Jo lang genug gewesen war. Mein Glas in der Hand, sah ich mich um, aber das Gedränge war so dicht, daß ich niemanden ausmachen konnte, der auch nur annähernd wie Mr. Durant nach Lus Beschreibung aussah. Ich schlürfte den Drink und schaute in die Illustrierte. Als Jo-Jo fertig bedient hatte, winkte ich ihm.

»Ein Päckchen Chesterfields bitte.«

»Ja, Mr. Stevens.« Er legte mir eine Schachtel heraus. »Ist der Drink okay?«

»Bestens; niemand mixt eine trockenen Martini wie Sie.«

Er strahlte. »Na ja, ich hab' im Lauf der Zeit wohl schon so einige gemacht.«

»Ich bin in Eile. Möchte gleich zahlen«, und ich legte einen Zehner auf die Theke.

Er wechselte, und ich schob ihm einen Vierteldollar hin.

»Hoffentlich sieht man Sie mal wieder, Mr. Stevens«, und weg war er, um weitere Drinks auszuschenken.

Ich trank den Martini aus, zündete mir eine Zigarette an, dann schlenderte ich in die Empfangshalle. Sie war nicht mehr so voll. Der Mob war unterwegs zum Restaurant und zu den Ausgängen.

Mein Herz überschlug sich jetzt fast. Würde Mr. Durant erscheinen? Ich setzte meine unbekümmerte Miene auf und ging zu einem der Klubsessel. Ich setzte mich, schlug das Magazin auf und starrte ohne zu sehen auf die bedruckten Seiten. Wenn ich nun durchgefallen war? Man hatte es anscheinend nicht gerade eilig, mich zu engagieren.

Bleib schön ruhig, sagte ich mir und stupste meine Zigarette im Aschenbecher auf dem Tisch neben mir aus. Ich legte ein Bein über das andere und blätterte die Seiten um.

Zwanzig lange Minuten verrannen, und nichts geschah. Inzwischen war die Halle fast leer. Ich sah mich um. Auf der anderen Seite saß ein älteres Ehepaar. Ein dünner Mann und eine noch dünnere Frau sprachen mit dem Empfangschef. Vier Pagen saßen auf einer Bank und warteten auf Neuankömmlinge. Eine kleine alte Frau, die einsam und verloren wirkte, saß in Gesellschaft eines Zwergpudels für sich. Zwei zigarrenrauchende Männer lasen Zeitung. Nirgends eine Spur von jemand, der auch nur entfernt wie Mr. Durant aussah.

Ich wartete. Etwas anderes gab es nicht für mich zu tun, und während ich dort saß, zog sich eine Wolke schwarzer Depression um mich zusammen. Eine Viertelstunde später war die Wolke dicht.

Ich hatte versagt!

Ich legte das Magazin hin und zündete mir eine Zigarette an. Was also sollte ich tun? Ich dachte an den langen Heimweg zu meiner Wohnung. Ein Taxi konnte ich mir nicht leisten. Von Lus Almosen waren mir noch elf Dollar und ein paar Cents für meine Finanzwirtschaft geblieben. Zwar hatte ich, wenigstens im Moment, noch ein Dach über dem Kopf, aber für wie lange?

War es Lu Ernst damit, daß ich mich in seinem Büro nicht mehr blicken lassen sollte? Ich dachte darüber nach und kam zu dem Schluß, daß er bluffte. Er würde mich nicht eher aus den Krallen lassen, als bis ich meine Schulden bei ihm bezahlt hat.

Also zurück zu meiner Wohnung, auf eine neue endlose Wartezeit am Telefon. Wenigstens würde Lus milde Gabe mich vor dem Verhungern bewahren.

Es war behaglich in der Hotelhalle. Niemand kam mir zu nahe. Es widerstrebte mir, den langen tristen Heimweg anzutreten. Also lehnte ich mich zurück und zwang mich, für die Leute, die noch in der Halle verblieben waren, Interesse aufzubringen. Der dünne Mann und die noch dünnere Frau waren fort. Das ältere Ehepaar war von einem anderen älteren Ehepaar in Beschlag genommen und wurde zum Restaurant bugsiert. Die zwei Geschäftsleute hatten die letzte Zigarre noch nicht geraucht und das letzte Wort über das, worüber sie sprachen, noch nicht gesprochen.

Mein Blick schweifte zu der kleinen alten Frau mit ihrem Pudel.

Hotelhallen sind überlaufen von kleinen alten Frauen: die einen dünn, die anderen dick, aber immer allein und einsam. Diese kleine alte Frau war ein typisches Exemplar. Wahrscheinlich hatte sie ihren Mann verloren, besaß Geld, war auf Gesellschaftsreise durch Kalifornien und würde zu irgendeiner einsamen Villa zurückkehren, wo ein Butler und eine Riege alternder Dienstmädchen sie bestahlen bis zum Gehtnichtmehr. Sie hatte Geld auf sich verwendet: ihre aschblonde Perücke war makellos, ihre Brille mit Juwelen geschmückt, ihr smaragdgrünes Kleid wahrscheinlich von Balmain, und an ihren Fingern blitzten Diamantringe.

Ich merkte, daß sie mich anstarrte, und wandte die Augen ab. Obwohl ich nicht mehr hinsah, spürte ich, daß sie mich weiterhin anstarrte.

Holla! dachte ich, hab' ich was angefangen mit dem alten Fräulein? Es schien so, denn sie erhob sich von ihrem Sessel, klemmte den Pudel unter und kam zu mir.

»Das muß doch Mr. Jerry Stevens sein!« rief sie aus und blieb an meiner Seite stehen.

Mann, dachte ich, als ich aufstand. Das fehlte mir gerade noch! Ich bedachte sie mit meinem charmanten Lächeln.

»Mr. Stevens! Ich möchte nicht stören, aber ich finde, ich muß Ihnen einmal sagen, wie *sehr* mir Ihre Darbietung in *Der Sheriff von der X-Ranch* gefallen hat.«

Wenn es jemals einen schwachsinnigen Film gegeben hat, dann verdiente *Der Sheriff von der X-Ranch* den Oskar für höchsten Schwachsinn.

Ich leimte mein charmantes Lächeln fest.

»Das ist sehr nett von Ihnen, Madam. Vielen Dank.«

»Ich habe alle Ihre Filme gesehen, Mr. Stevens«, fuhr sie fort. »Sie haben ein überragendes Talent.«

Talent? Ich konnte Lus wieherndes Gelächter hören.

Ich sah sie direkt an und bekam einen leichten Schock. Diese Frau war keine der üblichen einsamen Hoteltanten. Sie hatte Stahl in den dunkelblauen Augen, und ihre Lippen waren papierdünn.

»Vielen Dank«, sagte ich, da mir sonst nichts einfiel.

Sie schaute mich lächelnd an.

»Ich wollte mir eben noch ein Abendessen gönnen. Würden Sie mir dabei wohl Gesellschaft leisten?« Sie zögerte, fuhr dann fort: »Ach, Mr. Stevens, seien Sie doch mein Gast! Es wäre mir eine solche Freude!« Wieder eine Pause; als sie dann sah, daß ich unschlüssig war, sagte sie: »Ich würde so gerne etwas über Ihre Arbeit erfahren, aber vielleicht haben Sie schon zu Abend gegessen?«

Abendessen? Meine letzte Mahlzeit war ein fetttriefender Hamburger am Mittag gewesen. Ich starb fast vor Hunger.

Trotzdem zögerte ich. Über vierzig zähe Minuten waren vergangen. Mr. Durant hatte alle Zeit der Welt gehabt, mich zu engagieren. Die alte Frau war offensichtlich gut betucht. *Seien Sie mein Gast.* Einer solchen Einladung konnte ich nicht widerstehen. Bei dem Gedanken an ein großes saftiges Steak mit einer Ladung Pommes frites lief mir das Wasser im Mund zusammen.

»Doch, ich fände das schon nett. Danke.«

Sie klatschte in die Hände.

»Da freue ich mich aber! Ich hätte nicht gedacht . . .« Sie lächelte. »Gehen wir also. Ich schwärme für Western. Bestimmt können Sie mir was darüber erzählen, wie sie entstehen. Da muß es so viele interessante Tricks geben.« Sie setzte sich zum Ausgang in Bewegung. Ich war überrascht. Ich hatte geglaubt, wir würden im Hotelrestaurant essen, aber da sie weiterging, folgte ich ihr.

Auf der Treppe draußen zog der Portier seine Mütze und verbeugte sich vor ihr, dann pfiff er. Fast sofort erschien ein dunkelblauer Rolls-Royce Silver Cloud aus der Dunkelheit. Ein Japaner in dunkelgrauer Uniform mit Schirmmütze öffnete den Wagenschlag.

»Es gibt da ein hübsches kleines Restaurant«, sagte sie jetzt. »Sie werden es kennen. Das *Benbow.* Hätten Sie keine Lust, dort zu essen?«

Das *Benbow!* Ich war nie dort gewesen, hatte aber davon gehört. Das beste Restaurant im Bezirk! Selbst in den Tagen meines Wohlstandes hatte ich nie gewagt, die Preise dort ins Auge zu fassen.

Bevor ich irgend etwas sagen konnte, stieg sie in den Wagen. Ein wenig benommen zwar, von der Wolke schwarzer Depression, aber befreit, ließ ich mich neben ihr in Luxus nieder.

Der Chauffeur glitt auf den Fahrersitz und schleuste den Wagen in den Verkehr ein.

»Madam«, sagte ich mit einem Lächeln in ihre Richtung, »ich habe Ihren Namen noch nicht erfahren.«

»Wie dumm von mir.« Sie legte ihre Hand auf meinen Arm. Der Pudel, den sie umfaßt hielt, rutschte von ihrem Schoß herunter und auf meine Knie. Das kleine Biest begann mir das Gesicht zu lecken. Wenn mich eines um den Verstand bringt, dann ist das ein Hund, der mich beleckt. Ich stieß ihn mit einiger Heftigkeit von mir, und als ich das tat, spürte ich einen scharfen Stich im Schenkel.

Der Hund fiel jaulend auf den Boden. Ich fuhr in die Höhe.

»Madam!« rief ich aus. »Ihr Hund hat mich gebissen!«

»Lieber Mr. Stevens. Sie müssen sich irren. Cookie würde so etwas bestimmt nicht tun. Er ist der allersanfteste kleine Gentleman, und er schwärmt für . . .«

Der Rest ihrer Worte ging in Dunkelheit unter.

Das Zimmer war groß und komfortabel eingerichtet und von einer Reihe beschirmter Lampen erhellt. Ich lag auf einem Doppelbett. Mein Kopf fühlte sich schwer an, und mein Mund war trocken. Mit einiger Anstregnung setzte ich mich halb auf und starrte verwundert umher. Gegenüber dem Fußende des Bettes war ein großer Wandspiegel. Mein Spiegelbild, wie ich da auf dem Bett lag, zeigte mir, daß ich nicht nur verwundert war, sondern gar nicht wenig erschreckt.

Der Luxus der Einrichtung beruhigte mich etwas. Ein Haufen Geld war aufgewendet worden, um dieses Zimmer mehr als komfortabel zu gestalten, und Geld beruhigt mich immer. Schwere Gardinen waren vorgezogen.

Ich sah auf meine Uhr. Sie zeigte Viertel vor neun. War es Morgen oder Abend? Wie lange lag ich schon auf diesem Bett? Es war elf gewesen, als ich in den Rolls gestiegen war. Ich dachte an das Stechen in meinem Schenkel, das ich für einen Biß des Pudels gehalten hatte. Mit einem Gefühl der Panik dämmerte mir, daß die alte Frau mir eine Spritze mit irgendeiner schnell wirkenden Droge verpaßt hatte.

Guter Gott! dachte ich. Ich bin entführt worden!

Ich kletterte aus dem Bett und ging zu den Vorhängen hinüber und zog sie zurück. Ein stählerner Laden verdeckte das Fenster. Ich drückte dagegen, aber er gab nicht nach. Suchend blickte ich mich nach einer Tür um. Erst als ich sie erreichte, sah ich, daß sie keinen Griff hatte. Die Tür gab so wenig nach wie der Fensterladen. Ich ging in das Bad: Luxusausstattung, aber kein Fenster. Ich schaute in den Wandschrank. Er enthielt zwei in Zellophan verpackte Zahnbürsten, einen Elektrorasierer, eine Flasche After Shave, einen Badeschwamm, ebenfalls zellophanverpackt, und Toilettenseifen. Ich betrachtete mich im Rasierspiegel. Den Bartstoppeln auf meinem Gesicht nach war ich nur einige Stunden betäubt gewesen.

Ich benutzte das Bad, während ich versuchte, meine Panik einzudämmen. Es war ein guter Schritt. Rasiert und gewaschen, fühlte ich mich schon viel besser, als ich in das Zimmer zurückkehrte. Außerdem merkte ich, daß ich Hunger hatte.

Wieder am Bett, sah ich eine Klingel neben der Nachttischlampe. Ich zögerte einen Augenblick, dann drückte ich den Knopf durch. Ich hielt mehrere Sekunden den Finger drauf, bevor ich losließ.

Dann setzte ich mich in einen großen Klubsessel und wartete. Lange brauchte ich nicht zu warten. Die Tür ohne Griff glitt zur Seite, und ein Mann, der einen Servierwagen schob, kam herein. Die Tür schnappte hinter ihm zu.

Dieser Mann war ein Riese. Er war gut fünfzehn Zentimeter größer als ich, und ich bin einsfünfundachtzig. Er hatte Schultern, um die ihn ein Gewichtheber beneidet hätte, und mächtige muskulöse Hände. Sein Schädel war kahlrasiert, und sein Gesicht ein Stück aus einem Horror-Comic: breite Nase, lippenloser Mund und kleine funkelnde Augen. In meiner Westernlaufbahn war ich schon vielen Schlägertypen begegnet, die immer die Bösen spielten, und hinter den Kulissen waren sie sanft wie Lämmchen gewesen; aber nicht dieser Mann hier: Er mußte unberechenbar wie ein Gorilla sein und gefährlich wie ein verwundeter Tiger.

Er schob den Servierwagen in die Mitte des Zimmers, dann sah er mich an. Seine grimmigen kleinen Augen ließen mich frösteln. Ich wollte etwas sagen, aber es blieb beim Wollen. Er flößte mir echt Heidenangst ein. Ich saß einfach da und sah zu, wie er zur Tür stapfte, die aufglitt und hinter ihm zuschnappte.

Ich nahm mein Taschentuch und wischte mir Hände und Gesicht ab, doch der Duft warmer Speisen brachte mich auf die Beine. Ich ging zu dem Servierwagen. Was für ein Fest! Ein dickes, saftiges Steak, eine Schüssel mit knusprigen Pommes frites, ein Stapel von Ahornsirup triefender Pfannkuchen, Toast, Butter, Marmelade und eine große Kanne Kaffee.

Ich zog einen Stuhl heran und fraß mich voll. Essen macht stark, sagte ich mir, während ich in das Steak hieb. Okay, ich war entführt worden, aber verhungern würde ich wenigstens nicht.

Als ich aufgegessen hatte und mich vergewisserte, daß nichts mehr übrig war, fand ich eine Packung Chesterfield und ein Feuerzeug auf dem Wagen. Ich steckte mir eine an, stand auf und verzog mich wieder in den Klubsessel.

Ich war jetzt sehr viel entspannter. Ich dachte an den vergangenen Abend und an die kleine alte Frau. Mir schien, sie mußte in Zusammenhang mit Mr. Durant stehen. Anders war meine Entführung nicht zu erklären. Hoffnungsvoll überlegte ich, daß Mr. Durant wohl zu dem Schluß gekommen war, ich sei der Typ, nach dem er suchte, und mich aus Gründen, die er selbst am besten kannte, zur Fortführung der Probeaufnahmen in dieses Zimmer hatte bringen lassen. Dann dachte ich an den Affen, der den Servierwagen hereingestellt hatte, und fing wieder an zu schwitzen. Ich mahnte mich, ihm gegenüber nicht den Helden zu spielen. Sich mit ihm einzulassen, hieß, sich mit einer Kreissäge anlegen, und das hatte ich nicht vor.

Also wartete ich und schwitzte.

Eine halbe Stunde schlich dahin. Immer wieder sah ich auf meine Uhr, fragte mich, wann es zur Sache gehen würde. Ich hatte vier Zigaretten geraucht und wurde schon zappelig, als die Tür zurückschnellte und der Affenmensch hereinkam. Ihm folgte ein untersetzter dunkelhäutiger Mann, den ich anhand seiner Eidechsenlederschuhe sofort als Joseph Durant erkannte.

Als ich mich anschickte, aufzustehen, sagte er mit metallisch harter Stimme: »Bleiben Sie sitzen, Mr. Stevens.«

Er ging zu einem Sessel und nahm darin Platz. Ich musterte ihn. Lus Beschreibung war treffend gewesen, bis auf den fehlenden Zusatz, daß der Mann nicht nur den Duft des Reichtums verströmte, sondern ebenso das unverkennbare Aroma finsterer Bedrohung.

Ich blickte flüchtig zu dem Affen, der an der Tür stand. Er starrte mich an wie ein Tiger seine potentielle Mahlzeit. Ich beschloß, den Eröffnungszug Durant zu überlassen.

Er nahm sich Zeit. Seine harten schwarzen Augen musterten mich, dann neigte er den Kopf zu einem, wie ich hoffte, beifälligen Nicken.

»Mr. Stevens«, sagte er schließlich, »Sie werden sich verständlicherweise fragen, was das alles soll. Es besteht kein Grund zur Besorgnis. Es war notwendig, Sie auf die Art und Weise hierher zu bringen, wie es geschehen ist.«

»Entführung ist ein Fall für die Kriminalpolizei«, sagte ich, verärgert, daß meine Stimme dabei so belegt klang.

»Das weiß ich wohl.« Er sah auf seine Fingernägel. »Jetzt ist nicht der Zeitpunkt, die rechtliche Seite Ihres Herkommens zu diskutieren, Mr. Stevens. Später vielleicht, nicht jetzt.« Er schlug ein kräftiges Bein über das andere und schwenkte seinen Eidechsenlederschuh in meine Richtung. »Es gibt Angaben zu Ihrer Person, die ich bestätigt haben muß.« Er hielt inne, sagte dann: »Sie sind gelernter Schauspieler, mit einigem Erfolg in Wildwestfilmen. Sie sind seit etwa sechs Monaten ohne Engagement. Sie suchen Arbeit.« Er beäugte mich. »Ist das richtig?«

»Ja, schon. Ich suche Arbeit«, sagte ich, als müßte ich mich verteidigen. »Western sind im Moment nicht gefragt. Es . . .«

Er unterbrach mich.

»Sie haben kein Geld. Genau gesagt, Mr. Stevens, Sie haben nicht nur kein Geld, sondern Schulden und sind mit der Miete im Rückstand. Ist das richtig?«

Ich zuckte die Achseln. »Richtig.«

Er nickte.

»Ich glaube, ich kann Ihnen Arbeit bieten«, sagte er. »Ihr Verdienst dabei wird mehr als angemessen sein. Ich bin bereit, Ihnen eintausend Dollar täglich zu zahlen, über einen Zeitraum von mindestens dreißig Tagen, womöglich länger, vorausgesetzt, daß Sie bereit sind, gewisse Bedingungen anzuerkennen.«

Erst einmal saß ich still, wie betäubt da.

Eintausend Dollar täglich, über einen Zeitraum von mindestens dreißig Tagen, womöglich länger!

Das kann nicht wahr sein, dachte ich. Wo ist der Haken?

Und doch, wenn ich mir diesen Mann ansah, begriff ich, daß tausend Dollar am Tag für ihn Kleingeld waren. Wie Lu gesagt hatte, er stank nach Geld.

Aber ich war nicht so benebelt, daß ich nach einem solchen Angebot gegrapscht hätte. An dem Mann war etwas, das mich warnte, ich könnte mich in die Nesseln setzen. Wieder sah ich zu dem Affen hin, der reglos dastand und mich anstierte.

»Das klingt interessant, Mr. Durant«, sagte ich in meinem unbekümmerten Tonfall. »Was sind die Bedingungen?«

»Ich möchte Ihre rückhaltlose Mitarbeit kaufen«, erwiderte er. »Man sagte mir, daß Sie ein gefälliges Temperament haben. Ist das richtig?«

»Das kommt darauf an. Mit meinen Regisseuren hatte ich nie Schwierigkeiten. Ich habe . . .«

Mit einer Handbewegung schnitt er mir das Wort ab.

»Rückhaltlose Mitarbeit. Lassen Sie es mich erläutern. Ich werde Sie nur dann für tausend Dollar täglich engagieren, wenn Sie genau tun, was ich Ihnen sage, ohne irgendwelche Fragen, ohne Zögern. Das verstehe ich unter rückhaltloser Mitarbeit. Was ich von Ihnen verlange, wird nicht gefährlich sein, nicht gegen das Gesetz verstoßen und Ihre Fähigkeiten nicht übersteigen. Sie gewähren mir entweder Ihre rückhaltlose Mitarbeit, oder Sie werden nicht engagiert.«

Da muß ein Haken dabeisein, dachte ich, doch mein Verstand aalte sich schon in der Vorstellung von tausend Dollar täglich.

»Worum geht es denn bei dem, was ich für Sie tun soll?«

Er musterte mich einen unbequemen Augenblick lang.

»Sie sind also nicht bereit, mir ohne weitere Einzelheiten Ihre rückhaltlose Mitarbeit zuzusagen? Überlegen Sie sich das.«

Schwang da eine Warnung in seinem Ton mit? Wieder kam ich ins Schwitzen. Tausend Dollar täglich zu verdienen wäre wunderbar, aber ich spürte es in den Knochen, es mußte ein Haken dabeisein. Die Entführung, der Affe, dieser Köder mit der Riesenkasse und Durant, der aussah wie ein Mann mit Mafia-Verbindungen, das fügte sich zu einer Szenerie, die mir Angst machte. *Es wird nicht gefährlich sein, nicht gegen das Gesetz verstoßen, Ihre Fähigkeiten nicht übersteigen.* Das war zu glatt. Obwohl ich verzweifelt Geld brauchte, wollte ich nicht blind in irgend etwas hineinmarschieren.

»Nein«, sagte ich fest. »Ich bin nicht bereit, Ihnen rückhaltlose Mitarbeit zu gewähren, wenn Sie mir nicht sagen, was ich eigentlich für Sie tun soll.«

Ich hörte einen tiefen Brummton von dem Affen, ein Geräusch wie ferner Donner. Durant kratzte sich an der Stirn, krauste sie, dann zuckte er die Achseln.

»Also schön, Mr. Stevens. Ich hatte gehofft, dieses Geldangebot würde Ihnen genügen, um in jede, gleich welche Arbeit, einzuwilligen.«

»Dann sind Sie im Irrtum. Also, was soll ich für Sie tun?«

Seine dünnen Lippen teilten sich zu einem winterlichen Lächeln.

»Da Sie darauf bestehen, will ich Ihnen einen Begriff davon geben, was von Ihnen verlangt werden wird.« Er hielt inne, zog ein Zigarrenetui aus Eidechsenleder hervor, wählte eine Zigarre aus und rollte sie zwischen den Lippen, bevor er mit einem goldenen Zigarrenabschneider die Spitze abschnitt. Er blickte über die Schulter zu dem Affen, der vortrat, ein Streichholz anriß und ihm die Flamme hinhielt, während Durant paffte.

Unterdessen hatte ich eine Zigarette aus dem Päckchen Chesterfield geschüttelt und sie mir angesteckt.

»Ich brauche Sie, um einen Mann zu verkörpern, der Ihnen gleicht«, sagte Durant hinter einer Wolke stark duftenden Rauchs.

Das war das letzte, was ich zu hören erwartet hatte.

»Verkörpern? Wer ist der Mann?«

»Das brauchen Sie vorläufig noch nicht zu wissen.«

»Warum ist es erforderlich, daß ich den Mann verkörpere?«

Durant machte eine Bewegung, als würde er von einer Fliege belästigt.

»Der Mann, den Sie verkörpern werden, braucht Bewegungsfreiheit«, sagte er, plötzlich ein ungeduldiges Schnarren in der Stimme. »Er wird von einer Gruppe Leuten ständig beobachtet. Seine Bewegungsfreiheit ist entscheidende Voraussetzung für einen wichtigen Geschäftsabschluß. Da er laufend von seinem Geschäftsrivalen und von der Presse behelligt wird, haben wir uns entschlossen, ein Double zu engagieren – so nennt man das wohl in der Filmwelt: jemanden, der diese Personengruppe und die Presse, die uns lästig fallen, ablenkt, so daß der Mann, den Sie verkörpern sollen, das Land verlassen, nach Europa gehen und das Geschäft zum Abschluß bringen kann, ohne sich ständig darum sorgen zu müssen, ob man ihm folgt oder nachspioniert. Wenn der Abschluß erst getätigt ist, werden Sie Ihr normales Leben wiederaufnehmen können, mit runden dreißigtausend Dollar auf der Bank.«

Ich setzte mich zurück und dachte darüber nach, während Durant sich von mir abkehrte und rauchte. Über Industriespionage hatte ich genügend gelesen. In einem drittklassigen Film hatte ich schon selbst einen Industriespion gespielt. Die Machenschaften der großen Tiere zur Durchführung ihrer Geschäfte überraschten mich längst nicht mehr.

Wenn dieses große Tier bespitzelt wurde, schien es mir ein schlauer Zug, ein Double anzuheuern. Mich würden Spitzel nicht stören, und dazu kam dieser Köder von täglich tausend Dollar.

»Aber weshalb die Entführung?« fragte ich, um Zeit zu gewinnen.

Durant stieß einen genervten Seufzer aus.

»Nachdem Sie nun erfahren haben, was von Ihnen verlangt wird«, sagte er ungeduldig, »müßten Sie doch einsehen, daß äußerste Geheimhaltung notwendig war. Niemand weiß, daß Sie hier sind. Sie selber wissen nicht, wo Sie sind. Sollten Sie eine Mitarbeit ablehnen, werden Sie wiederum unter Drogen gesetzt und zurück in Ihre Wohnung gebracht.«

Wieder dachte ich nach, dann sagte ich: »Woher weiß ich, daß ich bezahlt werde, wenn meine Arbeit getan ist?«

Das winterliche Lächeln kehrte zurück. Er zog ein Stück Papier aus seiner Brieftasche. Der Affe trat vor, nahm es ihm ab und reichte es mir.

Es war eine Gutschrift der Chase National Bank über eintausend Dollar auf meinen Namen.

»Jeden Tag, den Sie hier sind und für mich arbeiten, werden Sie eine solche Gutschrift erhalten«, sagte Durant. »Sie brauchen sich um Geld keine Sorgen zu machen.«

Ich zögerte nicht länger.

Es wird nicht gefährlich sein, wird nicht gegen das Gesetz verstoßen, wird Ihre Fähigkeiten nicht übersteigen.

Also warum nicht?

»Okay, Mr. Durant«, sagte ich. »Wir sind uns einig.«

»Demnach gilt es als vereinbart, Mr. Stevens«, sagte er, die schwarzen Augen wie die Spitzen eines Eispickels, »daß ich Ihre rückhaltlose Mitarbeit erwerbe? Sie werden genau das tun, was von Ihnen verlangt wird?«

Nur einen Augenblick wankte ich noch, dann traf ich meine Entscheidung.

»Wir sind uns einig«, wiederholte ich.

2

Ich saß in dem Klubsessel und wartete. Ich hatte mich festgelegt. Ich hatte zugesagt, voll mit Durant zusammenzuarbeiten. Ich hatte eine Gutschrift über tausend Dollar in der Brieftasche. Nach seinen Worten würde ich morgen eine weitere Gutschrift über tausend Dollar erhalten.

Ich sollte irgendeinen unbekannten großen Geschäftsmann doubeln, während er unterwegs war, um einen Vertrag auszuhandeln, den seine Rivalen entweder verhindern oder über den sie im Bilde sein wollten. Als Entgelt für meine Vertretung würde ich nach dreißig Tagen bei der Chase National Bank dreißigtausend Dollar auf meinem Konto finden.

Als ich gesagt hatte, wir seien uns einig, hatte Durant genickt, war aufgestanden und zur Tür gegangen. Dort war er stehengeblieben, hatte mich mit seinen harten schwarzen Augen angestarrt und gesagt: »Warten Sie, Mr. Stevens«, bevor er, gefolgt von dem Affen, hinausging und die Tür zuglitt.

Also steckte ich mir eine Zigarette an und wartete.

Mir war alles andere als wohl. Durant und der Affe hatten etwas an sich, das mir Angst einjagte, aber dieses Geld war genau, was ich brauchte. Man hatte mir versichert, es sei ungefährlich und ich würde nichts Strafbares tun, und so schien mir, ich müßte nicht alle Tassen im Schrank haben, wenn ich ein solches Angebot ablehnte.

Ich wartete mit Unbehagen eine halbe Stunde, dann glitt die Tür zurück und die kleine alte Frau mit Pudel kam herein. Die Tür mußte elektronisch kontrolliert sein, denn die Frau hatte kaum zwei Schritte getan, als sie wieder zuschnellte.

Sie trug einen rehbraunen Kaschmirpullover mit Rollkragen und schwarze Hosen; eine Perlenschnur, deren Glanz für Echtheit bürgte, vervollständigte den schicken Aufzug.

Sie blieb stehen und bedachte mich mit einem freundlichen Lächeln. Der Pudel gab ein winselndes Geräusch von sich und wand sich in ihren Armen, als drängte es ihn, mich in den Tod zu schlecken.

»Mr. Stevens«, sagte sie sanft. »Darf ich stören?«

Ich betrachtete sie säuerlich, stand dann auf.

»Sie sind doch schon hier, nicht?« sagte ich.

Sie trat weiter ins Zimmer hinein, immer noch lächelnd, und setzte sich in den Sessel, in dem vorher Durant gesessen hatte.

»Ich komme, um mich zu entschuldigen, Mr. Stevens. Ich kann durchaus nachfühlen, wie Ihnen zumute sein muß. Sicher finden Sie das alles sehr seltsam.«

Ich blieb stehen und sagte: »Mr. Durant hat mich aufgeklärt.«

»Natürlich, aber ich möchte trotzdem nicht, daß Sie mir böse sind, Mr. Stevens. Setzen Sie sich doch. Ich habe das Gefühl, ich muß noch etwas mehr erklären.«

Also setzte ich mich.

»Wie lieb von Ihnen«, sagte sie und starrte mich mit ihren dunkelblauen, harten Augen an. »Sagen Sie, Mr. Stevens, lebt Ihre Mutter noch?«

»Sie ist seit fünf Jahren tot«, sagte ich knapp.

»Wie betrüblich. Mr. Stevens, ich bin ganz sicher, wenn sie noch leben würde, hätte sie genauso gehandelt wie ich. Der Mann, den Sie für uns doubeln sollen, ist mein Sohn.«

Ich dachte an meine Mutter: ein gutmütiges, häusliches Wesen ohne Hirn im Kopf, aber mit gottesfürchtigem Gewissen.

»Meine Mutter würde keine Männer unter Drogen gesetzt und entführt haben«, sagte ich kalt. »Lassen wir sie doch da heraus.«

Sie spielte mit dem Ohrläppchen ihres Pudels.

»Bei Müttern weiß man nie«, sagte sie, lächelnd wie zuvor. »In der Not sind sie zu ungeahnten Dingen fähig.«

Das fing an, mich zu langweilen. Ich zuckte die Achseln und schwieg.

»Sie müssen mir bitte glauben, Mr. Stevens, daß ich Ihre Arbeit und Ihr Talent bewundere«, sagte sie. »Es macht mich sehr glücklich, daß Sie sich zur Mitarbeit bereit erklärt haben. Man wird Ihre Hilfe zu danken wissen.«

»Ich werde gut bezahlt«, sagte ich hölzern.

»Ja. Wie ich höre, ist Geld wichtig für Sie.«

»Ist es das nicht für die meisten?«

»Sie scheinen leider immer noch ein wenig böse zu sein, Mr. Stevens. Bitte entspannen Sie sich doch. Sie werden sehr hilfreiche Arbeit leisten, und wenn sie beendet ist, werden Sie ziemlich viel Geld haben.« Sie lächelte. »Ich tue dies für meinen Sohn. Bitte verstehen Sie.«

Ich konnte nicht entspannt sein. Diese alte Frau hatte etwas an sich, das mir genauso angst machte wie Durant, aber ich gab mir Mühe. Ich erzwang ein Lächeln.

Sie nickte.
»Das ist schon besser.« Sie tätschelte den Pudel. »Wie oft, wenn ich Ihre Filme sah, habe ich schon gedacht, was für ein nettes Lächeln Sie doch haben, Mr. Stevens.«
»Danke.«
»Kommen wir also jetzt, wie mein Sohn oft sagt, zum geschäftlichen Teil. Sie waren so freundlich, uns Ihre rückhaltlose Mitarbeit zuzusichern.« Einen kurzen Augenblick erstarrte ihr Lächeln, und der Stahl zeigte sich in den dunkelblauen Augen. »Das stimmt doch, nicht?«
»Offen gesagt, die Phrase fängt an, mich zu langweilen«, antwortete ich. »Ich sagte Mr. Durant, ich sei mit seinen Bedingungen einverstanden. Müssen wir das immer und immer wieder durchkauen?«
Sie lachte kurz auf.
»Verzeihen Sie einer alten Frau, Mr. Stevens. Alte Frauen wiederholen gerne. Ach, und übrigens, sagen Sie doch Harriet zu mir. Wir wollen nicht so förmlich sein. Darf ich Sie Jerry nennen?«
»Natürlich.«
»Heute nachmittag, Jerry, werden wir anfangen. Ich habe einen guten Maskenbildner, der Ihr Äußeres verändern wird, damit Sie meinem Sohn soweit wie möglich ähneln. Bitte haben Sie Geduld mit ihm. Er ist Perfektionist, und ich muß zugeben, etwas ermüdend. Sie sollen meinem Sohn so ähnlich sehen, daß niemand, wenn man Sie aus einer gewissen Entfernung sieht, erkennen kann, daß Sie es nicht sind. Sie verstehen?«
»Okay. Das ist klar.«
»Nennen Sie mich Harriet.«
»Okay, Harriet.«
Sie hob das eine Ohr des Pudels an und rieb es zwischen den Fingern, so daß der Hund vor Freude winselte.
»Danach folgen noch andere Sitzungen. Dabei werden Sie verschiedenes lernen müssen, ich bin aber sicher, Sie lernen schnell. Das ist ja bei Schauspielern meistens so.« Sie lächelte mich an.
»Ich werde mein Bestes tun«, sagte ich.
»Ganz ohne Zweifel. Es ist auch nichts Schwieriges, nur eben wichtig.« Sie hielt inne, dann sagte sie: »Sind Sie verheiratet, Jerry?«

Diese unerwartete Frage erstaunte mich.

»Geschieden«, sagte ich knapp.

»In der Filmwelt sind so viele Leute geschieden. Wo ist Ihre Frau?«

»Spielt das eine Rolle?«

Sie wiegte den Kopf und lächelte mich schalkhaft an.

»Bitte, Jerry, Sie wollen doch mitarbeiten. Ich brauche Ihre Antwort auf die Fragen, die ich stelle.«

»Sie ist in New York. Sie hat wieder geheiratet.«

»Sie sehen sich nicht?«

»Ich habe sie seit fünf Jahren nicht mehr gesehen.«

»Kinder?«

»Nein.«

»Ihre Mutter ist tot. Ihr Vater?«

»Lebt auch nicht mehr.«

»Ihre Verwandtschaft? Brüder? Schwestern?«

Ein unheimliches Gefühl beschlich mich.

»Wo Sie es jetzt ansprechen«, sagte ich, »ich habe keine Verwandten.«

»Wie traurig!« sagte sie. Ihr Blick war nicht traurig. »Sie sind also ganz alleinstehend.«

»So ist es.«

Sie nickte. »Aber ein attraktiver Mann wie Sie muß ja nun eine Freundin haben. Erzählen Sie mir von ihr.«

»Ein Schauspieler, der einen Dollar dreißig Cent wert ist, hat keine Freundin.«

Wieder nickte sie. »Ja freilich, aber bald, Jerry – mit dreißigtausen Dollar auf der Bank – bald werden Sie viele Freundinnen haben. Es ist nur eine Frage der Geduld.«

Da hatte sie recht. Ich hatte immer genug Frauen gehabt, als ich noch gut verdiente. Mit dreißigtausend Dollar auf der Bank würde ich nur zu pfeifen brauchen.

»Da Sie jetzt rückhaltlos mit uns zusammenarbeiten, Jerry«, fuhr sie nach einer Pause fort, »möchte ich Ihnen von Mazzo erzählen.« Einen Moment lang spielte sie mit dem Pudel. »Ich weiß wirklich nicht, was ich ohne Mazzo täte. Sein Äußeres trügt zwar, aber es gibt nichts, was er nicht für mich tun würde . . . nichts.«

Ich sah sie verständnislos an.

»Sie haben ihn bereits kennengelernt. Mazzo ist mein ehrlicher und treuer Diener, der Ihnen die köstliche Mahlzeit brachte, die ich eigens für Sie anrichten ließ.«

Mit offenem Mund glotzte ich sie an.

»Sie meinen, dieser – dieser Affe von einem Mann?«

Sie tätschelte ihren Pudel.

»Sie dürfen nicht unfreundlich von Mazzos Aussehen sprechen. Nicht jeder kann so hübsch sein wie Sie, Jerry. Mazzo wird künftig Ihr ständiger Begleiter sein, Jerry. Er wird Ihnen in vielen Dingen helfen. Ich glaube, ohne ihn an Ihrer Seite würde es Ihnen nicht gelingen, meinen Sohn zu verkörpern. Mazzo ist seit Jahren der Leibwächter meines Sohnes. Wenn man Sie zusammen sieht, wird man Sie automatisch für meinen Sohn halten.«

Der Gedanke, diesen Affen als ständigen Begleiter zu haben, bescherte mir eine Gänsehaut.

Als ich im Begriff war zu protestieren, fuhr sie fort: »Mal was anderes jetzt, Jerry, ist Ihnen Larry Edwards bekannt?«

»Allerdings«, sagte ich, überrascht über die Frage. »Wie kommen Sie darauf?«

Natürlich kannte ich Larry Edwards. Er war einer wie ich: ein stellungsloser kleiner Schauspieler. Wir waren uns oft in Lu Prentz' Büro begegnet, beide auf der Jagd nach Arbeit. Viel gemein hatten wir nicht miteinander, da uns die Frage beschäftigte, ob einer von uns einen Job bekommen würde, den sich der andere erhoffte, aber manchmal tranken wir ein Bier zusammen und beklagten die schweren Zeiten.

»Es ging mir nur so durch den Kopf. Er war Ihnen äußerlich recht ähnlich: groß, dunkel«, sagte Harriet lächelnd. »Freilich hatte er nicht Ihren Charakter. Wir hatten ihn für den Job in Erwägung gezogen, den Sie jetzt annehmen. Ja, wir brachten ihn sogar hierher und besprachen die Idee mit ihm, aber er wollte nicht mitarbeiten. Er machte Schwierigkeiten noch und noch. Was bin ich froh, daß Sie nicht schwierig sein werden, Jerry . . . so überaus froh.«

Ich starrte sie an und merkte, wie mich ein Schauder überlief.

»Sie sprechen in der Vergangenheit von ihm«, sagte ich.

»Ja . . . traurig.« Sie stand auf. »Ich werde Mazzo bitten, Ihnen ein paar Bücher zu bringen. Bitte sagen Sie ihm, was Sie zu Mittag möchten.« Sie strebte der Tür zu.

»Was ist mit Larry passiert?« fragte ich, die Hände plötzlich feucht.

Sie hielt an der Tür inne.

»Ach, wußten Sie das nicht? Er hatte einen Unfall. Etwas stimmte mit der Bremse von seinem Auto nicht, glaube ich.« Ihre dunkelblauen harten Augen fixierten mich. »Er ist tot.«

Die Tür glitt auf, und sie war fort.

Eine Stunde später schnellte die Tür zurück, und Mazzo kam herein, eine Anzahl Taschenbücher unter dem Arm. Er legte sie auf den Tisch.

»Sie wollten etwas zu lesen?«

Das war das erstemal, daß ich seine Stimme hörte, und ihr Klang verblüffte mich. Sie war leise und belegt, wogegen ich das Brummen eines Bären erwartet hatte.

»Danke«, sagte ich.

Steif ging er zu dem Sessel hinüber, in dem Harriet gesessen hatte, und setzte sich. Er grinste mich an, wobei er kleine weiße Zähne zeigte, um die ihn eine Ratte hätte beneiden können.

»Wir werden zusammenleben, Freundchen, da können wir uns eigentlich gleich mal kennenlernen, hm?«

»Warum nicht?«

Er nickte mit seinem rasierten Schädel.

»Es ist nichts dabei, Freundchen, solange Sie genau tun, was Ihnen von mir gesagt wird. Es ist kinderleicht verdientes Geld, bloß kommen Sie nicht mit Fragen. Ich sag Ihnen, Sie rotzen, dann rotzen Sie. Kapiert? Ich sag Ihnen, schauen Sie nach links, und Sie schauen nach links. Kapiert? Ich sag Ihnen, Sie schauen nach rechts, und Sie schauen nach rechts. Kapiert? Ich sag Ihnen, rennen Sie los, und Sie rennen los. Kapiert?«

»Sie haben sich klar ausgedrückt«, sagte ich.

Er runzelte die Stirn.

»Heißt das, Sie haben's kapiert?«

»Ich hab's kapiert.«

»Okay. Der andere Knabe hatte es nicht kapiert.« Er verlor sein Lächeln und sah wie ein Tiger, der eine mögliche Beute ins Auge faßt. »Zu schlimm für ihn.«

Mein Mund wurde trocken.

»Ich hörte, er hätte einen Autounfall gehabt.«

»Klar . . . Nulpen wie der haben oft Autounfälle.« Er lächelte mich an. »Sie sind klug, Freundchen. Sie werden keinen Autounfall haben.«

Ich sagte nichts. Der Wink war da, daß Larry Edwards, weil er seine Mitarbeit verweigert hatte, ermordet worden war. Ich konnte das nicht hinnehmen, aber der Wink war da.

»Also, heute nachmittag geht es zur Sache, Freundchen. Sie spielen schön mit, ja?«

Ich nickte.

»Eine Mißgeburt wird kommen und Sie in die Mache nehmen. Sie sitzen dann schön still und lassen ihn gewähren. Kapiert?«

Wieder nickte ich.

Er lächelte.

»Wissen Sie, Freundchen, Sie und ich werden prima miteinander auskommen. Ich hab' den einen Film von Ihnen gesehen: *Der Sheriff von der X-Ranch.* Ich fand ihn miserabel.«

»Ich auch«, sagte ich rauh.

Sein Lächeln wurde breiter. »Sehen Sie, was ich meine. Wir werden prima miteinander auskommen.«

»Mrs. Harriet hat er gefallen.«

»Klar . . . Frauen! Die mögen alles, was flimmert.« Er stand auf. »Was wollen Sie zu Mittag, Freundchen? Sagen Sie es, und Sie kriegen es.«

Mein Magen war aufgewühlt. Bei dem Gedanken an Essen krampfte sich alles zusammen.

»Ich habe gut gefrühstückt. Nichts mehr, danke.«

Er gab ein leises Lachen von sich. Es hörte sich an, als hätte jemand auf einen Blasebalg getreten.

»Nehmen Sie's leicht, Freundchen. Sie haben nichts zu befürchten, Ich lasse Ihnen irgend etwas Leichtes zurechtmachen, hm?«

Er schob seinen schweren Körper zur Tür, drehte sich um, lächelte sein Rattenlächeln und verschwand.

Konnte Larry Edwards ermordet worden sein?

Schwitzend saß ich da.

Irgend etwas stimmte mit seiner Bremse nicht.

Nein, ich konnte es nicht glauben. Ich schlug mir den erschreckenden Gedanken aus dem Kopf.

Und so saß ich einfach da. Ich rührte nicht einmal die Taschenbücher an. Mich quälte die Vorstellung, daß ich jetzt, nachdem ich mich festgelegt und die erste Bezahlung angenommen hatte, alles würde tun müssen, was diese Leute von mir verlangten.

Er hatte einen Unfall. Etwas stimmte mit seiner Bremse nicht. Er ist tot.

Ich dachte an Mazzos Rattenlächeln.

Menschenskind, dachte ich. Wo, zum Teufel, bin ich da hineinmarschiert? Kann es passieren, daß, wenn du dich diesen schrecklichen Leuten nicht fügst und nicht das tust, was sie von dir verlangen, du möglicherweise als toter Mann endest?

Ich saß da und steigerte mich in eine kolossale Panik.

Um eins rollte Mazzo einen Servierwagen an.

»Nehmen Sie was zu sich, Freundchen«, sagte er. »Es wird ein langer Nachmittag.« Er sah mich an. »Geht's Ihnen gut?«

»Ja, aber ich möchte jetzt nichts.«

»Sie essen was. Kapiert?« Ein Knurren war plötzlich in seiner sanften Stimme. »Sie haben Arbeit vor sich«, und er stapfte hinaus.

Also aß ich etwas von der Hummersuppe, weil ich Angst hatte, es nicht zu tun. Sie war so gut, daß ich sie schließlich aufaß, danach setzte ich mich von dem Servierwagen weg und kämpfte gegen den Drang, mich zu erbrechen.

Dann wurde es lebhaft.

Mazzo kam herein, inspizierte die leere Schüssel, lächelte mich an und rollte den Wagen hinaus. Dann kam Harriet minus Pudel herein, gefolgt von einem kleinen dicken Mann in kurzärmeligem weißen Overall, der etwas trug, das wie ein teurer Kosmetikkoffer aussah.

Dieser Mann war ein Anblick für sich. Sein volles langes Haar war in der Farbe von Aprikosen gefärbt. Seine Augenlider waren hellblau schattiert und seine Lippen perlmuttrosa. Er blieb stehen, als die Tür zuglitt, und bedachte mich mit einem halb schurkischen, halb schelmischen Lächeln.

»Jerry, Schätzchen«, sagte Harriet. »Das hier ist Charles. Er weiß, was zu tun ist. Helfen Sie auch bitte mit. Ich möchte sicher sein, daß Sie als mein Sohn durchgehen.« Sie wandte sich an den dicken kleinen Mann. »Charles, das ist Jerry Stevens.«

»Mein lieber Junge!« rief Charles schwärmerisch und stürzte vor. »Ich kann Ihnen gar nicht sagen, wie entzückt ich bin, Sie kennenzulernen. Ich habe so viele von Ihren wurderbaren Filmen gesehen! Welche Begabung! *Der Sheriff von der X-Ranch!* Ich war überwältigt!« Er ergriff meine Hand und schüttelte sie. »Es ist mir eine große, große Freude, Sie kennenzulernen!«

»Vielen Dank«, sagte ich, ohne auch nur ein Wort von diesem

Erguß zu glauben.

»Charles!« Ein barscher Unterton in Harriets Stimme ließ ihn erstarren. »Sie vergeuden meine Zeit!«

»Ja, ja, natürlich.« Er lächelte ihr unterwürfig zu. »Wir dürfen keine Zeit vertändeln.«

Ich sah winzige Schweißperlen auf seiner Stirn.

»Dann machen Sie voran!« Sie trat zur Tür. »Klingeln Sie, wenn Sie fertig sind.«

Charles und ich sahen ihr beide nach. Als dann die Tür wieder zuglitt, sagte ich: »Was soll ich tun?«

»Setzen Sie sich bitte, Mr. Stevens.«

Er ging zu dem Koffer, öffnete ihn, und komplettes Maskenbildnerbesteck kam zum Vorschein. Ihm entnahm er einen Greifzirkel, Bleistift und Notizblock.

»Ich muß Ihr Gesicht messen, Mr. Stevens. Verzeihen Sie, daß ich Ihnen solche Ungelegenheiten bereite«, sagte er.

Ich hielt meinen Kopf still, während er Maß nahm und die Ergebnisse auf dem Block notierte.

Als er den Abstand zwischen meinen Augen maß, merkte ich, daß er etwas flüsterte. Abwechselnd zwischen Schwärmerei und Flüstern, verlief sein Rede etwa so:

»Herrliche Augen, so voller Ausstrahlung. *Ich bin entführt worden! Wer sind diese Leute?* Mr. Stevens! Sie haben solch ein ebenes Gesicht! *Diese schreckliche Frau jagt mir Angst ein! Ich werde seit über zwei Monaten gefangengehalten.* Erlauben Sie, daß ich jetzt Ihre Ohren abmesse. Nur den Kopf mal nach links. *Wer ist sie? Bitte sagen Sie es mir.* Schon hätten wir das. Jetzt das linke Ohr.«

Ich begriff, daß dieser alte Schwule sich in der gleichen mißlichen Lage befand wie ich selber. Er war gekidnappt worden, um mich in Harriets Sohn zu verwandeln.

»Ich weiß nicht«, flüsterte ich. »Ich soll ihren Sohn doubeln. Ich bin auch entführt worden.«

Dann schaute ich, als er mein linkes Ohr abmaß, an ihm vorbei und sah Mazzo, der lautlos eingetreten war. Sein Anblick, wie er mich anstarrte, jagte mir Todesangst ein.

Charles, der meinen veränderten Gesichtsausdruck sah, blickte über die Schulter zurück. Ich merkte, wie sein fetter Körper erzitterte.

»Ah, Mazzo!« rief er mit dünner, schriller Stimme aus. »Ich bin schon fertig. Es wird alles bestens.«

Mazzo kam in die Zimmermitte. Auf dem Arm trug er Kleidungsstücke. Er bedachte Charles mit seinem hungrigen Tigerblick, dan zeigte er mir lächelnd seine Rattenzähne.

»Ziehen Sie das an, Freundchen«, sagte er.

Er warf einen Anzug auf einen der Sessel.

»Natürlich, ja«, sagte Charles. »Die Kleider.«

Mit dem unangenehmen Gefühl, daß ich schwitzte, stand ich auf, schlüpfte aus meinen Kleidern und zog den Anzug über, den Mazzo auf den Sessel geworfen hatte.

Der Anzug war toll: ein dunkelgrauer Mohair, der ein Vermögen gekostet haben mußte. Er saß mir wie angegossen.

Charles umflatterte mich mit erschreckten Augen, strich den Anzug glatt, dann trat er einen Schritt zurück.

»Mit den Kleidern gibt es kein Problem.«

Mazzo lächelte mich an.

»Sie haben Glück. Dem anderen Heini haben sie nicht gepaßt.«

Ich zog den Anzug wieder aus und meine eigenen Sachen an, während die beiden mir zusahen.

Mein Kopf schwirrte vor elender Panik. Herrgott, dachte ich, wo bin ich bloß hineinmarschiert? Ich sah auf den schwitzenden, sich windenden Charles, der Mazzo anlächelte wie ein Hund, der Prügel erwartet.

»Die Frisur«, sagte Charles. »Die will nicht vergessen sein. Das muß ich ändern. Bitte setzen Sie sich, Mr. Stevens.« Er ging ins Badezimmer und kam mit einem Handtuch zurück, das er mir um die Schultern legte.

Aus seinem Koffer holte er Kamm und Schere hervor. Er fing an zu schneiden, während Mazzo im Zimmer herumschlich.

Zwischen den Schnitten, und während Mazzo am anderen Ende des Zimmers war, beugte sich Charles vor und hauchte Worte, seine Lippen fast an meinem Ohr.

»Sie bezahlen mir so viel! Ich habe solche Angst! Was ist mit dem anderen Mann passiert? Stunden habe ich an ihm gearbeitet.«

Dann kam Mazzo zurück und stellte sich zu uns, und er blieb bei uns stehen, so daß dieses beängstigende einseitige Gespräch aufhören mußte.

Schließlich trat Charles einen Schritt weg und begutachtete mich: die Augen mit den getönten Lidern Tunnel der Furcht.

»Jawohl! Bestens!« rief er aus. »Jetzt zu dem Hinken. Mr. Stevens, bitte geben Sie mir Ihren rechten Schuh.«

Ich zog den rechten Schuh aus und gab ihn ihm. Er ging zum Tisch und setzte sich. Aus dem Koffer nahm er einen kleinen Schraubenzieher und hebelte damit ein Stück vom Absatz meines Schuhes los. Dann brachte er, ebenfalls aus dem Koffer, einen Lederkeil zum Vorschein, den er an den Absatz schraubte.

Das alles dauerte eine Zeitlang. Ich saß nur da und beobachtete ihn, während Mazzo dastand und mich und Charles beobachtete.

»Schauen wir mal«, sagte Charles. »Ziehen Sie bitte den Schuh an und gehen Sie bis zum Fenster und zurück.«

Ich zog den Schuh an, stand auf und ging zum Fenster. Der dicke Keil, den er an den Absatz geschraubt hatte, warf mich etwas aus dem Gleichgewicht. Ich ging wie ein Mann mit einem verletzten Bein. Ich humpelte wieder zurück und blieb abwartend stehen.

»Bestens«, sagte Charles.

In diesem Moment glitt die Tür auf, und Mrs. Harriet kam herein, den Pudel auf dem Arm.

»Nun, Charles?«

»Die Frisur. Urteilen Sie bitte.«

Ihre dunkelblauen Augen musterten mich lange, dann nickte sie.

»Ausgezeichnet«, sagte sie. »Sie sind ein großer Künstler, Charles.«

Er lächelte affektiert, dann erstarrte das Lächeln zur Grimasse. Ich konnte seine Ängste herauslesen. Er war ein Gefangener, Entführter wie ich selbst.

»Und der Gang?« sagte Harriet.

»Das ist geregelt.« Charles warf mir einen flehenden Blick zu. »Darf ich Sie bitten, Mr. Stevens, hinüber zum Fenster zu gehen und zurück?«

Also hinkte ich zu dem mit Läden verschlossenen Fenster und zurück.

»Bitte noch einmal, Jerry«, sagte Harriet.

Also tat ich es noch einmal.

»Ja, das genügt«, sagte sie. »Langsam kommen wir weiter. Bringen Sie Charles auf sein Zimmer, Mazzo. Charles! Wir dürfen keine Zeit verschwenden. Fangen Sie mit der Arbeit an der Maske an.«

»Selbstverständlich.« Er ging vor Mazzo her aus dem Zimmer.

Harriet setzte sich.

»Also, Jerry, Sie müssen sich das Geld auch verdienen, das wir Ihnen zahlen. So weit, so gut. Jetzt haben Sie eine schwierige Aufgabe. Sie müssen imstande sein, die Unterschrift meines Sohnes nachzuahmen.«

In diesem Augenblick kam Durant mit einer Aktenmappe herein. Er ging zum Tisch und setzte sich, zog den Reißverschluß der Aktenmappe auf und holte einen Packen Pauspapier, einen Parker-Füllhalter und Schreibpapier hervor, das er auf den Tisch legte.

Harriet stand auf.

»Ich lasse Sie mit Mr. Durant allein. Er wird Ihnen erläutern, was Sie zu tun haben«, und sie ging.

Durant betrachtete mich.

»Kommen Sie, setzen Sie sich her, Stevens«, sagte er.

Ich kam und setzte mich ihm gegenüber an den Tisch. Ich nahm zur Kenntnis, daß ich nicht mehr »Mr.« war.

»Es ist reine Übungssache, Stevens«, sagte er. »Hier ist die Unterschrift, die Sie kopieren und sich aneignen müssen. Sie werden Pauspapier verwenden, bis Sie sich zutrauen, die Unterschrift ohne Hilfsmittel zu beherrschen.« Er schob mir einen Bogen Papier zu, auf den eine Unterschrift gekritzelt war. Dann legte er ein Blatt Pauspapier auf die Unterschrift.

»Kopieren Sie sie immer und immer wieder«, sagte er. »Sie müssen in der Lage sein, diese Unterschrift auf Verlangen sofort perfekt zu schreiben. Natürlich werden Sie dazu einige Tage brauchen. Geben Sie sich Mühe, Stevens.« Er starrte mich an. »Niemand bekommt tausend Dollar täglich, ohne dafür zu arbeiten.«

Er stand auf, steuerte die elektronische Tür an, und sie schnappte hinter ihm zu.

Ich sah mir die kritzlige Unterschrift an: John Merril Ferguson.

Wie gebannt starrte ich auf den Namen, wagte kaum, meinen Augen zu trauen.

John Merrill Ferguson.

Wenn es die Unterschrift von Howard Hughes gewesen wäre, hätte ich nicht verblüffter sein können. Howard Hughes war tot, aber John Merrill Ferguson war den Zeitungen nach ausgesprochen lebendig. Während ich auf Anrufe wartete, hatte ich eine

Menge Zeitungen gelesen, die mir mein Nachbar überließ. Darin war laufend die Rede von John Merrill Ferguson, der der Presse zufolge in Howard Hughes Mantel geschlüpft war. Man sprach von ihm als dem geheimnisvollen milliardenschweren Unternehmer, der Fäden in der Hand hielt, an denen Politiker tanzten; der mit einem Fingerschnippen die Börsenkurse der Welt drücken oder steigen lassen konnte; der bei jeder großen Transaktion die Hand im Spiel zu haben schien.

Ich saß da und starrte auf die Unterschrift. In meinen Kopf drang der erschreckende Gedanke, daß ich darauf trainiert wurde, diesen Mann zu verkörpern!

Ich! Ein kleiner erfolgloser Schauspieler sollte einen der mächtigsten und reichsten Männer der Welt doubeln!

Jetzt ging mir die Lösung des Rätsels auf, vor dem ich gestanden hatte: Die kleine alte Frau mit ihrem Rolls-Royce; der nach Geld riechende Durant; Mazzo, möglicherweise ein Killer; dieser Raum mit seiner elektronischen Tür und der Luxuseinrichtung; der verängstigte Charles, der entführt worden war wie ich.

Ein Mann mit der Macht John Merrill Fergusons brauchte nur Order zu geben, und was mit mir und Charles geschehen war, geschah einfach.

Ich dachte an Larry Edwards.

Nulpen wie der haben oft Unfälle. Sie sind klug, Freundchen. Sie werden keinen Unfall haben.

Mit einemmal wurde mir entsetzlich klar, daß Larry, weil er sich geweigert hatte, mitzuarbeiten, ermordet worden war! Wenn ich bedachte, mit wem, ich es zu tun hatte und daß offenbar eine riesige Finanztransaktion geplant war, die unbedingte Geheimhaltung erforderte, so hatten diese Leute Larry nach seiner Entführung unmöglich freilassen können; er hätte doch geredet. Also hatte es einen mörderischen Unfall gegeben.

Das sollte mir nicht passieren! Ich würde mitarbeiten! Menschenskind, wie ich mitarbeiten würde!

Mit schwitzender, unsicherer Hand zog ich das Pauspapier und die Unterschrift heran und begann mit dem verzweifelten Versuch, nicht nur meine tausend Dollar täglich zu verdienen, sondern am Leben zu bleiben.

Zwei Stunden später warf ich den Füllhalter hin und starrte auf meine letzte Bemühung. Der Boden war mit zerknülltem Pauspapier übersät. Mein letzter Versuch, John Merrill Fergusons Unterschrift nachzuahmen, war schlechter als mein erster.

Meine Hand schmerzte, meine Finger waren steif, und mein Herz hämmerte vor Panik.

Ich stieß meinen Stuhl zurück und stand auf. Ich lief im Zimmer umher. Angenommen, ich konnte die Unterschrift nicht kopieren? Würde sich Durant nach jemand anderem umsehen? Liefe das auf den Stich einer Nadel hinaus und auf einen geschickt arrangierten Unfall?

Ich mußte es schaffen!

Ich bog meine Finger durch, ging dann ins Bad und ließ Wasser in das Waschbecken laufen, bis es heiß kam. Ich tauchte meine schmerzende Hand in das Wasser. Als es abkühlte, ließ ich es ablaufen und füllte heißes nach. Nach einer Weile löste sich der Krampf. Ich kehrte an den Tisch zurück und nahm meine Arbeit wieder auf.

Ich war noch dabei, als eine Stunde später die Tür zurückglitt und Durant, gefolgt von Mazzo, hereinkam.

Durant sah auf das Durcheinander zusammengeknüllten Papiers am Boden, dann kam er zum Tisch herüber, hob meinen letzten Schreibversuch auf und nahm ihn unter die Lupe.

Ich beobachtete ihn mit klopfendem Herzen.

Schließlich sagte er: »Nicht schlecht. Ich sehe, Sie haben vor, mitzuarbeiten, Stevens. Für den Anfang ist das vielversprechend.«

Ich lehnte mich auf meinem Stuhl zurück und merkte, wie mich ein Gefühl der Erleichterung durchlief.

»Das genügt für heute. Morgen versuchen Sie es wieder.« Er betrachtete mich mit seinen harten, skrupellosen Augen. »Sie haben drei Tage Zeit, um die Unterschrift zu vervollkommnen.« Er wandte sich an Mazzo. »Räumen Sie die Schweinerei hier auf und kümmern Sie sich um Mr. Stevens' Bedürfnisse«, dann ging er.

Mazzo fand einen Papierkorb und begann die Papierknäuel aufzusammeln. Ich half ihm. Als das Zimmer wieder sauber war, lächelte Mazzo mich an.

»Freundchen, Sie werden überleben. Jeder, der's diesem Hundesohn recht machen kann, ist klug.«

Ich sagte nichts, aber ich registrierte die Tatsache, daß Mazzo für Durant nichts übrig hatte.

»Also, Freundchen, wie wär's mit ein bißchen Training in der

Turnhalle?« fragte Mazzo. »Ein großer Kerl wie Sie will doch nicht den ganzen Tag auf dem Hintern hocken. Kommen Sie, lockern wir uns auf.«

Ich war froh, aus meinem Gefängnis herauszukommen und durch den Korridor zum Fahrstuhl gehen zu können. Wir sanken Stockwerke tiefer, und als der Lift anhielt, schwang die Türe auf.

Mazzo ging voran in eine große, vollausgestattete Turnhalle.

»Ich hab' Sie im Fernsehen gesehen, Freundchen. Sie sind ein guter Kämpfer«, sagte er, mir sein Rattenlächeln zuwendend. »Ziehen wir uns die Handschuhe über, ja?«

Ich hielt mich für einen guten Boxer. Als ich in Western die Bösewichterrollen spielte, hatte ich mich damit gebrüstet, ohne Double zu arbeiten. Aber wenn ich diesen Menschenberg betrachtete, wurde mir anders.

»Ich muß mit meinen Händen aufpassen, Mazzo«, sagte ich. »Brauch' sie doch zum Schreiben.«

Wieder das Rattenlächeln.

»Sicher . . . klar. Ist nichts dabei, Freundchen. Wir tragen ja Handschuhe. Nur ein bißchen Sparring. Nichts dabei.«

Er ging zu einem Spind und brachte zwei Paar Übungshandschuhe zum Vorschein. Da ich sah, daß kein Ausweg blieb, zog ich mir Jacke und Hemd aus, während er dasselbe tat. Der Anblick seiner gewaltigen Muskeln beunruhigte mich. Ich legte die Handschuhe an und wartete, bis er sie auch anzog, dann traten wir uns gegenüber.

Ich tänzelte um ihn herum, merkte, daß er langsam auf den Füßen war: ein Mann seiner Größe mußte langsam sein. Er stieß seine Linke vor, und ich zog den Kopf weg und versetzte ihm einen harten Stoß auf die Nase. Er schlurfte zurück, und ich sah Überraschung in seinen kleinen Augen. Er schickte einen linken Haken ab. Der wurde vorausteIegrafiert, und ich fing ihn mit meinem rechten Handschuh, aber die Wucht des Hakens warf mich nach hinten. Ich wußte, wenn einer seiner Schläge ankam, würde ich flachliegen. Er schlug wie ein Rammklotz.

Wir tänzelten höflich um uns herum. Ich stubste seinen Kopf zurück, wenn er zu nahe kam, und er schnaubte. Das ging ein paar Minuten so, dann sah ich ein böses Lächeln auf seinem lippenlosen Mund aufflackern. Ich spürte instinktiv, daß er im Begriff war, eine Minenbombe loszujagen. Ich gab ihm nicht die Zeit dazu. Ich schlängelte mich an ihn heran, stieß mit der Linken in sein Gesicht, was ihn aus der Balance brachte, dann ließ ich mit meinem gesamten Gewicht dahinter meine beste rechte Hand los. Meine Faust knallte auf seinen Kiefer, und er ging herunter, als wären die Knochen seiner Beine zu Wachs geworden. Seine Schultern krachten auf die Matte nieder, seine Augen verdrehten sich: Er war in der anderen Welt.

Ich riß mir die Handschuhe runter und kniete mich neben ihn, hob seinen geschorenen Kopf, klatschte ihm auf die Backen.

Ich war von Sinnen vor Angst, er würde mich, wenn er das Bewußtsein wiedererlangte, in Stücke reißen.

Es dauerte über zehn Sekunden, bis er an die Oberfläche kam. Als ich das Lebenslicht in seinen Augen wieder scheinen sah, setzte ich ihn aufrecht und trat dann zurück, wie man vielleicht von einem betäubtem Tiger wegtritt, der auf die Beine kommt.

Er guckte mich an, dann lächelte er: kein Rattenlächeln diesmal. sondern ein breites, freundliches Grinsen.

»Das war gekonnt, Freundchen«, sagte er und schüttelte den Kopf. »Mann, haben Sie einen Schlag!« Er bot mir seine Hand, und ich zog ihn auf die Füße. Er rieb sich die Kinnlade, dann brach er in Gelächter aus: »Und ich war so dämlich, Sie für eine Memme zu halten.«

Langsam und erleichtert atmete ich auf.

»Es tut mir leid, Mazzo. Ich hatte Angst. Wenn Sie mich mit einer von Ihren Minenbomben erwischt hätten, hätte ich nicht mehr für Mr. Durant arbeiten können. Ich mußte mein Bestes vom Stapel lassen.«

Er streifte seine Handschuhe ab und rieb sich, indem er mich anstarrte, nochmals den Kiefer, dann nickte er mit dem geschorenen Kopf.

»Sie haben recht, Freundchen. Hören Sie, kein Wort davon zu diesem Hundesohn. Er würd' mir die Haut abziehn. Okay?«

»Klar, und würden Sie die ›Freundchen‹-Tour sein lassen? Sagen Sie Jerry zu mir.«

Er sah mich einen Augenblick starr an, dann nickte er.

»Gemacht. Also dann, Jerry. Bringen wir uns ein bißchen in Form.«

Obwohl ich praktisch sicher war, daß er ein Killer war und ich ihn fürchtete, hatte ich so ein Gefühl, daß er jetzt vielleicht doch auf meiner Seite sein könnte. Wir trainierten zusammen mit einem Medizinball und am Barren, bis wir schwitzten. Ich fand, ich war einen entscheidenden Schritt vorwärtsgekommen.

Nachdem wir geduscht und wieder angezogen waren, führte er mich zurück auf mein Zimmer.

Mittlerweile war ich hungrig.

»Sie verlangen es, Sie kriegen es«, sagte Mazzo, als ich meinte, es sei Zeit zum Essen. »Hier geht alles.«

Also verlangte ich Hühnchen Maryland.

Er klopfte mir auf die Schultern.

»Essen Sie das gern, Jerry? Ich auch.« Er rieb sich den Kiefer und lächelte noch breiter. »Sie werden überleben.« Er patschte sich auf die breite Brust. »Das sag' ich Ihnen«, und er ging weg.

Der nächste Tag war eine Wiederholung des vorhergehenden.

Als Mazzo den Servierwagen mit dem Frühstück hereinrollte, fand ich eine weitere Gutschrift über tausend Dollar auf meinen Namen. Das war ermutigend.

Nach dem Frühstück setzte ich mich an den Tisch und arbeitete an John Merrill Fergusons Unterschrift. Ich war in einer mehr entspannten Verfassung und fühlte mich schon zuversichtlicher.

Nach einer Stunde legte ich das Pauspapier weg und schrieb die Unterschrift auf normales Papier weiter. Damit war ich eine Stunde später noch beschäftigt, als die Tür zurückglitt und Durant hereinkam. Er trat zu mir, um meine zahlreichen Versuche zu begutachten.

»Nehmen Sie ein frisches Blatt und setzen Sie die Unterschrift darauf«, sagte er.

Ich tat, was er verlangte. Er nahm den Bogen an sich und prüfte die Unterschrift.

»Ja. Sie kommen voran, Stevens. Weiter so. Ich möchte, daß Ihnen diese Unterschrift so geläufig wird wie Ihre eigene.« Er trat zur Seite. »Ich habe einiges für Sie erledigt. Ihre Miete ist bezahlt, und Ihre Kleider und sonstigen Sachen sind gepackt und hierher gebracht worden. Ich war bei Prentz, Ihrem Agenten, und habe ihm die Kommission gezahlt, die er verlangte. Ich sagte ihm, Sie arbeiten jetzt für mich in Europa. Sie haben keine Schulden oder Verpflichtungen mehr.« Er hielt inne und starrte mich an. »Sie stehen ganz zu meiner Verfügung.«

Ich hatte Angst. In seinen starren Augen war etwas, das ein

Warnlicht in meinem Kopf aufblitzen ließ.

»Feilen Sie weiter an der Unterschrift«, fuhr er fort. »Wenn ich morgen zufrieden bin, werden Sie weggebracht von hier und mit der Doppelgängerrolle anfangen.«

»Wo komme ich denn hin?« fragte ich mit belegter Stimme.

»Das erfahren Sie später. Bis jetzt, Stevens, kann man mit Ihnen zufrieden sein. Vergessen Sie nicht, Sie stellen keine Fragen«, sagte er schroff und ließ mich allein.

Es dauerte einige Minuten, bis ich mich dazu aufraffen konnte, mich wieder meiner öden Aufgabe, der Unterschrift, zu widmen. Ich hatte mich festgelegt. Immerhin, bis jetzt befriedigte ich meinen Arbeitgeber und machte Geld.

Die Zeit fürs Mittagessen kam. Mazzo rollte den Servierwagen an. Das Menü bestand aus einer großen Portion Garnelensalat, garniert mit Hummerfleisch in Scheiben.

»Okay?« sagte er lächelnd. »Stärken Sie sich, Jerry. Heute nachmittag gibt es Arbeit für Sie.«

Zwei Stunden später, als ich immer noch an der Unterschrift saß, ging die Tür auf und Mazzo, gefolgt von Charles, kam herein.

Charles hatte seinen Make-up-Koffer bei sich. Mazzo trug einen Anzug auf dem Arm und ein paar Schuhe in der Hand.

»Mr. Stevens!« rief Charles ziemlich atemlos. »Wir müssen an die Arbeit.« Seine Augen flatterten vor Angst und Schweißperlen standen auf seiner Stirn. Er stellte den Make-up-Koffer auf den Tisch. Er entnahm ihm etwas, das wie der übergroße Gummihandschuh eines Chirurgen aussah.

»Ziehen Sie die Sachen hier an, Jerry«, sagte Mazzo.

Es war der Anzug, den ich schon einmal getragen hatte. Ich zog ihn an.

»Jetzt die Schuhe.«

Auch sie zog ich an.

»Bitte setzen Sie sich, Mr. Stevens«, sagte Charles. Behutsam faltete er das Stück Gummi auseinander, und es wurde zu einer Gesichtsmaske. Sie legte er mir aufs Gesicht.

»Das ist dünnstes Latex, Mr. Stevens«, sagte er. »Sie wird nicht unbequem sein. Auf dieser Grundlage arbeite ich.« Er preßte die Gummimaske auf meiner Haut zurecht. Sie hatte Augenschlitze, so daß ich ungehindert sehen konnte. »Jetzt die Augenbrauen und der Schnurrbart.« Er werkelte darauflos, dann trat er schließlich zurück. »Es ist einfach, Mr. Stevens. Sie werden einen guten Vorrat an Brauen und Schnurrbärten bekommen. Ich habe drei Masken, für den Fall, daß Ihnen ein Mißgeschick passiert. Sie können sie sich ohne Schwierigkeit selbst anlegen.« Er holte ein Foto aus dem Kosmetikkoffer, betrachtete es, dann betrachtete er mich. »Exzellent. Bitte gehen Sie zum Spiegel. Überzeugen Sie sich selbst.«

Ich stand auf, und dank des erhöhten Keils im Schuhabsatz humpelte ich zum Spiegel und musterte mich. Eine ganze Zeitlang starrte ich hinein, fühlte, wie mich ein kaltes Frösteln überrann. Das war nicht ich! Der Mann in dem Spiegel war ein völlig Fremder. Die Latexmaske zeigte ein gutaussehendes, stark gebräuntes Gesicht mit schmaler Nase, kräftigem Mund und einem aggressiven Kinn. Die dünnen Augenbrauen und der scharfe Oberlippenbart unterstrichen dieses Bild. Ich stand nur starrend da, und erst als ich mich bewegte, konnte ich mich überzeugen, daß das Abbild im Spiegel ich selbst war und nicht ein anderer.

Ich merkte, daß Harriet und Durant in den Raum gekommen waren.

Ich drehte mich um.

»Gehen Sie mal«, sagte Durant.

Ich hinkte durch das Zimmer, machte kehrt und hinkte zurück zum Tisch.

»Wunderbar!« rief Harriet aus. »Niemand könnte sie unterscheiden! Ihr Talent, Charles, ist Ihres großen Rufes würdig.«

Charles grinste affektiert.

»Danke schön. Die Maske muß mit großer Sorgfalt gehandhabt werden. Mr. Stevens ist das Schminken ja gewöhnt. Es wird keine Schwierigkeiten geben.« Er lächelte unbehaglich. »Nun ist meine Arbeit getan. Ich möchte gerne nach Hause. Ich habe viele, viele Verpflichtungen.«

»Natürlich«, sagte Harriet. Sie winkte Mazzo. »Sorgen Sie dafür, daß Mr. Charles zu sich nach Hause kommt.«

»Danke, vielen Dank.« Charles' Gesicht hellte sich auf vor Erleichterung. »Sie können auf meine Diskretion zählen. Ich bin froh, daß alles so nach Wunsch geworden ist.« Er ging zur Tür, von dort warf er mir ein scheues Lächeln zu. »Es war mir ein Vergnügen, Mr. Stevens. Auf Wiedersehen.«

»Auf Wiedersehen«, sagte ich und fand, daß er sich glücklich schätzen konnte, aus diesem Schlamassel herauszukommen; aber woher hätte ich auch wissen sollen, daß es sein letzter Abschied war?

3

Den ganzen nächsten Morgen verbrachte ich damit, John Merrill Fergusons Unterschrift zu üben. Inzwischen konnte ich sie flüssig und hatte nicht mehr die Befürchtung, der Aufgabe nicht gewachsen zu sein.

Wieder lag dem Frühstückstablett eine Gutschrift über tausend Dollar bei.

Bei der Arbeit, nach dem Frühstück, fiel mir ein, daß Durant gesagt hatte, heute würde ich von hier fortgebracht und mit der Doppelgängerrolle anfangen. Je eher das losging, desto eher würde ich frei sein.

Nach dem Mittagessen erschien Durant mit einem amtlich aussehenden Formular, das er auf den Tisch legte.

»Unterzeichnen Sie hier mit Bleistift«, sagte er schroff.

Ich ergriff einen Bleistift und warf Fergusons Namenszug hin.

Durant prüfte, was ich geschrieben hatte, nickte dann.

»Jetzt noch mal mit Tinte«, sagte er.

Ich nahm den Parker-Füller und zeichnete über der Bleistiftunterschrift. Wieder prüfte er, was ich geschrieben hatte, dann sah er mich mit seinen harten dunklen Augen an. »Sie haben den Test bestanden, Stevens.« Er ging zu einem Sessel und setzte sich. »Heute abend fangen Sie mit der Verkörperung der Rolle an. Sie werden zu Mr. Fergusons Residenz nach Paradise City in Florida gebracht. Dort werden Sie Mr. Fergusons Frau kennenlernen. Sie weiß von dem Rollenspiel. Sie haben nichts zu befürchten. Sie werden für sich untergebracht und keinen Kontakt mit dem Personal haben. Mr. Ferguson hatte seit geraumer Zeit keinen Kontakt mit seinem Personal, so wird niemand daran etwas ungewöhnlich finden. Mazzo kümmert sich um Ihre Bedürfnisse. Zu bestimmten Zeiten werden Sie sich in der Maske auf dem Grundstück zeigen. Mazzo wird dann bei Ihnen sein. Dreimal in der Woche werden Sie zu den Büros der Gesellschaft gefahren, auch dies in Begleitung von Mazzo und anderen. Niemand vom Personal wird an Sie herantreten. Sie werden nichts weiter zu tun haben als Schriftstücke und Briefe abzuzeichnen. Die Regie führe ich. Mr. Fergusons Privatsekretärin ist vorsorglich in Urlaub geschickt worden. Ich habe sie durch eine Frau ersetzt, die Mr. Ferguson noch nie gesehen hat. Da besteht kein Problem.« Er hielt inne und starrte mich an. »Sie werden genau tun, was ich sage. Sie unterschreiben ohne Frage jedes Papier, das ich Ihnen vorlege.« Wieder hielt er inne, um mich anzustarren. »Ist das klar?«

»Ja«, sagte ich.

»Wie Sie sehen, Stevens, erhalten Sie einen guten Lohn für sehr wenig Mühe.«

Wenn es so einfach werden würde, gab ich ihm recht, aber würde es das?

Er erhob sich.

»Wir brechen heute abend um sieben auf. Sie werden die Maske tragen. Mazzo steht Ihnen zur Seite. Wenn Mr. Ferguson verreist, sind immer Spione und die Presse dabei. Tun Sie genau, was Mazzo Ihnen sagt, und es gibt keine Probleme.«

Er nahm das Schriftstück an sich, das ich unterzeichnet hatte, und ging.

Paradise City! Ich hatte viel von diesem legendären Spielplatz für Milliardäre gelesen, und ich hatte oft davon geträumt, in der Gegend einen Urlaub zu verbringen. Also dort war die Ferguson-Residenz. Als wäre das nicht aufregend genug, sollte ich noch dazu Fergusons Frau kennenlernen

Mann!, dachte ich, dein sozialer Aufstieg hat begonnen. Wenn diese Doppelgängertour vorbei war, gelobte ich mir, würde ich ein nettes Püppchen auftun und ein paar von den dreißigtausend Dollar, die dann bei der Chase National Bank auf mich warteten, für einen echten Urlaub in Paradise City ausgeben.

Mit derlei Gedanken zum Zeitvertreib verging der Rest des Nachmittages schnell.

Um sechs kam Mazzo mit einem Koffer herein.

»Es geht los, Jerry«, sagte er, indem er den Koffer auf den Tisch stellte. »Hier, ziehen Sie sich um.«

Er holte einen grauweißen Leinenanzug hervor, ein hellblaues Seidenhemd, eine dunkelrote Krawatte und ein Paar rehbrauner Mokassins.

Ich zog die Sachen an.

»Ganz schön abgefahren, hm?« sagte Mazzo und ließ sein

seufzergleiches Lachen los. Er nahm die Latexmaske aus einer Schachtel. »Kriegen Sie die hin?«

»Sicher.« Ich hinkte ins Bad. Sie hatten nicht vergessen, den rechten Absatz bei den neuen Schuhen aufzustocken.

Es dauerte eine Weile, bis ich die Maske hinbekam. Ich hatte Angst, sie zu beschädigen, doch schließlich saß sie. Dann klebte ich die Brauen und den Schnurrbart an.

Mazzo stand in der Tür und beobachtete mich.

»Das ist schon was«, sagte er. »Ich könnte Sie vom Boss nicht unterscheiden.«

»Darum dreht es sich«, sagte ich.

»Hier noch ein Hut und eine dunkle Brille«, fuhr Mazzo fort und brachte einen breitkrempigen Hut zum Vorschein, den ich aufsetzte. Dann gab er mir eine schwarze Skibrille.

Wieder starrte er mich an.

»Ich hole Mr. Durant. Er wird Sie sehen wollen, bevor wir losfliegen. Gehen Sie rüber ans Bett und warten Sie.«

Als er draußen war, betrachtete ich mich in dem langen Spiegel.

So also sah John Merrill Ferguson aus, einer der reichsten und mächtigsten Männer auf der Welt.

Ein unerhörtes Gefühl der Erregung durchrann mich. Dieser Mann, der mir gegenüberstand, war John Merrill Ferguson! Ich hob meine rechte Hand, und John Merrill Ferguson hob seine rechte Hand. Ich trat zwei Schritte zurück, und John Merrill Ferguson trat zwei Schritte zurück. Ich lächelte ihn an, und er lächelte mich an.

Dann kam mir ein Gedanke in den Sinn. Was hatte dieser Mann, was nicht auch ich hatte? Sein Geld und seine Macht hatten nichts zu sagen. Sicher, ich konnte jetzt leicht seine Unterschrift nachahmen.

Der Keim eines Gedankens war mir in den Sinn gekommen: nicht mehr als ein Keim, aber Keime gehen auf. In diesem Fall war der Keim vergessen, als ich Durant in das Zimmer treten hörte.

Ich hinkte aus dem Bad, hinkte durch das Zimmer zum Bett, dann wandte ich ihm mein Gesicht zu.

Ich verspürte einen Kitzel der Befriedigung, als ich den verblüfften Ausdruck sah, der in seine Augen sprang.

Nachdem er mich angestaunt hatte, sagte er: »Sehr gut.« Er wandte sich kurz an Mazzo, der in der Tür stand: »Wir brechen auf«, und verließ das Zimmer.

»Ich sagte es Ihnen, Jerry«, meinte Mazzo grinsend. »Sie sind ein Hit.«

Ich rührte mich nicht, sondern sah ihm direkt in die Augen.

»Soll nur ein Vorschlag sein, Mazzo«, sagte ich in meinem vertraulichen Ton. »Wäre es nicht sicherer, Sie würden von jetzt an Mr. Ferguson zu mir sagen, anstatt Jerry?«

Mit offenem Mund stierte er mich an.

»Was ist los? Hören Sie, Freundchen, Sie sind nicht der Boss. Ich nenne Sie nicht Mr. Ferguson. Sie tun, was ich Ihnen sage und damit fertig.«

»Mazzo, wenn Sie mich Jerry oder Freundchen nennen«, sagte ich, »und irgendwer das mitkriegt, sitzen wir in der Scheiße. Ich *bin* Mr. Ferguson. Ich tue, was Sie von mir verlangen, aber nennen Sie mich Mr. Ferguson.«

Er fuhr sich mit der schweren Hand über den rasierten Schädel, während er überlegte. Ich konnte fast hören, wie sein Verstand knarrte, dann nickte er schließlich.

»Ja. Da ist schon was dran.« Dann grinste er. »Okay, Mr. Ferguson, Sir, gehen wir mal.«

Ich merkte nicht, als ich mit ihm aus dem Zimmer ging, daß der winzige Gedankenkeim zu reifen angefangen hatte.

Ich folgte ihm über die breite Treppe hinunter in die hell erleuchtete Halle.

Harriet Ferguson stand, ihren Pudel an sich gedrückt, in der Tür des großen Wohnzimmers.

Durant stand mit einer Aktenmappe im Arm an der Haustür.

Mazzo trat zur Seite.

»Gehen Sie vor, Mr. Ferguson«, sagte er.

Ich überholte ihn auf der Treppe, und als ich sah, daß die alte Frau zuschaute, blieb ich auf der letzten Stufe stehen und blickte sie direkt an. Ich hörte, wie sie die Luft einzog. Ich lächelte sie an. Das Lächeln war steif durch die Maske, aber es war ein Lächeln.

»Es ist phantastisch«, rief sie aus, zu Durant schauend.

»Ja«, sagte der. »Wir müssen gehen.«

Mazzo stieß mich leise an. Ich hinkte weiter, trat dann vor die alte Frau hin.

»Madam«, sagte ich. »Ich hoffe, Sie sind zufrieden.«

»Sie könnten mein Sohn sein«, sagte sie, und ich sah Tränen in ihren Augen.

»Das wäre eine besondere Ehre«, sagte ich, der Schau wegen. Dann ergriff ich ihre Hand und streifte sie mit den Lippen; reiner Schmalz, geradewegs aus einem Film von 1935.

Ich wandte mich ab und hinkte zu Durant, der die Episode mit jenem säuerlichen Blick verfolgte, den ein Regisseur bekam, wenn ich wieder mal versucht hatte, dem Hauptdarsteller eine Szene zu stehlen.

Draußen, in der zunehmenden Dämmerung, stand der Rolls. Der japanische Chauffeur hielt den Wagenschlag auf.

Durant stieg ein, ich nach ihm. Mazzo setzte sich neben den Chauffeur.

Als wir auf den Highway abbogen, sagte Durant: »Wenn wir zum Flughafen kommen, Stevens, wird dort die Presse warten. In Ihre Reichweite kann niemand, aber sie werden dort sein. Wir fliegen mit einer firmeneigenen Maschine. Sie werden genau tun, was Mazzo Ihnen sagt. Es wird unproblematisch. Nur keine Hast. Denken Sie daran, Sie sind John Merrill Ferguson. Sie werden gut abgeschirmt sein. Wenn Sie die Gangway zu der Maschine hinaufgehen, können Sie kurz stehenbleiben, sich umdrehen und die Hand heben. Verstanden?«

»Ja, Mr. Durant«, sagte ich.

»Im Flugzeug selbst, Stevens«, fuhr er fort, »nicken Sie den Stewardessen zu und setzen sich. Sie werden ungestört sein, bis wir landen. Die nächsten Instruktionen bekommen Sie nach der Ankunft.«

Der Gedankenkeim reifte weiter.

»Da wäre nur eine Kleinigkeit, und sie könnte wichtig sein«, sagte ich. »Es ist lediglich ein Vorschlag, Mr. Durant. Wäre es nicht besser, Sie hörten auf, mich Stevens zu nennen? Ich weiß zwar nicht, was Sie zu Mr. Ferguson sagen, aber wäre es nicht klüger, Sie würden mich so nennen wie ihn? Ein Versprecher könnte das ganze Unternehmen vermasseln, und dann möchte ich nicht der Schuldige sein.«

Ich schaute ihn dabei nicht an, sondern sah stur auf den Hinterkopf des japanischen Chauffeurs.

Eine längere Stille entstand, dann sagte Durant: »Ja, das ist ein Argument, Mr. Ferguson. Sie beweisen Intelligenz.«

»Wenn es in die Binsen geht, Mr. Durant, möchte ich nicht, daß es an mir liegt.«

»Ja.« Er atmete schwer. »Dann sollten Sie mich besser Joe nennen.« Das Schnarren in seiner Stimme verriet mir, wie verhaßt ihm das war.

»Okay, Joe.«

Kein Wort fiel mehr, bis wir den Flughafen erreichten. Dann sagte Durant: »Tun Sie nichts. Sagen Sie nichts. Überlassen Sie das Mazzo.«

Ich konnte dem Triumph nicht widerstehen.

»Geht in Ordnung, Joe.«

Der Rolls wurde offensichtlich erwartet.

Wachtposten öffneten das Flügeltor und salutierten, als wir durchfuhren. Stolz wie ein Fürst hob ich die Hand leicht zu einem Gegengruß.

»Tun Sie nichts!« knurrte Durant.

Der Wagen fuhr um den Rand des Rollfeldes herum. Vor uns konnte ich blendende Scheinwerfer und eine große Menschentraube sehen. Dahinter ragte ein in Flutlicht getauchtes Flugzeug auf.

Mann, wie ich das genoß!

Der Rolls fuhr durch eine geöffnete Schranke, die sofort niederging. Etwa fünfzehn Männer standen am Fuß der Gangway zu der Maschine. Sie wirkten als das, was sie waren: harte, fähige Leibwächter.

Mazzo glitt aus dem Wagen. Durant stieß mich leise an, also stieg ich aus, und er folgte mir.

»Bewegung!« schnarrte Durant.

Im blendenen Glanz des Flutlichtes schritt ich auf die Gangway zu.

Sofort erhob sich ein Geschrei.

»Mr. Ferguson! Schauen Sie hierher!«

»Mr. Ferguson! Nur ein paar Worte!«

»Mr. Ferguson! Einen Augenblick bitte!«

Eifernde Stimmen: das Geheul der Presse. Blitzlichter flammten auf. Ich konnte das Surren von Fernsehkameras hören. Das war der aufregendste Augenblick meines Lebens! Das war der Stoff meiner Träume gewesen, als ich noch hoffte, dereinst ein großer Filmstar zu werden, umlärmt von der Presse, umschwirrt von Fotografen, die sich darum rissen, in meine Nähe zu kommen.

Ich nahm die ersten Stufen der Gangway, dicht gefolgt von Durant. Mein Herz pochte.

»Mr. Ferguson!«

Wieder und wieder ertönte der Name. Die Schallwellen der Rufe tosten rings um mich.

Menschenskind, kam ich mir groß vor!

Am Kopf der Gangway blieb ich stehen, drehte mich um und sah hinab auf das Meer der Gesichter, die Fernsehkameras, die Leibwachen, die sich abquälenden Fotografen. Mit einem Gefühl, als wäre ich der Präsident der Vereinigten Staaten, hob ich die Hand zu einem fürstlichen Gruß, dann, unaufhaltsam, drängte mich Durant praktisch in das Flugzeug hinein, und die Show war vorüber.

Ich hatte oft von den Privatflugzeugen großer Geschäftsleute gelesen, aber bei dieser Maschine bekam ich, während ich an zwei lächelnden Mädchen in dunkelgrüner Uniform mit braunen Pillboxhütchen vorbeiging, den Mund nicht mehr zu.

Die Passagierplätze waren ersetzt durch kleine lederbezogene Klubsessel, einen Schreibtisch mit hochlehnigem Ledersessel, eine Cocktailbar, einen Konferenztisch mit zehn Stühlen, und ein dunkelroter, mehrfach gewebter Teppich reichte von einer Wand zur anderen.

An der Seite stand ein lederner Sessel mit Fußstütze, der bequem genug zum Schlafen aussah.

»Setzen Sie sich dorthin«, sagte Durant mit einer Handbewegung auf den Sessel.

Ich ließ mich in den Komfort des Sessels sinken, nahm meinen Hut ab und ließ ihn auf den Boden fallen.

Mazzo kam herbei, hob ihn auf und legte ihn weg. Durant ging nach vorn und verschwand außer Sicht. Ich hörte, wie die Tür des Flugzeuges zuschlug.

Durch die geschlossenen Vorhänge der Fenster konnte ich den grellen Glanz der Fernsehbeleuchtung sehen, und zu gerne hätte ich einen der Vorhänge beiseite gezogen, um noch einen Blick auf die Presse unten zu werfen, aber dazu war jetzt nicht der richtige Moment.

Ein paar Minuten später erwachten die Düsen der Maschine zum Leben, und kurz darauf begann die Maschine ihren Start.

Durant kam zurück und setzte sich an den Schreibtisch. Er

öffnete seine Aktenmappe, nahm eine Stoß Papiere heraus und fing an zu lesen.

Ich entspannte mich in meinem Sessel, schloß die Augen und dachte an den Empfang, den ich erlebt hatte. Was es doch hieß, Milliarden Dollar wert zu sein! Ich dachte an die trostlosen Jahre, die ich mich abgeplagt hatte, um als Filmstar herauszukommen. Jetzt wurde ich plötzlich als einer der reichsten und mächtigsten Männer der Welt behandelt, und es gefiel mir!

Für die nächsten zwanzig Minuten genügte es mir, allein mit meinen Gedanken dazuliegen, dann kam mir in den Sinn, daß ich als John Merrill Ferguson doch etwas Aufmerksamkeit verdient hatte.

Durant war noch in seine Lektüre vertieft. Ich blickte mich um und sah Mazzo hinter mir in einem Sessel dösen.

»Mazzo!« sagte ich scharf.

Sowohl er als Durant blickten auf.

Mazzo zögerte, dann stand er auf und kam zu mir.

»Einen doppelten Scotch on the Rocks, und ich möchte auch etwas zu Essen«, sagte ich.

Mazzo blinzelte, dann schaute er zu Durant, der mich böse anstierte, zögerte, dann nickte.

»Okay, Mr. Ferguson«, sagte Mazzo und ging davon.

Nachdem er mich eine Zeitlang fixiert hatte, wandte Durant sich wieder seinem Lesestoff zu.

Eine der beiden Stewardessen brachte den Drink. Ich dankte ihr mit einem Nicken. Bis ich ausgetrunken hatte, wurde mir auch schon ein Menü auf einem Teewagen serviert: eine ausgezeichnete Vorspeise, gefolgt von einem Filetsteak in Weinsauce und einer Käseplatte.

Die beiden Stewardessen warteten mir auf. Ich nahm an, daß Durant so schlau gewesen war, zwei Mädchen einzusetzen, die Ferguson nie gesehen hatten. Ihr Verhalten war das von zwei Mädchen, die einen der reichsten und mächtigsten Männer der Welt bedienten. Eine von ihnen, eine hübsche Blondine, schenkte mir ein spitzes Lächeln nach dem andern. Ich war sicher, ich hätte ihr mit der Hand unter den kurzen Rock gehen können und sie hätte nicht gequiekt.

Zigarren und Brandy folgten.

Mann, dachte ich, so läßt sich's leben!

»Möchten Sie etwas zu lesen, Mr. Ferguson?« fragte die Scharfe.

Mir fiel ein, daß ich seit drei Tagen nicht mehr auf dem laufenden war.

»Bringen Sie mir bitte ein Zeitung«, sagte ich.

Sie entschwebte mit wackelnden Hüften und kam mit der *California Times* zurück.

Ich machte mir's zum Lesen bequem.

Die Zeitung brachte nichts Neues: die üblichen trostlosen Krisen, die hoffnungsfrohen Versprechungen des Präsidenten, Rußland voller Groll. Ich blätterte zu den Hollywoodnachrichten. Zwei Seiten überließ das Blatt der Filmwelt: Wer sich von wem scheiden ließ, wegen wem, wer für den Oscar im Gespräch war: Zeug, das mich interessierte.

Auf der zweiten Seite war ein Foto von Charles, der die Maske entworfen hatte, die ich trug.

Ich starrte das Foto an, dann las ich die Schlagzeile:

CHARLES DUVINE, HOLLYWOODS STARMASKEN-BILDNER: TOD DURCH SELBSTMORD.

Mein Herz setzte einen Schlag aus, als ich weiterlas.

Charles Duvine, schrieb der Reporter, sei für zwei Monate fort gewesen. Er solle Ferien auf Martinique verbracht haben. Vorgestern abend sei er in sein Luxuspenthouse in Santa Barbara zurückgekehrt. Der Wachmann gab an, Mr. Duvine habe einen nervösen, deprimierten Eindruck gemacht. Am nächsten Morgen habe der Wachmann bei seinem gewohnten Kontrollgang Mr. Duvines Leiche auf der gepflasterten Umrandung des Hochhauses gefunden. Dem Anschein nach habe Mr. Duvine sich in einem Augenblick tiefer Depression von der Terrasse seiner Dachwohnung gestürzt. Die Polizei sei überzeugt, daß es sich um Selbstmord handelte.

Ich schloß die Augen, während ich die Zeitung aus meinen zitternden Fingern fallen ließ.

Larry Edwards, der hätte reden können: tödlich verunglückt durch Bremsversagen. Jetzt Charles Duvine, der mich in John Merrill Ferguson verwandelte und der ebenfalls hätte reden können: Tod durch Selbstmord.

Kalte, klamme Furcht packte mich.

Dann traf mich die Erkenntnis meiner verhängnisvollen Lage wie ein Vorschlaghammer: *Wenn ich meinen Zweck erfüllt hatte, würde auch mein Leben beendet sein!*

War dieses mysteriöse Geschäft erst abgewickelt, so würden Ferguson und Durant mich nicht am Leben lassen, weil ich reden könnte. Sie würden mich ermorden lassen, wie sie Larry Edwards und Charles Duvine hatten ermorden lassen!

Ich war so erschreckt, daß ich mich fast übergab. Ich spürte kalten Schweiß an meinem Rücken hinabrinnen. Ich spürte kalten Schweiß unter der Maske, die ich trug, hinabrinnen.

»Noch ein bißchen Brandy, Mr. Ferguson?« Es war die scharfe Stewardeß, die vor mir stand.

Wegen der Maske konnte sie nicht sehen, wie erschrocken ich war.

Brandy? Den konnte ich brauchen!

»Ja, danke.«

Sie stellte einen großen Kognakschwenker, halb voll Brandy, auf den Tisch vor mir.

»Falls Sie ein Schläfchen halten möchten, Sir«, sagte sie, »Ihr Zimmer ist vorbereitet. Wir haben noch fünf Stunden bis zur Landung.«

»Dann tu ich das mal«, sagte ich und stand auf.

Die Maske wurde jetzt unerträglich. Ich mußte sie abnehmen.

Sie schnappte sich den Kognakschwenker und ging an Durants Schreibtisch vorbei zu einer Tür.

»Leg' mich aufs Ohr, Joe«, sagte ich heiser, als Durant aufblickte.

Ich sah, wie Mazzo auf die Füße sprang, doch Durant schüttelte den Kopf. Mazzo setzte sich wieder hin.

Ich folgte dem Mädchen in eine Kabine mit Bett und Schrankwand. An das kleine Zimmer grenzte ein Bad.

Sie stellte den Kognakschwenker auf den Nachttisch und lächelte mich an.

»Ist sonst noch etwas, Mr. Ferguson? Die nächsten beiden Stunden bin ich nicht beschäftigt.« Sie wölbte einladend ihre Brauen.

Hätte ich nicht solche Angst gehabt und das Verlangen, die Maske abzunehmen, ich wäre versucht gewesen.

»Im Moment nichts, danke.«

»Nennen Sie mich Phoebe, Mr. Ferguson. Ich stehe ganz zu Ihrer Verfügung.« Nach einem Zögern lächelte sie nochmals, verließ die Kabine und schloß die Tür.

Ich schob den Riegel vor, dann ging ich ins Bad und entfernte behutsam die Maske. Als ich sie hingelegt hatte, starrte ich auf mein Abbild im Spiegel.

Wie ein Wrack sah ich aus! Das war Jerry Stevens, ein gestrandeter kleiner Schauspieler, außer sich vor Angst, weiß im Gesicht, schweißüberströmt, mit zuckendem Mund. Weit entfernt von dem Spiegelbild, das ich zuletzt gesehen hatte: dem mächtigen, selbstbewußten John Merril Ferguson, bei dem ich mich zu der Frage bemüßigt fühlte, was er mir voraushätte.

Ich wusch mir Hände und Gesicht und ging zurück in die Kabine. Ich trank fast den ganzen Brandy, dann setzte ich mich aufs Bett, bemüht, meine zitternden Hände zu beruhigen. Ich trank den Brandy aus und stellte das Glas hin, bevor es mir noch herunterfiel.

Nach ein paar Minuten fing der Brandy an zu brennen, und mein Herz schlug langsam wieder normal. Ich zündete mir eine Zigarette an.

Ich dachte an Charles Duvine. Vielleicht hatten zwei Schläger oder sogar Mazzo auf der Terrasse des Penthouses auf ihn gewartet: ein Stich mit der Nadel und ab ohne Netz.

Mich schauderte.

Das könnte auch dir passieren. Das *wird* dir passieren, wenn Durant keine Verwendung mehr für dich hat. Nun, wenigstens weißt du, womit du zu rechnen hast.

Durant hatte gesagt, ich solle Ferguson einen Monat lang verkörpern, vielleicht länger. Das mußte bedeuten, daß ich zumindest für dreißig Tage sicher war, und während dieser dreißig Tage mußte ich einen Ausweg aus diesem Alptraum finden.

Langsam überwand ich meinen Schreck.

Dreißig Tage!

In dreißig Tagen konnte eine Menge geschehen. Ich war vorgewarnt. Es mußte ein Zeitpunkt kommen, wo ich fliehen konnte. Ich würde zur Polizei gehen. Sie würden mich unter Schutz stellen. Ich hatte reichlich Beweise. Ich würde ihnen die Maske zeigen. Bei der Chase National Bank konnten sie nachprüfen, daß ich all das Geld bekommen hatte. Lu Prentz mußte ihnen bestätigen, daß ich von Durant engagiert worden war.

Ich fing an, mich zu entspannen. Vielleicht gaben die zwei großen Brandys mir jetzt Selbstvertrauen.

Dann hörte ich ein leises Geräusch, das mein Herz wieder zum Hämmern brachte. Zur Tür der Kabine schauend, sah ich, daß der Türgriff sich drehte, doch der Riegel verhinderte, daß sie aufging.

Wieder kam mir der Schweiß.

»Alles in Ordnung, Mr. Ferguson?« flüsterte Mazzo durch die Türfüllung.

Der Brandy ließ mich ausrufen: »Ziehen Sie Leine! Ich versuche zu schlafen.«

»In Ordnung, Mr. Ferguson.«

Ich saß da wie aus Stein, beobachtete den Türgriff. Eine Sekunde oder zwei bewegte er sich auf und ab, dann kam er zur Ruhe.

Wie ich dort auf dem Bett saß und die Tür anstarrte, verstand ich die Gefühle eines in die Falle geratenen Kaninchens.

Ich erwachte von einem leisen Klopfen an der Tür.

»Mr. Ferguson, bitte. Wir landen in einer Stunde.«

»Danke«, sagte ich und sah auf meine Uhr. Es war 23.30 Uhr.

Ich erinnerte mich nicht, daß ich eingeschlafen war. Allerdings wußte ich, daß ich mich aufs Bett gelegt hatte, während ich mit meinen Ängsten kämpfte. Der Brandy mußte ein Machtwort gesprochen haben.

Ich stieg aus den Kleidern, duschte und rasierte mich, betrachtete im Spiegel mein bleiches Gesicht. Dann legte ich ohne Eile die Maske, die Augenbrauen und den Schnurrbart an.

Ich trat zurück und musterte mich in dem Spiegel. John Merrill Ferguson starrte mir entgegen, und bei seinem Anblick wichen meine Ängste.

Niemand würde John Merrill Ferguson umbringen! Er konnte Leute wie Larry Edwards und Charles Duvine umbringen lassen, aber er war zu mächtig, um von jemand umgebracht zu werden.

Dieser kindische Gedankengang half, mein Selbstvertrauen wiederherzustellen. Während ich mich anzog, versicherte ich mir, daß ich die Situation meistern könne, solange ich hinter der schützenden Maske von John Merrill Ferguson blieb.

Ich öffnete die Tür und betrat die Hauptkabine.

Durant saß am Schreibtisch, noch immer Papiere lesend. Mazzo trank Kaffee.

»Immer noch dabei, Joe«, sagte ich in herzlichem Ton und versetzte ihm einen Klaps auf die Schulter. »Sie arbeiten zu schwer.«

Ohne hinzusehen, wie er es aufnahm, ging ich zu dem Klubsessel hinüber und setzte mich, im Bewußtsein, daß Mazzo mich mit offenem Mund anglotzte.

Phoebe kam zu mir.

»Kaffee, Mr. Ferguson?« fragte sie.

»Aber ja«, sagte ich. »Danke.«

Bis ich den Kaffee ausgetrunken und eine Zigarette geraucht hatte, umkreiste die Maschine bereits den Flughafen Miami.

Durant kam zu mir herüber.

»Wir fliegen per Hubschrauber direkt zur Residenz«, sagte er. »Unten wird wieder die Presse sein, aber sie wird nicht in Ihre Nähe gelassen. Sie haben Geleit zu dem Hubschrauber.« Er legte eine Pause ein, um mich böse anzufunkeln. »Ziehen Sie mir keine Show ab . . . verstanden?«

»Natürlich, Joe«, sagte ich. »Ganz wie Sie wünschen.«

An der leichten Röte, die sein hartes Gesicht überzog, sah ich, wie zuwider es ihm war, daß ich ihn Joe nannte, aber er wußte, es war nicht daran zu drehen.

Phoebe, die jetzt ihr Pillboxhütchen trug, kam herein und bat uns, die Sicherheitsgurte anzulegen, da wir zur Landung ansetzten.

Fünf Minuten später landeten wir in einem dunklen Winkel des Flugplatzes von Miami.

Eine Wartezeit entstand. Ich blickte aus einem der Fenster und sah, daß die fünfzehn harten Leibwächter ausgestiegen waren und sich am Fuß der Gangway zu einem drohenden Kreis formierten. In der Ferne, unter grellem Scheinwerferlicht und zurückgehalten durch eine Schranke, stand ein Knäuel von Reportern und Kameraleuten. Wieder erlebte ich die ungeheure Aufregung: diese Leute warteten darauf, *mich* zu sehen, wollten ein Wort von *mir: John Merrill Ferguson.*

Wieder hörte ich das erregende Geheul der Presse. Ihre Rufe waren Wagnerklänge in meinen Ohren.

Die fünfzehn Leibwächter schlossen mich keilförmig ein. Hastig wurde ich zu dem wartenden Helikopter geführt. Ich war versucht, anzuhalten und der Presse zu winken, doch man drängte mich weiter. Ich wurde praktisch in den Hubschrauber gehoben, desgleichen Durant, der mir folgte. Die Tür knallte zu.

Der Pilot drehte sich auf seinem Sitz um.

»Hallo, Mr. Ferguson«, sagte er mit breitem, respektvollem Lächeln.

Mazzo, der hinter mir saß, raunte: »Lacey.«

»Ah, hallo, Lacey«, sagte ich in kameradschaftlich vertrautem Ton. »Fein, Sie zu sehen.«

Offensichtlich hatte ich damit etwas Unpassendes geäußert, denn dem Piloten quollen vor Überraschung die Augen heraus, aber ich konnte nichts dafür. Ich schwebte in den Wolken, wieder vereint mit den Unsterblichen.

Die Rotoren heulten auf, und die Kaffeemühle hob ab.

»Halten Sie den Rand«, stieß Durant zwischen den Zähnen hervor.

»Natürlich, Joe«, sagte ich. »Kein Problem.«

Ich sah hinunter auf das Gedränge der Presseleute, die Fotografen und die Fernsehkameras, die sich gegen das Flutlicht abzeichneten. Ich sah sie immer weiter unter mir zurückfallen.

Es dauerte rund zwanzig Minuten, bis ich zum erstenmal Paradise City zu Gesicht bekam: Und was für eine Stadt war das! Im klaren Mondlicht sah ich die Strände, noch jetzt gegen Mitternacht übersät von Badelustigen, ich sah die Palmen, die breiten Boulevards voller Autos, die Prachthochbauten: ein Bild üppigen Wohlstandes.

Nach den in parkähnlichen Gärten gelegenen großen Luxusvillen flog der Helikopter über einen breiten Wasserarm mit Motor- und Segeljachten zu einer Art Insel. Später sollte ich erfahren, daß dies Paradise Largo war, wo die Superreichen lebten. Als wir über den Bäumen niedergingen, sah ich John Merrill Fergusons Wohnsitz: ein prunkvolles Herrschaftshaus, wie man es nur aus Filmen der späten fünfziger Jahre kennt; ein riesiger imposanter Bau, umgeben von Rasen und farbstrotzenden Blumenbeeten.

Der Helikopter setzte auf dem Rasen auf.

Ich konnte nicht widerstehen, als ich Mazzo hinausfolgte, den Piloten anzusprechen: »Danke für den Flug, Lacey.«

»War mir ein Vergnügen, Mr. Ferguson«, erwiderte er merklich verblüfft.

Ein Elektrowagen stand bereit. Durant winkte mir mit einer Miene wie der Zorn Gottes, mich nach vorn zu setzen, und stieg hinten ein. Mazzo glitt hinter das Steuer und wir peilten das Haus an.

Wie ich das alles genoß!

»Hören Sie zu, Stevens«, Durant beugte sich vor und tippte mir auf die Schulter, »ich sagte Ihnen, Sie sollen Ihren verdammten Schnabel halten. Mr. Ferguson spricht nie mit seinem Stab.«

»Entschuldigen Sie, Joe. Das nächstemal weiß ich es. Ganz wie Sie wünschen.«

Wir hielten vor dem Vordereingang des Hauses. Sämtliche Lampen brannten auf der Terrasse. Die Flügeltür stand offen. Wir stiegen aus dem Wagen, und im Kielwasser von Mazzo kletterte ich die zwanzig Marmorstufen hinauf und verschnaufte, um die große, von vielfarbigen Begonien eingerahmte Terrasse mit ihren Klubsesseln und Tischen zu überschauen.

Wir betraten die große Halle, gingen durch einen weiten, langen Korridor. An den Wänden hingen Werke moderner Kunst. Wir gelangten zu einem Fahrstuhl.

»Bringen Sie ihn zu seinem Quartier«, herrschte Durant Mazzo an. »Mrs. Ferguson spricht morgen früh mit ihm.« Und er stelzte davon.

Mazzo grinste mich an, als er die Fahrstuhltür öffnete.

»Sie haben gehört, was Mr. Big sagte, Mr. Ferguson«, und er winkte mich in den Lift.

Als wir fuhren, sagte ich: »Ich wette, den hat sogar seine Mutter gehaßt.«

»Wenn nicht, haben ihr ein paar Schrauben gefehlt«, meinte Mazzo und besiegelte es mit seinem Seufzerlachen.

Der Fahrstuhl entließ uns in ein Vestibül. Wir standen vor zwei Türen.

»Hier wohnen Sie, Mr. Ferguson«, sagte Mazzo, indem er eine der beiden Türen öffnete. Er knipste das Licht an und trat in einen riesengroßen Raum, der so luxuriös eingerichtet war, daß ich mit offenem Mund in der Tür stehenblieb.

Das Zimmer hatte alles, was ein Milliardär sich wünschen konnte: einen geräumigen Schreibtisch mit Telefonen und Tonbandgeräten, Klubsessel, zwei Polsterbänke, Fernsehapparat, Bar mit allem, was dazugehört, einen großen offenen Kamin und einen dicken, hell rehfarbenen Teppichboden. An den Wänden hingen moderne Gemälde. Ich erkannte wenigstens vier Picassos. Es gab ein vierzig Fuß breites Aussichtsfenster und Glastüren, die auf eine große blumengeschmückte Terrasse hinausgingen.

»Hier schlafen Sie, Mr. Ferguson«, sagte Mazzo, indem er eine

Tür öffnete. Er grinste über meinen aufgesperrten Mund.

Ich folgte ihm in ein weiteres riesiges Zimmer: der gleiche rehbraune Teppichboden, Einbauschränke, ein zweiter Fernseher und ein enormes Bett, in dem gemütlich sechs Personen hätten schlafen können. Wieder waren die Wände mit modernen Gemälden geschmückt.

»Nett, was?« sagte Mazzo.

Ich staunte bloß. Das war der Gipfel an Luxus.

»Okay dann. Holen wir uns ein Auge voll Schlaf«, sagte Mazzo. »Morgen gibt es viel für Sie zu tun. Das Bad ist hier nebenan.« Er ging zu einem der Schränke und holte einen seidenen grauen Pyjama und ein paar Gucci-Slipper heraus, die er aufs Bett warf. »Bis morgen früh«, und er ließ mich allein.

Einen Augenblick stand ich noch da, schaute mich um, dann hörte ich ein leises Klicken.

Mazzo hatte mich eingeschlossen.

Ich erwachte aus einem erotischen Traum, in dem ich Phoebe nachjagte, die bis auf ihr Pillboxhütchen splitternackt war. Ich kam rasch näher an sie heran, da fühlte ich eine schwere Hand auf meinem Arm.

Ich schlug die Augen auf und sah Mazzo, über mich gebeugt.

»Muß das sein?« knurrte ich und setzte mich auf. »Um ein Haar hätte ich sie gehabt.«

Er gab ein seufzergleiches Lachen von sich. »Frühstück, Mr. Ferguson, dann Früharbeit.« Er trat zu einem Schrank und brachte einen Morgenmantel aus Brokat zum Vorschein. »Beeilen Sie sich.«

Stöhnend hangelte ich mich aus dem Bett und ging ins Bad.

Ich duschte, rasierte mich, zog den Morgenmantel über und kam heraus, als Mazzo gerade einen Servierwagen hereinrollte. Ich setzte mich, während er Kaffee eingoß und zwei Portionen gebratener Nierchen auftrug.

Nach dem Essen sagte er: »Sie haben Kleider für jeden Bedarf, Mr. Ferguson.« Er stieß die Türen der Schränke auf. »Bedienen Sie sich.«

Ich trat zu ihm und inspizierte den Inhalt der Schränke. Irgendwann war ich bei einem der größten Filmstars zu Gast gewesen, einem Angeber, wie er im Buch steht. Mit sadistischem Vergnügen hatte er mir seine Garderobe vorgeführt, und ich wurde krank vor

Neid. Was er mir gezeigt hatte, war lächerlich gegenüber dem Kleiderbestand John Merrill Fergusons. Es müssen zweihundert Anzüge gewesen sein, Fächer voller Hemden. Fächer voller Schuhe, und so weiter und so fort.

»Bevor Sie sich anziehen, Mr. Ferguson, erst mal die Maske«, sagte Mazzo. »Sie werden besichtigt.«

Ich ging ins Bad, setzte die Maske auf und vervollständigte sie, dann kehrte ich zurück ins Schlafzimmer.

Es dauerte zwanzig Minuten, bis ich mich für einen cremefarbenen, hellblau gestreiften Anzug entschieden hatte, der mir wie angegossen saß. Während ich mich anzog, fiel mir ein, daß Durant gesagt hatte, ich solle Mr. John Merrill Fergusons Frau vorgestellt werden.

»Wie ist seine Frau, Mazzo?« fragte ich, als ich mir eine dunkelblaue Krawatte von Cardin umband.

Mazzo stieß einen langgezogenen leisen Pfiff aus.

»Das werden Sie merken, genau wie ich's gemerkt hab'«, sagte er. »Aber Vorsicht. Nehmen Sie den Tip von mir, treten Sie leise.« Er rieb sich den rasierten Schädel, während er mich ansah. »Wie Sie mit Mr. D. umspringen, ist schon okay. Er muß das in Kauf nehmen, was will er machen, aber Vorsicht damit bei Mrs. F. Für sie sind Sie Jerry Stevens. Kleine Schauspieler sind zufällig etwas, was sie gefressen hat. Sogar der Boss geht behutsam mit ihr um, und Mr. D. hält sich zurück, als hätte er Angst vor ihr. Mich guckt sie an, als wäre ich eine drei Monate alte Leiche, auf der die Würmer krabbeln, also Achtung.«

Einen Augenblick beunruhigte mich diese Auskunft, aber als ich dann in den Spiegel sah und mir John Merrill Ferguson daraus entgegenblickte, entspannte ich mich.

»Okay, Mazzo, ich werde bei ihr vorsichtig sein.«

Ein Summer ertönte im Wohnzimmer. Mazzo ging hinein, nahm den Hörer ab, sagte: »Ja, Mr. Durant. Er ist fertig.«

Ich kam ins Wohnzimmer.

»Mrs. F. ist auf dem Weg«, sagte Mazzo. »Passen Sie echt auf. Sie stehen soweit ganz gut da, bauen Sie jetzt keinen Mist.«

Plötzlich ein Gefühl im Magen wie an dem Tag, als ich zum erstenmal in ein Aufnahmestudio marschiert war, ging ich zu dem großen Schreibtisch hinüber und setzte mich. Um irgend etwas zu tun, griff ich mir einen ledergebundenen Terminkalender und blätterte zwischen den Seiten. Jede halbe Stunde eines Tages war angefüllt mit unbekannten Namen. John Merrill Ferguson war zweifellos ein beschäftigter Mann. Dann blätterte ich weiter, kam zum Monat Juni: drei Monate zurück. Die Termine lichteten sich. Im Juli gab es nur drei Namen. Im August ein Name. Der September war leer.

Ich hörte nicht, wie die Tür aufging. Ich starrte auf die leeren Septemberseiten, dann hörte ich Mazzo leise hüsteln. Ich blickte auf.

Sie stand unmittelbar vor der Tür und schaute mich an.

Ich hatte das Gefühl, solange ich lebte, würde ich meine erste Begegnung mit Loretta Merrill Ferguson nicht vergessen. Es gibt Frauen und Frauen. In meiner Branche hatte ich die besten und die schlimmsten gesehen: die dicken, die dünnen, die netten, die schönen, die zähen und die nicht so zähen, die großen Stars, die Starlets, die gierigen, die verzweifelten, die verkommenen, verschmähten, die Nymphos . . . doch wozu noch weiter? Alle hatte ich gesehen, aber noch niemals irgendeine Frau wie Mrs. John Merrill Ferguson.

Sie war der Typ Frau, der jedem Mann den Atem genommen hätte. Im Grunde läßt sie sich nicht beschreiben, außer daß man sagt, sie war hochgewachsen, schlank, mit vollen Brüsten, langen Beinen – etwas, das die meisten großen Stars haben, aber es war ihr Gesicht, das mich fesselte. Umrahmt von einer rabenschwarzen Kleopatrafrisur, hatte es die Farbe alten Elfenbeins, und jeder Zug darin war perfekt: eine kurze Nase, ein breiter Mund und große veilchenfarbene Augen.

Sie war nicht nur die schönste, auch die sinnlichste Frau, die ich jemals gesehen hatte.

Mein Herz raste und mein Mund wurde trocken bei ihrem Anblick.

Ich saß nur da und starrte sie an.

Durant kam in das Zimmer.

»Stehen Sie auf!« schnauzte er.

Ich stand auf, die Augen noch unverwandt auf diese phantastische Frau gerichtet.

»Gehen Sie durch das Zimmer!«

Ich hinkte durch den Raum, drehte mich um und wartete, im Bewußtsein, daß sie mich betrachtete wie einen dressierten Hund.

Durant sagte zu ihr: »Ich würde meinen, Madam, er ist akzeptabel.«

»Lassen Sie ihn etwas sagen.« Sie hatte eine tiefe sinnliche Stimme. Sie sprach, als existierte ich nicht.

»Sagen Sie etwas!« schnauzte Durant.

Ich erblickte mich in einem Wandspiegel. Ich sah John Merrill Ferguson dort stehen. John Merrill Ferguson, einen der mächtigsten und reichsten Männer der Welt! Niemand würde es wagen, John Merrill Ferguson vorzuschreiben, was er zu tun hat!

Ich wies auf die Tür.

»Scheren Sie sich raus, Joe!« bellte ich. »Und Sie auch, Mazzo! Ich möchte mit meiner Frau sprechen!«

4

Ich stand neben dem Schreibtisch und sah Loretta Merrill Ferguson an.

Wir waren allein.

Nach meinem Ausbruch hatte Durant, puterrot im Gesicht, lostoben wollen, doch Loretta Merrill Ferguson hatte ihn mit einem Wink ihrer Hand zm Schweigen gebracht.

»Gehen Sie!« hatte sie gesagt, in einem Ton wie ein Peitschenknall.

Durant und Mazzo hatten das Zimmer verlassen und hinter sich die Tür geschlossen, als bestünde sie aus Eierschalen.

Also waren wir allein.

Sie musterte mich lange, dann ging sie zu einer der Polsterbänke und setzte sich.

»Nehmen Sie die Maske ab. Ich möchte sehn, wie Sie aussehen.«

Ich ging ins Bad, entfernte vorsichtig Augenbrauen und Schnurrbart und streifte die Maske ab. Ich wusch mein schwitzendes Gesicht, dann kehrte ich zurück ins Wohnzimmer.

Ich blieb am Schreibtisch stehen, während sie mich betrachtete wie ein Metzger eine Rindfleischseite beschaut, doch ich war es gewohnt, von Agenten, Regisseuren und Kameraleuten genau betrachtet zu werden, und so ließ mich das kalt. Ich wartete, und während ich wartete, sah ich ihr ins Gesicht, und mein steter Blick schien sie durcheinanderzubringen, denn nach einem Versuch, mich niederzustarren, wandte sie die Augen ab; ein winziger Sieg für mich.

»Setzen Sie sich!« Wieder der Peitschenknall in ihrer Stimme.

Bewußt ging ich zu dem großen Fenster und blickte hinunter auf den weiten makellosen Rasen, wobei ich ihr leicht den Rücken zukehrte.

»Ich sagte hinsetzen!« fauchte sie.

»Was für ein schönes Haus Sie hier haben, Mrs. Ferguson, aber doch nicht so schön, wie Sie selbst sind«, und ich nahm die Packung Chesterfield aus der Tasche, schüttelte mir eine Zigarette heraus und steckte sie an. Ich drehte mich nicht um, sondern sah weiter hinunter auf den Garten, den großen Swimming-pool und die drei chinesischen Gärtner, die sich um die Blumenbeete kümmerten.

»Wenn ich etwas von Ihnen verlange, haben Sie es zu tun! Setzen Sie sich!«

Ich drehte mich um und lächelte sie an. Mazzo hatte mich vor dieser Frau gewarnt. Ich war entschlossen, mich von ihr nicht beherrschen zu lassen.

»Man zahlt mir tausend Dollar täglich, damit ich Ihren Mann verkörpere, Mrs. Ferguson. Für dieses Geld habe ich mich zur Mitarbeit bereit erklärt, aber ich lasse mich von niemand herumkommandieren, auch nicht von der schönsten Frau, die mir je begegnet ist, wenn man nicht den Anstand hat, bitte zu sagen.«

Einen Moment saß sie wortlos da, mich anstarrend, dann plötzlich entspannte sie sich und wurde ganz Frau. Die Wandlung war verblüffend. Ihre harten arroganten Züge wurden weich, ihre veilchenblauen Augen leuchteten auf, ihr Mund bewegte sich zu einem Lächeln.

»Endlich ein Mann!« sagte sie, halb zu sich selbst, dann klopfte sie auf die Sitzbank. »Bitte kommen Sie, setzen Sie sich her.«

Obwohl ich nur ein kleiner stellungsloser Schauspieler war, täuschte dieser plötzliche Wandel mich nicht. Zu lange hatte ich mich mit Weibsbildern herumgeschlagen, die in einem Moment den Teufel spielten, im nächsten süß waren wie Honig. Ich hatte mir bei Dreharbeiten die Beine in den Bauch gestanden und auf irgendeinen Glamourstar gewartet, der nicht besser war als eine Hure, sich aufführte wie ein Elefant und die Aufnahmen aufhielt, während der Regisseur sie zu besänftigen suchte und es mich danach verlangte, ihr in den Hintern zu treten. Frauen, die zu reich, zu schön waren und ein vulgäres Benehmen an den Tag legten, waren haargenau das, was ich zum Kotzen fand.

Ich ging zu einem Sessel ihr gegenüber und setzte mich, womit ich das Angebot, neben ihr zu sitzen, betont ausschlug.

»Ich stehe Ihnen zur Verfügung, Mrs. Ferguson«, sagte ich.

»Das könnten Sie, Mr. Stevens, könnten Sie wahrhaftig«, sagte sie, immer noch lächelnd. »Ich könnte den Affenmann rufen und ihm befehlen, Ihr hübsches Gesicht zu demolieren.«

Ich lächelte sie an: mit dem Lächeln, das ich für verzogene Kinder reserviere.

»Nur zu, rufen Sie ihn. Er und ich haben schon klargestellt, wer von uns der Knabe ist und wer der Mann. Er ist dabei auf dem Boden gelandet.«

Sie lehnte sich zurück und lachte und reckte mir ihren Busen entgegen. Es war ein wunderbares, silberhelles Lachen, so ansteckend, daß ich selbst lachen mußte. Wir lachten zusammen, dann sagte sie: »Sie sind fabelhaft! War für ein Fund!«

Wieder ein Stimmungswandel? Es gab Zeiten, da wünschte ich mir, die Frauen nicht so gut zu kennen. Wie oft schon hatten Frauen mich enttäuscht? Wenn sie ihren Kopf nicht auf die eine Art durchsetzten, versuchten sie's auf eine andere und wieder eine andere.

»Mrs. Ferguson«, sagte ich, »wenn Sie Anweisungen für mich haben, sagen Sie es mir bitte.«

Ihr Lächeln erstarb, und ein müder Ausdruck trat in ihre Augen.

»Sie sind offensichtlich feindselig«, sagte sie, »und das ist auch zu verstehen. Meine Schwiegermutter hält sich für so etwas wie einen Diktator. Ich versichere Ihnen, es war nicht meine Idee, Sie entführen zu lassen.«

Ich empfand einen kleinen Triumph. Zumindest war sie in der Defensive.

»Menschenraub ist ein Fall für die Polizei, aber lassen wir das hingehen. Ich werde gut bezahlt. Ich beklage mich nicht. Ich habe mich bereit erklärt, Ihren Mann zu doubeln. Sind Sie mit meiner Maske soweit zufrieden?«

»Sie ist ausgezeichnet, aber Ihre Stimme nicht. Es wird vielleicht nötig sein, daß Sie mit einigen Leuten am Telefon sprechen! Könnten Sie die Stimme meines Mannes nachahmen?«

»Das weiß ich erst, wenn ich sie gehört habe«, sagte ich. »Es dürfte aber wohl kein Problem sein. Vor einiger Zeit hatte ich ein Nachtklubengagement als Stimmenimitator berühmter Leute.« Und ich spulte nacheinander die Stimmen von Lee Marvin, von

Richard Nixon und die volltönende Stimme von Sir Winston Churchill ab.

Sie saß da und staunte mich an.

»Sie sind wunderbar!« sagte sie in einem Ton, der mir verriet, daß sie es genauso meinte. »Ich besorge ein Tonband mit der Stimme meines Mannes, damit Sie ihn hören können.« Sie stand auf und lächelte mich an. »Wenn Sie glauben, daß Sie die Stimme meines Mannes geschafft haben, werden wir uns wiedersehen, Mr. Stevens.«

»Es ist nur ein Vorschlag«, sagte ich im Aufstehen. »Ich weiß zwar nicht, wie Sie Ihren Mann nennen, aber wäre es nicht sicherer, wenn Sie mich so anreden würden wie ihn?«

Sie sah mich an, ihre leuchtenden Augen plötzlich abwesend.

»Ich sage John zu ihm, und er zu mir Etta.«

»Also dann warte ich, Etta«, sagte ich.

Aus meiner langen und oftmals deprimierenden Erfahrung mit Frauen wußte ich, wann eine Frau angemacht war. Ich erkannte es an dem zarter werdenden Gesicht, der leichten Röte, dem einladenden Ausdruck in den Augen. Die Anzeichen waren alle dort, und ich wußte, ich brauchte nur die Linie zwischen uns zu überschreiten, sie in die Arme zu nehmen, und sie hätte sich hingegeben. Es wäre eine Versuchung, aber nicht der rechte Zeitpunkt.

Statt dessen lächelte ich und ging wieder zum Fenster.

Ich sah einige Minuten lang hinunter in den Garten, dann drehte ich mich um.

Sie war fort.

Ich hatte das Bedürfnis nach einem Drink. Ich ging zu Barschrank und goß mir einen kräftigen Scotch ein. Mit dem Glas setzte ich mich wieder hin. Ich war einigermaßen zuversichtlich, daß es mit Loretta Merrill Ferguson keine Schwirigkeiten geben würde.

Eine halbe Stunde später, während ich noch dasaß und trank, kam Mazzo herein.

»Sie halten sich gut, Mr. Ferguson«, sagte er grinsend.

»Ich hab' so den Eindruck, daß Mrs. F. an Ihnen Gefallen gefunden hat.« Er ging zum Schreibtisch hinüber, nahm den Deckel von einem Tonbandgerät und legte ein Band ein. »Sie sagte mir, Sie wollten das hier haben – ein Geschäftsdiktat vom Boss. Was hätten Sie denn gern zu Mittag? Der Küchenchef macht

Muscheln. Wäre Ihnen das recht?«

»Sehr sogar«, sagte ich, indem ich aufstand und zu ihm an den Schreibtisch trat.

»Wissen Sie, wie man damit umgeht? Zum Abspielen drücken Sie einfach den Knopf hier.«

»Ich weiß.«

Er nickte und ging hinaus.

Ich setzte mich an den Schreibtisch, drückte auf den Knopf und lauschte der Stimme des Mannes, den ich verkörperte. Es war eine ausgeprägte Stimme, erfüllt von eckiger Autorität. Offensichtlich diktierte er seinem Makler. Auf die Worte achtete ich nicht groß. Ich konzentrierte mich auf die Intonation, seine Sprechpausen und die Eigenart seiner Stimme. Ich war überzeugt, daß ich eine gute Imitation schaffen konnte. Viermal spielte ich das Band durch. Dann schaltete ich, da noch unbespieltes Band auf der Spule war, auf Aufnahme und diktierte mit Fergusons Stimme Obligationsverkaufsorder und Aktienkaufaufträge, bis das Band aufhörte. Ich ließ es ganz zurücklaufen und spielte es von vorne ab. Ich verließ den Schreibtisch und wanderte zum Fenster und lauschte. Wo meine Aufnahme anfing, erkannte ich nur an den Wertpapier- und Aktiennamen, die ich erfunden hatte. Als ich auf Stop drückte, rollte Mazzo den Servierwagen mit dem Essen herein.

»Das riecht aber gut, Mazzo«, sagte ich in Fergusons Stimme. »Hoffentlich ist's auch so gut, wie es duftet.«

Er war beim Tischdecken, und er ließ das Besteck fallen, als er herumwirbelte und mich anglotzte.

»Gott, haben Sie mich erschrocken!« rief er aus. »Ich hätte schwören können . . .«

»Bißchen Tempo, Mazzo«, sagte ich, immer noch mit Fergusons Stimme. »Ich habe Hunger.«

Er stand mit offenem Mund da.

»Sie hören sich genau wie der Boss an«, sagte er.

»Darum geht es doch.« Ich setzte mich an den Tisch. Neben meinem Teller lag eine weitere Gutschrift über tausend Dollar. Während ich sie in meiner Brieftasche verstaute, sagte ich in meiner eigenen Stimme: »Los, Mazzo, stehen Sie nicht da wie ein Ochs vorm Berg. Ich habe Hunger.«

Den Nachmittag über spielte ich in der Maske Tennis mit Mazzo.

Es gab vier Tennisplätze hinter dem Haus, umsäumt von hohen Hecken. Mazzo war in der Profiklasse, und ich konnte froh sein, in drei Sätzen zwei Spiele von ihm zu ergattern. Einmal, während ich einen schwierigen Ball zurückschlug, sah ich hoch und erblickte Loretta, die auf dem Balkon stand und mich beobachtete. Ich winkte ihr zu, aber sie winkte nicht zurück. Als ich wieder hinsah, war sie verschwunden.

Nach dem Spiel gingen Mazzo und ich zum Haus zurück.

»Falls wir dem Butler begegnen«, sagte Mazzo, »lassen Sie sich nicht aufhalten. Er heißt Jonas. Er ist kurzsichtig und so alt, daß er längst tot sein könnte.«

Wir hatten kaum die breite Halle betreten, da sah ich einen großen würdevollen Neger, der auf dem Weg zum unteren Wohnzimmer war.

»Guten Abend, Mr. Ferguson«, sagte er. »Darf ich mir die Bemerkung erlauben, daß ich froh bin, Sie wiederzusehen.«

Ich winkte in seine Richtung und peilte die Treppe an.

Mit Fergusons Stimme sagte ich: »Ist schön, wieder hier zu sein, Jonas.«

Als wir auf dem oberen Treppenabsatz anlangten, bemerkte Mazzo: »Sehr gut. Sie bringen das großartig.«

Er ließ mich in meiner Suite allein, und ich nahm die Maske ab und duschte nochmals. Dann schlüpfte ich in einen kurzen Bademantel und streckte mich auf dem Riesenbett aus. Ich vertrieb mir die Zeit mit meinen Gedanken.

Um sieben Uhr, während ich so vor mich hin döste, hörte ich ein Summen. Es kam aus dem Wohnzimmer. Ich glitt vom Bett herunter und sah das rote Licht der Gegensprechanlage auf dem Schreibtisch aufleuchten. Ich stellte den Schalter durch und sagte mit Fergusons Stimme: »Was gibt's?« Dann hatte ich so eine Ahnung, daß es Loretta sei. »Bist du das, Etta? Ich hab' darauf gewartet, daß du dich meldest.«

Ich hörte ein rasches Einziehen von Luft.

»Fabelhaft!« sagte sie. »Heute abend werden wir mit Durant zusammen essen, um neun im Speisezimmer. Tragen Sie die Maske. Mazzo sagte mir, Jonas hätte sich komplett täuschen lassen. Das wird jetzt die Generalprobe . . . John«, und sie schaltete ab.

Mir war nach einem sehr trockenen Martini. Ich ging zum

Barschrank, fand jedoch kein Eis. Einen Moment zögerte ich, dann trat ich zur Sprechanlage und las die Aufschriften unter den verschiedenen Tasten. Ich sah »Butler« und drückte auf den Schalter. Nach einer kurzen Wartepause meldete sich Jonas.

»Ich habe kein Eis, Jonas«, sagte ich mit Fergusons Stimme.

»Es ist im unteren Fach des Schränkchens, Sir«, sagte er mir. »Ich komme sofort.«

Ich verfluchte meine eigene Dummheit.

»Nein, das lassen Sie mal. Ich habe zu tun. Es ist schon gut«, und ich schaltete aus.

Das kommt davon, wenn man übermütig wird, sagte ich mir und schaute in dem Fach unter den Flaschen nach. Hier fand ich eine reichlich gefüllte Kühlbox.

Was wird er denken? fragte ich mich unbehaglich.

Als ich den Drink mixte, klopfte es an die Tür.

Schnell zum Fenster tretend, mit feuchtkalten Händen, rief ich herein.

»Erlauben Sie, Sir, daß ich Ihnen etwas zu trinken bereite?« fragte Jonas.

Noch immer mit dem Rücken zu ihm, da ich die Maske nicht trug, schüttelte ich den Kopf.

»Es geht schon, danke. Lassen Sie mich nur. Ich bin beschäftigt.«

»Jawohl, Mr. Ferguson«, und ich hörte, wie sich die Tür schloß.

Ich trank dreiviertel von dem Martini, setzte das Glas ab und wischte mir das Gesicht mit meinem Taschentuch, dann trank ich aus und goß mir noch einen Drink ein.

Ich hatte meine Fassung wieder und drei Martinis intus, als wenige Minuten vor acht Mazzo erschien.

»Großer Auftritt, Mr. Ferguson«, sagte er grinsend. Er ging zu einem der Schränke und holte einen Smoking heraus. »Es ist eine Galaveranstaltung.« Er brachte ein weißes Rüschenhemd und eine schwarze Fliege zum Vorschein. »Ziehen sie Ihr Gesicht an.«

Ich ging ins Bad und setzte die Maske auf. In dieser Übung war ich langsam Experte. Als ich sie fertig hatte, gab es wieder einmal großes Selbstvertrauen, in das Gesicht von John Merrill Ferguson zu blicken.

Wieder im Schlafzimmer, zog ich den Smoking an. Während ich mir die Fliege umband, sagte Mazzo: »Jonas wird bei Tisch servieren. Zwei Frauen helfen ihm dabei. Seien Sie unbesorgt deswegen. Die Frauen sind Kühe. Jonas ist halb blind. Zwei Dinge müssen Sie sich merken: Der Boss ißt nicht viel. Hauen Sie nicht rein wie ein Scheunendrescher. Und zum andern, der Boss redet nicht viel: also halblang mit dem Gequassel. Kapiert?«

»Natürlich«, sagte ich.

»Noch eins: Der Boss trinkt nicht und raucht nicht, also bremsen Sie sich.«

»Muß das ein Mann sein«, sagte ich. »Was macht er denn in seiner Freizeit?«

Mazzo schielte lüstern.

»Es gibt doch Mrs. F.«

Ja, es gab Loretta. Wenn ich sie in Gedanken vor mir sah, wurde mir heiß – die phantastischste und sinnlichste Frau, der ich je begegnet war.

Ein paar Minuten vor neun eskortierte mich Mazzo die Treppe hinunter und in ein großes Eßzimmer, so groß, daß es ohne weiteres hundert Leuten Platz geboten hätte.

Loretta saß, wunderschön in einem tief ausgeschnittenen scharlachroten Abendkleid, ihr Hals funkelnd von Diamanten, in einem Klubsessel. Durant stand im Smoking an dem leeren Kamin und rauchte Zigarre. Jonas fuhrwerkte herum.

In der Mitte des Zimmers war ein Tisch gedeckt.

Sowie sie mich sah, stand Loretta auf und kam zu mir und bot mir ihre Wange. Ich streifte sie mit den Lippen und roch dabei ihr feines Parfüm.

»Ich hoffe, du hast heute abend Appetit, John. Der Küchenchef hat ein neues Gericht ausprobiert.«

In Erinnerung an Mazzos Worte zuckte ich müde mit den Schultern.

»Du mußt versuchen zu essen«, sagte Loretta lächelnd.

Da mir klar war, daß all dies Jonas zuliebe geschah, zuckte ich nochmals die Achseln.

Wir setzten uns an den Tisch, und eine Hummercreme wurde mir vorgesetzt. Meine Magensäfte traten in Aktion. Dann hörte ich Mazzo, der hinter mir stand, leise hüsteln.

Widerstrebend sagte ich: »Das kann ich nicht essen«, während ich es gierig anstarrte.

Als hätte er erwartet, daß ich das sagen würde, ließ Jonas das

Gedeck verschwinden und ersetzte es durch einen gemischten Salat. Ich stocherte in dem Salat herum, während ich mit neidischen Blicken verfolgte, wie Loretta und Durant die Hummercreme aßen.

Loretta plauderte von Belanglosigkeiten, auf die ich nicht einzugehen brauchte. Dann und wann warf Durant etwas Geschäftliches ein, wobei ich dann nickte, um zu zeigen, daß ich zuhörte.

Eine Schüssel, die wie der Himmel duftete, wurde mir vorgesetzt. Ich spähte auf den Inhalt: Hühnchen mit Trüffeln in fetter Rahmsoße.

»Ein kleines Stück, Mr. Ferguson, Sir«, umschmeichelte mich Jonas wie eine Mutter ihr widerspenstiges Kind.

Ein *kleines* Stück?

Verdammt noch mal! Ich hätte die ganze Schüssel verschlingen können.

»Sieht gut aus«, sagte ich, im Bewußtsein, daß Mazzo wieder hustete. Zum Teufel mit ihm, dachte ich. »Ja, ich glaube, davon könnte ich etwas herunterkriegen.«

Jonas legte ein Stückchen Brust auf meinen Teller.

»Nur zu, Jonas«, sagte ich. »Wollen nicht kleinlich sein.«

Ich merkte, daß Loretta und Durant mich scharf ansahen, während Mazzo hustete wie ein Flüchtling aus einer Tb-Klinik.

Strahlend häufte Jonas mehr Hühnchen auf meinen Teller.

»Das genügt, Jonas«, sagte ich, als ich sicher war, daß er noch mehr auf den Teller nicht draufbekam.

Dann bediente Jonas Loretta und Durant, die beide in steinernem Schweigen dasaßen.

Während ich darauflos aß, trickste ich sie aus.

»Diese neuen Pillen«, sagte ich zu Loretta, »haben anscheinend meinen Appetit verbessert.«

»Das freut mich«, versetzte Loretta mit einem steifen Lächeln.

»Mein Kompliment dem Küchenchef, Jonas«, sagte ich, tüchtig zulangend, und zu Durant: »Erstaunlich, was diese modernen Pillen fertigbringen.«

»Das hört man oft«, knurrte Durant.

Nie war mir etwas so gleichgültig. Ich putzte weg, was noch auf dem Teller war. Durant und Loretta hatten ihr Besteck hingelegt. Jonas kam zu mir. »Ein kleines bißchen noch, Mr. Ferguson, Sir?«

Mazzo bekam einen weiteren Hustenanfall, den ich ignorierte.

»Warum nicht?« sagte ich. »Es schmeckt ausgezeichnet.«

Nach beendeter Mahlzeit schließlich, als ich noch zwei Portionen Apfelpastete verzehrt hatte, die Durant mit bösem Seitenblick und Loretta halb lächelnd zurückwiesen, standen wir vom Tisch auf.

Durant stelzte in das Wohnzimmer.

Ich begleitete, entspannt und gut gesättigt, Loretta bis zur Wohnzimmertür. Von draußen sah ich, daß Durant sich eine Zigarre ansteckte und sich in einem Lehnstuhl niederließ.

Es lag mir fern, den Rest des Abends mit ihm zu verbringen.

»Ich glaube, ich werde ins Bett gehen«, sagte ich, und sah sie direkt dabei an.

Sie lächelte.

»Du hast dich großartig geschlagen, John. Schlaf gut«, und sie ging an mir vorbei, hinein zu Durant.

Mit Mazzo auf den Fersen kehrte ich in meine Suite zurück.

»Hören Sie, Freundchen«, begann Mazzo, sowie er die Tür geschlossen hatte, »ich sagte Ihnen doch . . .«

»Was, zum Teufel, glauben Sie, mit wem Sie sprechen?« fuhr ich ihn an. »Halten Sie den Mund! Sind Sie noch nicht draußen?« Und ich stampfte ins Schlafzimmer und schlug die Tür zu.

Ich wartete erst, ob er hereinkommen und Ärger machen würde, aber er kam nicht. Nach einer Weile ging ich ins Bad und legte die Maske ab, duschte mich, zog einen Pyjama an und ging ins Bett.

Ich löschte alle Lichter außer dem kleinen Lämpchen am Kopfende des Bettes, dann entspannte ich mich wohlig und dachte an den Tag zurück.

Er war sehr befriedigend verlaufen. Ich hatte die Prüfung mit Jonas bestanden, und das war wichtig. Ich hatte jetzt viertausend Dollar auf der Bank. Ich hatte Mazzo unter Kontrolle. Langsam bekam ich sogar Durant in den Griff. Ja, es war ein befriedigender Tag gewesen.

Ich schloß die Augen und überließ mich den Gedanken an Loretta. Ich dachte noch über sie nach, als ich in Schlaf sank. Ich schlief mehrere Stunden, dann wurde ich wach.

Im Zimmer war es dunkel.

Die Wärme eines nackten Körpers drängte sich an mich. Zärtliche Hände liebkosten mich.

Nur halb wach, rollte ich herüber, berührte sie, ließ mich von ihrer Hand in sie einführen.

»Nein, beweg dich nicht. Bleib still.«

Sie flüsterte mir zu, ihr Gesicht an meinem. Sie hielt mich fest in sich umfangen. Ich verlagerte mein Gewicht von ihr auf meine Ellbogen.

»Nein, tu das nicht. Erdrück mich«, flüsterte sie, und so entspannte ich mich und sank in einen erotischen Schlaf.

Später, viel später, als das Licht des Morgengrauens durch die Jalousien drang, wachte ich auf. Jetzt lag ich neben ihr, und im ersten Morgenlicht konnte ich sie sehen, sie war wach, schaute mich an, ein leises Lächeln, das mich nach einem Schlaf der Befriedigung begrüßte.

»Hallo, Jerry«, sagte sie.

Ich legte meine Arme um sie und zog sie an mich.

Wir machten langsame, herrliche Liebe, dann fiel ich wieder in Schlaf.

Die Sonne schien hell durch die Jalousien, als ich erneut die Augen öffnete.

Sie sprach mit Jonas, der einen Servierwagen anrollte. Sie trug einen türkisfarbenen Morgenmantel, und ihre Kleopatrafrisur war makellos.

Während ich sie, halb hinter der Decke verborgen, beobachtete, fand ich sie die herrlichste Frau auf der Welt.

Jonas goß Kaffee ein, ohne in meine Richtung zu sehen, dann verbeugte er sich und ging.

Ich rollte mich aus dem Bett.

Sie saß jetzt am Servierwagen, nippte Kaffee, und sie lächelte, als ich zu ihr kam.

»Gut geschlafen, Jerry?«

Ich setzte mich, nahm ein paar Schlucke Kaffee, steckte mir eine Zigarette an.

»Eine außergewöhnliche Frau: eine außergewöhnliche Nacht.«

Sie lachte.

»John käme nie auf die Idee, so etwas zu sagen, aber John ist kein romantischer Liebhaber.«

Ich sah sie direkt an.

»Wo ist dein Mann?«

»Ja, es wird Zeit, daß du es erfährst. Ich nehm' mir eine von deinen Zigaretten.«

Ich zündete die Zigarette an und gab sie ihr.

Nach einer langen Pause fuhr sie fort: »Jerry, das ist eine sehr schwierige und komplizierte Situation. Ich brauche dir nicht zu sagen, wer mein Mann ist und welche Position er hat.«

»Das brauchst du mir nicht zu sagen.«

»Alles, was du jetzt hören wirst, ist streng vertraulich«, fuhr sie fort und sah mich dabei fest an. »Verstehst du das?«

»Natürlich.«

»John leidet an einer unbekannten und unheilbaren Gehirnkrankheit. Sie befiel ihn vor zwei Jahren. Diese Krankheit zeigt sich zuerst in Gedächtnisstörungen, Geistesabwesenheit und Untätigkeit. Sie schreitet langsam voran. Er litt schon an der Krankheit, als ich ihn kennenlernte. Ich dachte, er wäre von Geschäften beansprucht, und wenn er abends mit mir zusammen war, ertrug ich seine Schweigsamkeit meist in dem Glauben, er plane irgendeinen neuen Abschluß. Vor sechs Monaten begann sein Zustand sich rapide zu verschlechtern. Lange bevor ich darauf kam, schöpfte seine Mutter den Verdacht, daß er geisteskrank würde. In Wien gibt es einen diskreten Spezialisten auf diesem Gebiet. Er untersuchte John und sagte seiner Mutter und mir, innerhalb weniger Monate würde John nur noch dahinvegetieren, und es bestünde keine Aussicht auf Heilung.«

»Das ist hart«, sagte ich. »Es ist schwer zu glauben.«

»Ja, aber es kommen noch Komplikationen hinzu. Es ist absolut notwendig, seine Krankheit geheimzuhalten. Das ist der Grund, warum du als Doppelgänger für ihn engagiert worden bist – damit wir Zeit haben, das Ferguson-Imperium umzubilden. Es ist ein märchenhaftes Imperium, aufgebaut von John. Durant war und ist Johns rechte Hand, aber selbst Durant war in eine Reihe geheimer Transaktionen, die John getätigt hat, nicht eingeweiht. Jetzt kann John das alles nicht mehr regeln, Durant versucht die Steine des verstreuten Puzzles, das Johns Imperium darstellt, zusammenzufügen, und er hat dabei festgestellt, daß ohne John an der Spitze, ohne seine Unterschrift auf diversen Dokumenten das Königreich zusammenbrechen könnte.«

Ich hörte angestrengt zu, und ich starrte sie an.

»Weshalb sollte es zusammenbrechen?«

»John hat überexpandiert. Er hat enorme Geldsummen von den

Banken und Versicherungen geliehen. Er hat einen solchen Ruf, daß sein Name Gold ist, aber wenn bekannt würde, daß er geisteskrank ist, würden seine Geldgeber ihre Kredite zurückverlangen. Innerhalb des nächsten Monats sollen mehrere umfangreiche Geschäfte zum Abschluß gebracht werden. Johns Unterschrift ist dabei unentbehrlich. Sind diese Geschäfte erst perfekt, dann kann langsam die Nachricht durchsickern, daß er krank, und schließlich, daß er nicht mehr am Ruder ist. Bis dahin wird Durant einen Verwaltungsrat mit sich selbst an Johns Stelle errichtet haben, und das Ferguson-Imperium wird seinen erfolgreichen Weg weitergehen.«

»Schön für Durant«, sagte ich, angestrengt überlegend.

»Ja.« Sie schaute mich an. »Du bist ein wundervoller Liebhaber, Jerry.«

»Das gilt auch für dich«, sagte ich, verblüfft über diesen plötzlichen Stimmungswandel.

»Ich habe dich beobachtet. Du fügst dich wunderbar in die Rolle eines Milliardärs. Es gibt Augenblicke, wo ich glaube, daß du das Gefühl hast, du bist John Merrill Ferguson.«

Ich zeigte ihr ein schiefes Grinsen.

»Wir Schauspieler lassen uns manchmal mitreißen.«

Sie musterte mich.

»Die Maske ist fabelhaft, und die Stimme auch. Du könntest John sein.«

»Bin ich aber nicht.«

»Ich sagte, du *könntest* es sein.«

Ich sah sie an. Eine lange Pause entstand. Ich empfand plötzlich eine prickelnde Erregung.

»Ja, vielleicht könnte ich.« Wieder sahen wir uns an, dann setzte ich hinzu: »Es gibt da etwas, das ich wissen sollte. Wo ist dein Mann?«

»Im linken Flügel. Er hat eine Suite für sich. Ein Pfleger kümmert sich um ihn. Er wird gut bezahlt und ist vertrauenswürdig.«

Ich dachte an Larry Edwards und Charles Duvine. Ich fragte mich, ob auch der Pfleger, wenn erst die Zeit gekommen war, daß die Nachricht von Fergusons Geisteskrankheit durchsickern durfte, einen tödlichen Unfall erleiden würde.

Diese schöne, sinnliche Frau, die mir gegenübersaß, mir Geheimnisse verriet, weckte kein Vertrauen in mir. Ich hatte instinktiv das Gefühl, sobald ich getan hatte, was man von mir verlangte, würde ich ebenfalls umgebracht.

Sie blickte auf die Uhr auf dem Kaminsims.

»Ich muß gehen. Heute morgen wird Durant mit dir ins Büro fahren.« Sie erhob sich, lächelte mich an. Als ich dann aufstand, kam sie um den Teewagen herum und trat zu mir. Ich legte meine Arme um sie.

»Soll ich heute nacht kommen?« Ihr Kuß war sanft und einladend.

»Natürlich. Weiß Mazzo, was vorgeht?«

»Mach dir wegen ihm keine Sorgen.« Sie löste sich von mir. »Denk daran, Jerry, du könntest John sein.« Dann drehte sie sich um und ließ mich allein.

Ich holte tief Atem. Was meinte sie damit: *Du könntest John sein?* Irgend etwas plante sie, aber was? Ich hatte Zeit. Ich brauchte alle Informationen, die ich von ihr bekommen konnte. Ich war überzeugt, auf einem Seil über einem Abgrund zu tanzen. Jetzt wußte ich, daß Ferguson sich mit einem Pfleger im linken Flügel dieses riesigen Hauses befand und daß er mehr und mehr dahinvegetierte. Jetzt hatte ich erfahren, daß sein gewaltiges Imperium auf geborgtem Geld gebaut war und wenn auch nur irgend bekannt würde, daß er geisteskrank war, in sich zusammenbrechen konnte.

Mazzo kam in diesem Augenblick herein.

»Bürostunde heute, Mr. Ferguson«, sagte er. »Maskieren Sie sich.«

Zwanzig Minuten später folgte ich in einem dunklen Straßenanzug, der Maske, der Schutzbrille und dem Hut Mazzo die Treppen hinunter zu dem wartenden Rolls.

Durant saß schon im Wagen, er las Schriftstücke durch. Ich setzte mich neben ihn.

Mazzo stieg vorn zu dem japanischen Chauffeur.

Indem Durant die Papiere in seiner Aktenmappe verstaute, sagte er: »Vor dem Bürohaus sind immer Presseleute auf der Lauer. Wenn Sie aussteigen, gehen Sie mit Mazzo. Ihre Leibwache wird die Presse fernhalten. Sie müssen Papiere unterzeichnen. Ihre neue Sekretärin heißt Sonia Malcolm. Sie hat Mr. Ferguson nie gesehen. Es wird unproblematisch. Vom übrigen Personal wird Sie niemand zu Gesicht bekommen.«

»Wie Sie meinen, Joe.«

Er fuhr zu mir herum.

»Ich sagte Ihnen doch, Sie sollen mich Mr. Durant nennen, wenn wir alleine sind!« knurrte er.

Selbstsicher hinter dem Schutzschild der Maske, lächelte ich ihn an.

»Reden Sie nicht in diesem Ton mit mir, Joe. Ich bin der Boss . . . war es nicht so?«

Mit erstickter Stimme und einem Blick, als drohte ihm ein Schlaganfall, sagte er: »Hören Sie zu, Sie gottverdammter kleiner Schauspieler . . .«

Ich fuhr ihm dazwischen.

»Halten Sie Ihren großen Rand!« schnarrte ich in Fergusons Stimme. »Jetzt hören Sie lieber mal mir zu! Die Presse wartet. Ich brauche lediglich diese Maske abzunehmen, und Sie stecken in der Scheiße! Also hören Sie auf, mich zu treten, sonst werde ich, verdammt noch mal, den Spieß umdrehen!«

Er starrte mich an wie Frankenstein das Monster angestarrt haben muß, das er geschaffen hatte. Sein Mund klappte auf und zu, aber Worte kamen nicht. Wir duellierten uns mit Blicken, dann wuchtete er sich herum und starrte aus dem Fenster.

Mann, war ich zufrieden mit mir!

Denk daran, Jerry, du könntest John sein.

Nun, zumindest versuchte ich es mal.

Der Morgen hatte es in sich. Ich spielte die Rolle eines Milliardärs, und sie gefiel mir.

Zunächst waren vier Pressefotografen am Eingang zur Ferguson Electronic & Oil Corporation, aber fünf kräftige Leibwächter fegten sie beiseite, als ich in die große Empfangshalle marschierte. Durant, der dreinsah wie ein Dämon, Mazzo und ich bestiegen einen luxuriösen Fahrstuhl. Im Nu gelangten wir zur vierundzwanzigsten Etage.

John Merrill Fergusons Büro war ein Stück aus einer Spielfilmszenerie: riesige feudale Aussichtsfenster, die auf Hafen und Strand hinausgingen, riesiger Schreibtisch und was sonst dazugehört.

Der Fahrstuhl hatte uns direkt in diesen Raum gebracht. Durant trat an den Schreibtisch.

»Setzen Sie sich her. Es sind eine ganze Reihe Papiere zu

unterzeichnen.« Er hatte seine Wut jetzt unter Kontrolle. »Machen Sie am besten noch einen Probedurchlauf mit der Unterschrift. Diese Papiere sind wichtig.«

Ich gab Mazzo meinen Hut, ging dann zu dem Direktorensessel und setzte mich. Der Schreibtisch war groß genug zum Billardspielen.

Durant betrachtete mich wie ein Regisseur einen Schauspieler, während er einen Kamerawinkel festlegt.

»Lassen Sie die Markise runter«, sagte er zu Mazzo.

Als es halbdunkel im Raum war, nickte er und ging.

Eine lange Pause entstand, während der ich Fergusons Unterschrift auf einen Notizblock kritzelte. Mit dem Ergebnis zufrieden, warf ich die zerrissenen Blätter schließlich in einen Papierkorb neben mir und nahm mir eine Zigarette aus einem goldenen Spender.

»Der Boss raucht nicht«, sagte Mazzo.

»Die neue Sekretärin weiß das nicht. Regen Sie sich ab, Mazzo«, sagte ich.

Es klopfte an die Tür, und ein Mädchen kam mit einem Stoß Aktendeckel herein.

»Guten Morgen, Mr. Ferguson«, sagte sie, zum Schreibtisch kommend. »Diese Akten sind zu Ihrer Unterzeichnung, bitte.«

Ich lehnte mich im Sessel zurück und betrachtete sie. Es war eine eindrucksvolle Frau: groß, gutgebaut, kastanienbraunes, hochgetürmtes Haar, reizvolle Züge ohne direkt schön zu sein, große grüne Augen. Sie trug ein hellblaues Kleid mit weißem Kragen und Manschetten.

»Sie sind wohl Miss Malcolm?« sagte ich.

»Ja, Mr. Ferguson.« Sie sah mich offen an.

»Ich hoffe, es wird Ihnen bei uns gefallen, Miss Malcolm.«

»Danke sehr.« Sie legte die Akten auf den Tisch.

Durant kam herein.

»In Ordnung, Miss Malcolm«, sagte er schroff. »Tippen Sie jetzt gleich mal den einen Vertrag ab.«

»Ja, Sir.«

Ich sah zu, wie sie das Zimmer durchquerte. Ich mochte ihren anmutigen Gang, ihre schlanken Hüften und den geraden Rücken.

Als sie fort war, sagte Durant: »Lassen Sie mich die Unterschrift sehen.«

Ich schrieb Fergusons Unterschrift und schob sie ihm über den Schreibtisch zu. Er prüfte sie, dann nickte er.

»Unterzeichnen Sie alle diese Briefe und Papiere.« Er wies auf den Aktenstapel. Zu Mazzo gewandt fuhr er fort: »Sie setzen sich neben ihn. Er darf nichts von dem lesen, was er unterschreibt. Verstanden?«

»Sicher, Mr. Durant«, sagte Mazzo und zog einen Stuhl heran. Er setzte sich zu mir.

»Passen Sie auf, wie Sie unterschreiben«, instruierte Durant mich weiter. »Lassen Sie sich Zeit und werden Sie nicht unachtsam.«

»Okay, Joe«, sagte ich und griff nach der ersten Akte.

»Das übernehme ich«, sagte Mazzo. Er zog einen Bogen Papier aus einer Schublade, dann öffnete er einen Hefter und nahm einen Brief heraus. Er legte das leere Blatt Papier auf den Brieftext. »Unterschreiben Sie hier, Mr. Ferguson.«

Durant sah einen Augenblick zu, dann ging er.

Die nächsten beiden Stunden über schrieb ich, mit langen Pausen zwischendurch für eine Zigarette und um meine Hand geschmeidig zu halten. Ich muß gut und gerne hundert Briefe und um die fünfzig Formulare unterzeichnet haben.

Als die Unterschriften fertig waren, drückte Mazzo einen Schalter an der Sprechanlage und sagte: »Holen Sie die Akten ab, ja?«

Miss Malcolm kam und sammelte die Akten ein.

»Möchten Sie Kaffee, Mr. Ferguson?« erkundigte sie sich mit einem winzigen Lächeln.

»Das wäre nett«, sagte ich. »Danke.«

Als sie draußen war, sagte Mazzo in mißbilligendem Ton: »Der Boss trinkt keinen Kaffee.«

»Ach, hören Sie schon auf!« sagte ich. »Sie ist neu hier, wie ich auch.«

Mazzo zuckte die Achseln und setzte sich vom Schreibtisch weg, rieb sich den kahlen Schädel und schien gelangweilt.

Ich sah mir die raffinierten Vorrichtungen und das Bord mit den Schaltknöpfen auf dem Schreibtisch an. Ich hatte keinen Schimmer, wofür sie alle waren, aber sie faszinierten mich.

Miss Malcolm kam mit dem Kaffee herein.

»Mit Milch oder schwarz, Mr. Ferguson?«

»Schwarz bitte, und ohne Zucker.«

Ich schaute ihr beim Eingießen zu. Je länger ich diese Frau sah, desto mehr gefiel sie mir. Ich versuchte ihr Alter zu schätzen: vielleicht dreißig, vielleicht fünfunddreißig. Ich schaute nach einem Ehering: kein Ehering.

Sie stellte die Tasse vor mich hin.

»Ist sonst noch etwas, Mr. Ferguson?«

Ich lächelte sie an. Ich hätte sie gerne eingeladen, sich zu mir zu setzen und mir von sich zu erzählen, da aber Mazzo herumzappelte, war das nicht der Augenblick.

»Nein, vielen Dank.«

Sie ging.

Als ich den Kaffee ausgetrunken hatte, erschien Durant.

»Ich möchte, daß Sie einen Anruf führen«, sagte er. »Hier ist der Text, den Sie sprechen, und sonst kein Wort. Haben Sie verstanden? Sie benutzen natürlich Mr. Fergusons Stimme.«

»Klar, Joe.«

Er nahm den Hörer ab und sagte: »Verbinden Sie mich mit Mr. Walter Bern.« Er wartete, dann reichte er mir den Hörer, nickte und nahm einen zweiten Hörer ab.

Von dem Blatt ablesend, das er mir gegeben hatte, sagte ich: »Hier ist Ferguson. Wie steht's denn, Wally?«

»Herrgott, John! Seit Tagen versuch ich, an dich ranzukommen.« Eine fette, kurzatmige tiefe Stimme. »John! Meine Gruppe regt sich über unseren Kredit auf. Ständig hacken sie auf mir herum. Sie meinen, soviel hätte ich nicht vorschießen sollen. Mann Gottes! Dreißig Millionen Dollar! Schau, John, es tut mir leid, aber sie sind nicht glücklich damit.«

Von dem Blatt ablesend, sagte ich: »Sprich mit Joe. Kredite sind sein Fach, und, Wally, du hast keinen Grund, besorgt zu sein. Wenn eure Gruppe fünfzehn Prozent auf dreißig Millionen verlieren will, suche ich mir jemand andern.« Und gemäß der Textanweisung legte ich auf.

Durant nickte.

»Das war gut«, sagte er. »Sie können jetzt wieder nach Largo zurück.«

Also ließ ich mich von Mazzo und fünf Leibwächtern, die die Fotografen wegschoben, zum Rolls bringen und wurde zurück zu Fergusons Villa chauffiert.

Es war ein interessanter Morgen gewesen. Ich war Sonia Malcolm begegnet. Während der japanische Chauffeur den Boulevard entlangsteuerte, dachte ich an diese Frau. Zum erstenmal in meinem Leben empfand ich eine eigentümliche Verwandtschaft. Hier war eine Frau, die ich kennenlernen mußte – nicht wie die vielen anderen Frauen, die mir begegnet waren. Sie hatte etwas, das mich zu ihr hinzog. Außerdem hatte ich erfahren, daß Fergusons Gesellschaft dreißig Millionen Dollar geborgt hatte und daß die Geldgeber unruhig waren. Dort an dem großen Schreibtisch, in dem luxuriösen Büro, hatte ich Macht gerochen. Ich hatte Durant gezeigt, daß man mich nicht herumstoßen konnte.

Ja, ein interessanter Morgen.

Ich dachte an den Mann, der hinter verschlossenen Türen, in der Obhut eines Pflegers, dahinvegetierte und langsam starb.

Jerry, du könntest John sein.

Ja, sagte ich bei mir, als der Rolls vor dem Eingang der Villa vorfuhr, spiel das richtig aus, und du könntest John Merrill Ferguson sein.

5

Wir lagen Seite an Seite auf dem großen Bett. Nach der Uhr auf dem Nachttisch war es 3.15 Uhr. Das Lämpchen über dem Bett malte schwache Schatten. Ich konnte ihre Nacktheit sehen: ein Körper, der nicht vollendeter hätte geformt sein können.

Vor etwa einer halben Stunden war sie geräuschlos in das Zimmer gekommen. Wir hatten uns ungestüm geliebt, aber dies war keine Liebe – es war reine Lust. Sie war unwiderstehlich, was den Gedanken jedoch nicht vertrieb, daß es gefährlich wäre, ihr zu trauen.

Wir lagen dort. Die Uhr tickte weiter. Wir lagen still, bis unser Atem wieder normal ging. Ich griff nach einer Zigarette.

»Magst du auch?«

»Ja.«

Ich zündete zwei Zigaretten an und gab ihr eine. Ich fragte mich, wann sie gehen würde. Ich war müde nach diesem stürmischen Akt.

»Du liebst wunderbar, Jerry.«

»Du auch.«

Sollte dieses banale Geschwätz noch lange weitergehen?

Eine Pause entstand, dann sagte sie schließlich: »Durant ist sehr zufrieden mit dir. Er sagt, du hättest ein Telefongespräch ganz fabelhaft gebracht.«

»Dafür werde ich bezahlt«, sagte ich, indem ich die Augen schloß. Warum ging sie nicht?

Sie begann wieder: »Mit John ist es viel, viel schlechter geworden. Ich war heute bei ihm. Er hat mich nicht erkannt.«

»Eine furchtbare Sache.«

»Ja.« Erneut ein Zögern, dann: »Du solltest über seine Mutter Bescheid wissen.« Das Ende ihrer Zigarette glühte rot.

Ich wurde hellhörig.

»Seine Mutter?«

»Du hast sie ja kennengelernt. Sie hat deine Entführung arrangiert. Du weißt, daß sie eine skrupellose, gefährliche alte Frau ist.«

Wußte ich das? Nun, vielleicht. Ich entsann mich ihrer glatten Sprüche über mein Talent, an die anschließende Drogenbehandlung und daran, wie komplett ich mich hatte täuschen lassen.

»Eine drollige Person ist sie schon«, sagte ich.

»Das einzige, was sie im Kopf hat, ist Geld. Ihr Sohn interessiert sie nicht, abgesehen von seinem Reichtum. Sie lebt in Frisco. Sie kommt nie her, um ihn zu besuchen. Sie will nicht wissen, ob sich sein Zustand bessert. Sie will wissen, wann er stirbt. Wenn er tot ist, wird sie Präsidentin der Gesellschaft werden und sein Privatvermögen erben. Geld ist ihr Gott, und so wartet sie voller Ungeduld darauf, daß er stirbt.«

Ich war jetzt hellwach.

»Du bist seine Frau«, sagte ich. »Seine Mutter kann nur das bekommen, was er ihr in seinem Testament hinterläßt. Er kann ihr nicht alles vermachen. Als seine Frau bist du gesichert.«

Sie rollte sich von mir weg, um ihre Zigarette auszustupsen. Sie hatte einen langen, schönen Rücken. Es war ein sinnliches Manöver, das mir nicht entging, und ich wurde noch wachsamer.

Als sie sich wieder auf den Rücken drehte, sagte sie: »Es gibt zwei wesentliche Schwierigkeiten. John hat nie ein Testament gemacht.«

Darüber dachte ich erst einmal nach. Es war kaum zu glauben, daß ein Mann wie John Merrill Ferguson kein Testament gemacht haben sollte, aber es gibt einige arrogante Menschen, die nicht wahrhaben wollen, daß sie irgendwann sterben.

»Als seine Frau bist du abgesichert«, sagte ich. »Es wird juristische Probleme mit sich bringen, aber deine Rechtsanwälte finden da schon durch. Und ist es denn überhaupt zu spät? Kannst du ihn nicht überreden, ein Testament aufzusetzen?«

»Hoffnungslos. Er erkennt mich ja nicht einmal. Er sitzt einfach da und starrt ins Leere.«

»Worin besteht die zweite Schwierigkeit?«

Sie legte die Hände auf ihre Brüste und schloß die Augen.

»Kann ich dir vertrauen, Jerry? Du bist mein Geliebter. Liebende sollten einander vertrauen.«

Wo hatte ich diesen Schmalz schon mal gehört? In irgend einer Schnulze, in der ich gespielt hatte?

»Wenn du mir etwas Vertrauliches mitteilen willst, dann wird es vertraulich sein«, sagte ich vorsichtig.

»Danke, Jerry. Du bist der einzige, dem ich es erzählen kann, und der einzige, dem ich trauen kann.«

»Also, was ist die zweite Schwierigkeit?«

»Ich bin nicht seine Frau.«

Das versetzte mir echt einen Schock.

»Was sagst du da?« Ich glitt aus dem Bett und zog meinen kurzen Bademantel über. Ich knipste eine der beschirmten Lampen an. Ich starrte auf sie, die auf dem Bett lag wie ein *Playboy*-Faltfoto. »Nicht seine Frau?«

»Ich bin nicht seine Frau. Komm, setz dich her, Jerry, und laß mich dir erzählen.«

Das war eine Sache, die ich wissen mußte, und so setzte ich mich neben ihr aufs Bett und ließ zu, daß sie meine Hand nahm.

»Willst du damit sagen, er ist nicht verheiratet?«

»Er ist nicht verheiratet.« Sie ließ ihre Finger an meinem Arm hochgleiten. Wieso dachte ich an Spinnenbeine? »Wir lernten uns vor zwei Jahren kennen. Er war in Las Vegas, zu einer Geschäftsverhandlung. Er wollte eine Frau. Mazzo kam zu mir. Ich war im Showgewerbe. Er engagierte mich. Wer würde nicht gerne mit dem reichsten Mann der Welt ins Bett gehen? John war nie so ein guter Liebhaber wie du, Jerry, aber ich verknallte mich in ihn, und er sich in mich. Er sprach von Heirat. Es war ihm ernst damit, aber er war so beschäftigt, daß keine Zeit blieb, die großartige Hochzeit, die er haben wollte, in die Wege zu leiten. Dann befiel ihn auch schon diese schreckliche Krankheit. Er versicherte mir immerzu, wenn sein Geschäft erst abgeschlossen sei, würden wir heiraten und auf eine Weltreise gehen. Er brachte mich her. Er erzählte allen – seiner Mutter, Durant, dem Personal –, ich sei jetzt seine Frau und wir hätten heimlich geheiratet. Ich wurde und werde noch als seine Frau akzeptiert. Ich bin es dem Namen nach, aber nicht tatsächlich. Immer wieder bat ich ihn, ich bettelte sogar darum, unsere Verbindung zu legalisieren, aber die Krankheit war schon zu weit fortgeschritten, und er machte nur Versprechungen.« Sie starrte mich an. »Du siehst also, Jerry, wenn er stirbt, geht mein Leben, so wie ich es jetzt kenne, zu Ende. Seine Mutter haßt mich. Sie hat den Verdacht, daß wir nicht verheiratet sind. Sie ist eine habgierige, böse alte Frau, und wenn John stirbt, wird sie mit Leichtigkeit nachweisen, daß er mich nicht geheiratet hat.« Sie legte sich zurück und starrte gegen die Decke. »Dieser Luxus, dieses Geld, alles wird dann restlos weggenommen. Ich weiß nicht, was aus mir werden soll.« Sie sah mich an. »So steht es, Jerry. Nun bitte ich dich, mir zu helfen.«

Ich stand auf und wanderte durch das große Schlafzimmer. Ich wollte weg von ihren streichelnden Fingern.

Rote Lichter blitzten jetzt in meinem Kopf. Ich dachte an Larry Edward. Hatte Loretta ihm auch erzählt, was sie mir erzählte? Hatte er es abgelehnt, ihr zu helfen? Hatte sie den Daumen gesenkt, und er war gestorben?

Ich fühlte kalten Schweiß auf meinem Leib. Ich war ein Gefangener in diesem reichen Haus! Ich hatte die rowdyhaften Leibwächter gesehen, die auf dem Grundstück patrouillierten.

»Dir helfen?« Ich bemühte mich, ruhig zu sprechen. »Wie kann ich dir denn helfen? Schau, ich bin engagiert worden, um die Rolle deines . . . die Rolle Fergusons zu spielen. Das tue ich. Nur dafür werde ich bezahlt.«

Sie stand vom Bett auf und ging zu der Stelle, wo sie ihren Morgenrock abgeworfen hatte. Langsam zog sie ihn an.

»Ich bin deine Geliebte, Jerry. Bedeutet dir das nichts?« fragte sie, wobei sie mir in die Augen sah. Ihr Gesicht hätte aus Marmor gemeißelt sein können.

Ich hatte Angst. Ich dachte an Larry Edwards, an Charles Duvine. Spiel die falsche Karte, sagte ich mir, und es kann auch um dein Leben geschehen sein.

Da ich wußte, daß ich diese Leute nicht davon abhalten konnte, mich umzubringen, wenn ich mich ihnen widersetzte, beschloß ich, auf Zeit zu spielen.

»Wenn ich kann«, sagte ich, »dann will ich dir helfen.«

Ihrem Blick war anzusehen, daß sie wußte, welche Heidenangst ich ausstand. Ein ironisches kleines Grinsen hellte ihr Gesicht auf.

»Ich wußte, daß du das sagen würdest.« Sie ging zu einem Sessel hinüber und setzte sich. »Ich habe gewußt, daß ich mich auf dich verlassen kann. Du wirst mich heiraten.«

Das kam so unerwartet, daß ich sie mit offenem Mund anglotzte.

»Es ist die einzige Lösung.« Wieder das ironische kleine Grinsen. »Aber setz dich doch! Ich werde es dir erklären, nachdem ich jetzt dein Wort habe, daß du mir hilfst.«

Also setzte ich mich ihr mit weichen Knien gegenüber.

»Wie würde es dir gefallen, zwei Millionen Dollar zu besitzen, Jerry?«

Keine Antwort kam. Ich starrte sie weiter an.

»Jerry! Was hieltest du davon, zwei Millionen Dollar zu *verdienen?*«

Ich riß mich zusammen.

»Das ist ein hübscher Batzen Geld«, sagte ich mit belegter Stimme. »Ja, wer hätte die nicht gerne?«

»Du wirst mich in deiner Maske als John heiraten, und dafür gebe ich dir zwei Millionen Dollar.«

Sie mußte übergeschnappt sein! Ich griff nach einer Zigarette und zündete sie an, während sie mich beobachtete.

»Es würde nicht gehen«, sagte ich schließlich. »Das ist doch hirnrissig. Wenn es zu einer Überprüfung kommt, und die kommt bestimmt, würde diese Trauung nicht standhalten. Der Trauschein trägt ein Datum. Seine Mutter weiß, daß John nicht mehr heiratsfähig ist. Du und ich säßen echt in der Tinte. Nein, das würde einfach nicht klappen.«

»Es wird klappen!« Ihre Stimme hatte die Schärfe eines Peitschenknalls, der mein Herz einen Schlag aussetzen ließ.

»Aber wie denn?«

»Du hast keine Ahnung, welche Macht das große Geld hat. Mit Geld läßt sich alles bewerkstelligen. Als Durant mir sagte, du könntest Johns Unterschrift perfekt nachahmen, sah ich die Lösung. Ich hörte mich in Las Vegas um. Da gibt es einen alten Priester, der vor zwei Jahren in den Ruhestand getreten ist, etwa um die Zeit, als ich John kennenlernte. Er hat ein Heiratsregister. Gestern flog ich hin und sprach mit ihm. Er braucht Geld. Seine Frau hat Krebs. Sein Sohn ist drogenabhängig. Wir sind ins Geschäft gekommen.« Sie lächelte ihr ironisches Lächeln. »Übermorgen geht Durant nach Washington. Ich habe Vorkehrungen getroffen, daß dieser Priester dann herkommt. Er wird mir einen Trauschein ausstellen, datiert von vor zwei Jahren, als ich John kennenlernte. Du wirst mit Johns Namen im Register unterschreiben, und Simsalabim bin ich mit ihm verheiratet.«

Ich überlegte, sagte dann: »Hast du das wirklich geregelt? Da gehören doch Zeugen dazu.«

Sie winkte ungeduldig ab, ihre Augen wie aus Granit.

»Jerry! Alles ist arrangiert. Diese angebliche Heirat war geheim. Zwei Trauzeugen sollen von der Straße hinzugeholt worden sein. Ich fand zwei arme Schwarze, die für ein paar Dollar das Register unterschrieben haben. Jetzt mußt nur noch du es unterschreiben, und John und ich sind verheiratet.«

Ich erkannte die Gefahr.

»Einen Moment mal. Ist dir klar, wie sehr du dich damit der Möglichkeit der Erpressung aussetzt? Der Priester, diese beiden Zeugen, sie könnten immer und immer wieder kommen, um dich zu schröpfen.«

Sie lächelte. Nie habe ich so ein kaltes, böses Lächeln gesehen.

»Niemand erpreßt eine Ferguson, Jerry.«

Meine Gedanken sprangen zu Larry Edwards und Charles Duvine. Mit einemmal war ich mir furchtbar sicher, daß dieser Priester und diese zwei armen Schwarzen tödliche Unfälle erleiden würden.

»Dazu kommt noch etwas Wichtiges, was du tun mußt«, sagte sie. »Es ist nur die Unterschrift. Auf dem Testament.«

»Dem Testament?«

»Natürlich. Als John mich vor zwei Jahren zur Frau nahm, machte er ein Testament, in dem er mir seinen gesamten Besitz hinterließ.«

»Aber du sagtest doch, er hätte kein Testament gemacht.«

»Hat er auch nicht, aber ich. Ich habe ein hieb- und stichfestes, amtliches Testament, das mich vollkommen sichert. Es fehlt nur noch seine Unterschrift.« Wieder das boshafte kleine Lächeln. »Deine gefälschte Unterschrift, Jerry.«

Ich klammerte mich an Strohhalme.
»Zu einem Testament gehören Zeugen.«
Sie tat es mit einer ungeduldigen Bewegung ab.
»Als wir vor zwei Jahren in Las Vegas getraut wurden, haben die zwei armen Schwarzen auch das Testament bezeugt. Ich habe ihre Unterschrift auf dem Testament. Das ist geregelt.«
Ich saß da und starrte sie an.
»Für deine Mithilfe und für dein künftiges Schweigen, Jerry, bekommst du von mir zwei Millionen Dollar. Was meinst du dazu?«
»Du hast keine zwei Millionen Dollar«, sagte ich heiser.
Erneut das böse kleine Lächeln.
»Ich werde sie haben. Du und ich müssen zwar warten, bis John stirbt, aber keine Sorge. Auf zwei Millionen zu warten, das lohnt sich doch, oder? John könnte praktisch schon in einem Monat sterben. Ich sagte dir ja, sein Zustand verschlechtert sich rapide.«
Plante sie jetzt etwa, John Merrill Ferguson umzubringen? Wenn ich sie so ansah, mit diesem Lächeln, war ich davon überzeugt. Und ich war ebenso überzeugt, daß sie mir niemals zwei Millionen Dollar zahlen würde. Wenn sie erst die gefälschten Unterschriften hatte, war es um mein Leben geschehen.
Ich mußte Zeit gewinnen.
»Durant . . . Weiß er, was du vorhast?«
»Keine Sorge wegen Durant. Der muß an seine Zukunft denken. Er hängt sein Fähnchen nach dem Wind.«
»Die Mutter?«
»Sie kann nichts wollen, wenn ich erst nachweisen kann, daß ich Johns Frau bin. Sei unbesorgt wegen ihr. Ich frage dich, bist du – gegen zwei Millionen Dollar – bereit, mit mir zusammenzuarbeiten?« Ihre Stimme klang wie Stahl.
Da ich wußte, daß ich in der Falle saß und vorläufig keinen Ausweg sah, und da ich wußte, daß ein Nein mich ins Grab gebracht hätte, sagte ich: »Du kannst auf meine Mitarbeit zählen.«
Sie sah mich eine kurze Zeitlang scharf an, ein Funkeln in den veilchenblauen Augen, dann lächelte sie und ließ mich allein.
Noch vier Stunden später saß ich in dem Sessel, als Mazzo den Servierwagen mit dem Frühstück hereinrollte.
»Gut geschlafen, Mr. Ferguson?« fragte er beim Kaffeeausschenken. Er bedachte mich mit einem schlauen kleinen Grinsen.
Ich antwortete ihm gar nicht erst. Ich guckte auf den Haufen

Rührei mit Würstchen. Mir krümmte sich der Magen.

»Nichts zu essen«, sagte ich und griff nach der Tasse Kaffee. Die sechste Gutschrift von der Chase National Bank lag auf dem Teewagen.

»Sie werden ein reicher Mann«, sagte Mazzo. »All das schöne Pulver, das sich da in der Bank anhäuft.«

Hörte ich einen spöttischen Unterton in seiner Stimme?

Ich nahm den Gutschriftsbeleg und steckte ihn in meine Tasche.

»Wieder ein großer Tag, Mr. Ferguson«, fuhr Mazzo fort. »Heute geht's noch mal ins Büro. Ziehen Sie die Maske an, wenn Sie fertig sind.« Und er verschwand.

Während dieser vier Stunden im Morgengrauen hatte ich eine Menge nachgedacht. Lorettas Versprechen, mir zwei Millionen Dollar zu bezahlen, schlug nicht ein. So sicher ich wußte, daß ich ein Gefangener in diesem Haus war, so sicher wußte ich, daß sie mich nie bezahlen würde. Ich war zum Fenster gegangen und hatte hinunter auf die weite Fläche makellosen Rasens geschaut. Zwei schattenhafte Gestalten bewegten sich umher. Ich war ans Schlafzimmerfenster gegangen und hatte auf den Swimming-pool hinuntergeschaut. Zwei weitere schattenhafte Gestalten standen am Becken.

Ich war ein streng bewachter Gefangener, und als ich ins Wohnzimmer zurückkehrte, hatte ich vergebens versucht, einen Fluchtweg zu ersinnen.

Jetzt beim Kaffeetrinken setzte sich ein beunruhigender Gedanke, ausgelöst von dem versteckten Spott in Mazzos Stimme, bei mir fest.

Woher wollte ich *wissen*, daß jeden Tag einem auf meinen Namen lautenden Konto bei der Chase National Bank tausend Dollar gutgeschrieben wurden? Ich nahm den Gutschriftbeleg heraus und untersuchte ihn.

Er besagte, daß ein Betrag von 1000 Dollar auf das Konto Nr. 445990, Mr. Jerry Stevens, gutgeschrieben worden sei.

Ich entsann mich, daß ich früher bei Bareinzahlungen einen gestempelten und mit Initialen versehenen Gutschriftsbeleg bekommen hatte. Der Beleg hier war nicht gestempelt, aber mit Initialen unterzeichnet.

Vielleicht ängstigte ich mich ohne Grund, aber ich mußte es wissen. Wenn die sechs Gutschriften, die ich erhalten hatte, falsch waren, dann waren meine Tage gezählt.

Ich mußte es wissen.

Ich sollte ins Büro. Ich dachte an Sonia Malcolm. Sie konnte ein entfernter Rettungsanker sein.

Sofort stand ich auf, holte mir ein Blatt Papier aus dem Schreibtisch und schrieb:

Streng geheim:

Fragen Sie bei der Chase National Bank, Seamore Street in Frisco, nach, ob dort ein Konto Nr. 445990 auf den Namen Jerry Stevens existiert.

Wenn ja, nicken Sie. Wenn nicht, schütteln Sie den Kopf, sagen Sie jedoch nichts.

Ich kritzelte John Merrill Fergusons Unterschrift darunter, faltete das Papier dann zu einem dünnen Streifen und klemmte es unter das Armband meiner Uhr.

Ich war gespannt.

Wie würde Sonia reagieren? Mazzo würde dabei sein. Ob sie die Ruhe bewahrte, wenn ich ihr den Streifen Papier gab? Ich traute es ihr zu. Diese Frau hatte etwas an sich, das mir Vertrauen einflößte. Sie war alles andere als eine einfältige Sekretärin.

Ich ging ins Bad und legte die Maske an.

Als wir in die Stadt zu Ferguson Electronic & Oil Corporation fuhren, machten Durant, Mazzo und ich denselben Hokuspokus durch wie am Vortag. Die Presse versuchte immer noch, mit mir zu sprechen. Fotografen ließen ihre Blitzlichter los, die Leibwachen drängten sie zur Seite.

Durant, der sauer aussah, hatte während der Fahrt nichts zu sagen gehabt. Er las ein Schriftstück nach dem anderen durch. Ich hatte ihm auch nichts zu sagen.

In dem großen Büro bedeutete er mir dann, den Chefsessel hinter dem Schreibtisch einzunehmen.

»Ich habe Papiere, die Sie unterzeichnen müssen. Warten Sie.« Und er schob ab.

Mazzo setzte sich ein Stück vom Schreibtisch weg, schlug die Beine übereinander und grinste mich an.

»Ist mir schleierhaft, was diese Burschen mit dem ganzen Papierkram anfangen.«

»Ohne Papier würden sie verhungern.«

»Ja, so wird's wohl sein.«

Sonia Malcolm kam mit einem Stapel Akten herein.

»Guten Morgen, Mr. Ferguson.«

Ich beobachtete, wie sie durch das Zimmer kam. Ich verglich sie mit Loretta. Was für ein Unterschied! Wie verschieden doch Frauen sein können!

Vorsichtig zog ich den Papierstreifen aus meinem Uhrarmband, als sie die Akten auf den Tisch legte.

»Alles zur Unterzeichnung, Mr. Ferguson.«

Ich warf einen raschen Blick auf Mazzo, der am Gähnen war.

»Danke, Miss Malcolm«, sagte ich, dann stand ich auf, kam mit dem Rücken zu Mazzo um den Schreibtisch herum und drückte ihr den Streifen Papier in die Hand. Dabei sah ich ihr fest in die dunkelbraunen Augen.

Ihre Finger schlossen sich über dem Papier, und der Streifen verschwand. Keine Reaktion. Keine verdutzte Miene. Einen besseren Ablauf hätte ich mir nicht wünschen können.

»Wenn Sie fertig sind, Mr. Ferguson, läuten Sie bitte.« Und sie ging.

Ich war so erleichtert, ich hätte laut schreien können. Ich hatte auf sie gesetzt, und ich hatte gewonnen.

Mazzo kam zum Schreibtisch, zog einen Stuhl heran, nahm ein Blatt Papier zur Hand und sagte: »Okay, Mr. Ferguson, legen wir los.« Er öffnete eine der Akten, nahm einen Brief heraus, deckte ihn mit dem Blatt ab, dann sagte er: »Unterschreiben Sie hier.«

Ich mußte mich zur Konzentration zwingen. Was würde Sonia denken, wenn sie meine Notiz las? Angenommen, Durant war dort draußen und sah, wie sie es las? Angenommen, sie ging zu ihm und zeigte ihm den Zettel?

»He!« bellte Mazzo. »Hier unterschreiben!«

Ich merkte, daß ich ins Leere gestarrt hatte, den Füller untätig in der Hand. Wieder zwang ich mich, mit den Unterschriften fortzufahren. So ging das eine Viertelstunde. Dann hielt ich es nicht mehr aus. Ich warf den Füller hin und schob meinen Sessel zurück.

»Ein Krampf«, sagte ich, indem ich aufstand, und bog meine Finger durch. »Lassen Sie uns etwas trinken, Mazzo.«

Er grinste, hievte sich hoch und ging zum Barschränkchen.

»Was möchten Sie denn, Mr. Ferguson?«

»Trinken Sie ein Bier mit mir, Mazzo.«

»Gut.«

Er öffnete den Eisschrank und fand zwei Dosen. Als er die Deckel aufschnappen ließ, sagte er: »Morgen wird's ein Kinderspiel. Mr. D. geht nach Washington. Das sind zwei angenehme Tage für uns. Bißchen Tennis, hm?«

Ich nahm das Glas Bier von ihm.

»Haben Sie den Boss mal gesehen?« fragte ich beiläufig. »Mrs. Ferguson sagte mir, er sei sehr schlecht dran.«

»Die denken alle gerne, daß es ihm schlechtgeht, aber er ist gar nicht . . .« Er brach ab und starrte mich an. In seine Augen trat der Ausdruck eines Tigers auf der Jagd. »Stellen Sie keine Fragen«, sagte er, trank sein Bier aus und marschierte wieder zum Schreibtisch. »Weiter jetzt.«

Er hatte sich verplappert.

Hatte er sagen wollen: Er ist gar nicht so schlecht dran? Ich nahm mein Glas mit zum Fenster und sah hinunter auf den Ozean und den Strand und die glücklichen Menschen, die sich dort tummelten. Wie sehnte ich mich danach, mich ihnen anzuschließen.

»Wir sollten besser an die Arbeit«, schnarrte Mazzo. »Mr. D. will das hier fix erledigt haben.«

Ich ging wieder zum Schreibtisch, setzte mich und unterschrieb weiter.

Bis Mittag hatte ich das letzte Schriftstück hinter mir. Ich schob meinen Sessel zurück und sah dabei, wie Mazzo den Schalter der Sprechanlage durchdrückte.

Ich schwöre, daß mein Herz laut hämmerte. Würde Sonia mir die Auskunft geben, die ich so dringend brauchte? Die Gedanken überschlugen sich in meinem Kopf. Wenn sie mir das Zeichen für »ja« gab, würde das bedeuten, daß mein Leben verschont bleiben könnte. Es war nicht anzunehmen, daß diese Leute sechstausend Dollar auf ein Konto zu meinen Gunsten häufen würden, um mich dann umzubringen. Das wäre hinausgeworfenes Geld. Gab sie mir aber negativ Bescheid, dann würde ich wissen, daß man mich, wenn ich für sie nicht mehr von Nutzen war, abservieren wollte.

Ich versuchte ruhig zu bleiben. Schweiß rann mir hinter der verhaßten Maske herab. Ich saß am Schreibtisch und beobachtete Mazzo, der die Akten zusammenlegte. Es war der schlimmste Augenblick, den ich je erlebt hatte.

Die Tür ging auf und Sonia trat ein. Sie kam zum Schreibtisch und las die Akten auf, während Mazzo durch das Zimmer schlenderte.

Sie sah mich an, und ich sah sie an.

»Wäre das alles, Mr. Ferguson?« fragte sie, die Akten an sich gedrückt.

Dann, ohne sich von mir abzuwenden, schüttelte sie langsam den Kopf und gab mir damit den negativen Bescheid.

Wäre nicht die Maske gewesen, sie hätte meine nackte Angst gesehen.

»Das ist alles, Baby«, sagte Mazzo und trat zwischen uns.

Sie drehte sich um und ging.

»Ganz nett, der Feger«, sagte Mazzo. »Würd' ich glatt mal mit ins Grüne fahren.«

Ich sagte nichts. Ich konnte nicht.

Auf dem Rückweg zur Ferguson-Villa fragte Mazzo, der neben mir im Rolls saß, plötzlich: »Haben Sie irgendwas, Mr. Ferguson?«

Das war natürlich die Untertreibung des Jahres.

Ich war in höchster Panik. Mir hämmerte dieser Gedanke im Kopf herum: *Wie lange würde ich noch am Leben bleiben*? Würde dieser Affe von einem Mann, der neben mir saß, mein Henker sein? Ich entsann mich an seinen spöttischen Ton, als er mir gesagt hatte, für mich türme sich das Geld auf der Bank. Ich war überzeugt, er wußte, daß Durant mich zum Narren hielt.

Ich gab mir Mühe und bezähmte meine Panik.

»Versetzen Sie sich doch in meine Lage, Mazzo«, sagte ich. »Diese Angelegenheit fängt an, mich zu langweilen.«

Er kicherte leise.

»Denken Sie an das viele Pulver, das Sie kassieren, Mr. Ferguson. Ich würde alles mitmachen, wenn ich dafür bezahlt kriegte, was Sie bezahlt kriegen.«

»Wie lange wird sich das noch hinziehen?« fragte ich.

»Nicht mehr lange jetzt. Mr. D. ist dabei, das Geschäft abzuschließen. Morgen fährt er nach Washington. Danach müssen Sie noch einige Papiere unterschreiben, und damit hat es sich.«

»Zwei Wochen?« hakte ich verzweifelt nach.

»Mag sein – vielleicht auch weniger. Das hängt davon ab, wie Mr. D. mit den Bonzen in Washington zurechtkommt.«

»Mein Agent will mir Ende des Monats ein Fernsehengagement besorgen«, log ich. »Ob ich dann frei bin?«

Mazzo starrte mich an, die Augen raubtierhaft und hungrig.

»Weshalb sollten Sie schuften? Sie haben jede Menge Kies bis dahin. Wer will schon einen blödsinnigen Fernsehjob, wenn er in der Kohle schwimmt?«

Da wußte ich mit Sicherheit, daß sie vorhatten, mich zu ermorden. Meine Panik hatte ich unter Kontrolle.

»Ja, das stimmt auch wieder«, sagte ich.

Der Rolls hielt vor dem Eingang der Villa. Der japanische Fahrer stieg aus und öffnete den hinteren Wagenschlag, wobei er die Mütze abnahm und sich verbeugte.

Mazzo und ich stiegen die Treppen hinauf. »Wie wär's mit einer Runde Tennis heute nachmittag?« fragte er.

Wenn ich überleben wollte, soviel war mir jetzt klar, durfte Mazzo nichts davon ahnen, daß ich wußte, was mir bevorstand. Ich mußte mir den Anschein eines Mannes geben, der einen Job erledigt und sich wohl fühlt.

»Klar«, sagte ich. »Was gibt's zu Mittag?«

»Ich rede gleich mit dem Küchenchef. Sie finden ja alleine hoch.«

»Mir wären zwei magere Lammkoteletts mit Salat ganz recht. Nichts Schweres, wenn ich Tennis spiele.« Ich schritt die breite Treppe hinauf, blieb am Kopf stehen, aber Mazzo war verschwunden. Ich zögerte einen Augenblick. Ich war versucht, die Treppe hinunterzurennen und hinaus durch den Garten zum Tor. Dann hörte ich ein leises Geräusch und sah, als ich mich umschaute, einen der Leibwächter in einer dunklen Ecke, wo er saß und mich beobachtete. Er tippte an seinen Hut, als ich zu ihm hinsah. Ich ignorierte das und ging durch den Korridor zum Arbeitszimmer, trat ein, schloß die Tür und ging zum Barschrank. Ich goß mir einen kräftigen Martini ein, trug das Glas zum Schreibtisch hinüber und setzte mich. Ich blickte auf die drei Telefone auf dem Schreibtisch. Von einem nahm ich den Hörer ab: Die Leitung war tot. Ich versuchte die beiden anderen: ebenfalls tot.

Ich zündete mir eine Zigarette an und dachte über meine Zukunft nach. Auf den ersten Blick sah sie erschreckend düster aus. Ich war sicher, daß ich, sobald dieses Geschäft unter Dach und Fach war, denselben Weg nehmen würde, den Larry Edwards und Charles Duvine gegangen waren. Ich schlürfte den Drink, während ich nachdachte. Das Gefühl der Panik hatte sich inzwischen gelegt.

Ich konnte schon klarer denken. Es kam mir in den Sinn, daß, wenn sie mich in der Falle hatten, ich sie genauso in der Falle hatte. *Ohne meine Unterschrift würde das große Geschäft, das von so entscheidender Bedeutung war, glatt ins Wasser fallen!*

Betrachten wir das mal von der Seite, Jerry, sagte ich mir. Schauen wir uns diese Situation einmal genau an.

Sie waren so weit gegangen, daß sie ohne mich jetzt nicht auskamen.

Angenommen, sie wären dumm genug, mich abzusägen, wie sie Larry Edwards abgesägt hatten? Was dann? Sie würden von vorn anfangen müssen. Einen Schauspieler zu finden, der Ferguson verkörpert, ihn dahin zu bringen, daß er Fergusons Unterschrift nachahmt, das wäre ein echtes Problem. Durant hatte bereits einen Doppelgänger gefunden, der ihn dann enttäuschte. Er hatte mich gefunden. Diesmal war ihm sein Glück treu geblieben. Er hatte nicht nur einen Mann gefunden, den man als Ferguson vorzeigen konnten, sondern der auch das Talent besaß, dessen Unterschrift zu fälschen und dessen Stimme nachzuahmen. Es konnte Monate dauern, selbst bei allem Geld dieser Welt, bis ich ersetzt war.

Meine Gedanken wanderten zu Loretta. Durant sollte morgen nach Washington. Loretta hatte mir gesagt, sobald er fort wäre, würde ein pensionierter Priester mit einem Trauschein eintreffen.

Als Gegenleistung für meine Unterschrift im Heiratsregister und auf dem Testament würde sie mir zu gegebener Zeit zwei Millionen Dollar zahlen. Diesem dummen, verlogenen Bestechungsversuch war ich gar nicht erst aufgesessen. Ich hatte zugestimmt, weil ich an Larry Edwards und Charles Duvine dachte, aber sowohl Loretta als auch Durant steckten viel zu tief drin, um mich zu ermorden.

Ohne mich waren sie geliefert!

Welchen Auftrieb mir dieser Gedanke gab!

Du brauchst nichts weiter zu tun, sagte ich mir, als dich weigern, noch irgendeine Unterschrift zu fälschen. Du hast sie in der Hand. Du . . .

Die Tür ging auf, und Mazzo kam mit einem Servierwagen angerückt.

»Hier ist Ihr Mittagessen, Mr. Ferguson, ganz nach Wunsch.«

Er deckte den Tisch, während ich ihm zusah. Ich fühlte mich gut. Ich mußte immer noch vieles durchdenken, aber zum erstenmal seit meiner Entführung konnte ich ein helles Licht am Ende dieses beängstigenden Tunnels erkennen.

»Bitte sehr, Mr. Ferguson«, sagte Mazzo, indem er das Essen hinstellte. »Ich werd' mir auch was in den Rachen stopfen. In anderthalb Stunden bin ich wieder da, dann spielen wir Tennis . . . ja?«

Ich aß mit Appetit. Mein Panikgefühl war jetzt vergessen. Heute nacht würde Loretta in mein Zimmer kommen. Das würde die erste entscheidende Kraftprobe sein. Sie würde eine Überraschung erleben, und es gab nichts, was sie dagegen tun konnte.

Ich fühlte mich so gut, daß ich Mazzo acht Spiele in drei Sätzen abnahm. Ich schlug den Ball mit ganzer Kraft und meinem ganzen Gewicht, und an Mazzos verdutztem Gesicht, wenn meine Passierschläge an ihm vorbeizischten, konnte ich sehen, wie überrascht er war. Er mußte sein ganzes Können einsetzen, um vorn zu bleiben.

Als das Spiel vorbei war, schwitzten wir beide, und er kam zum Netz und grinste mich an.

»Aus Ihnen könnte noch ein echter Spieler werden. Mr. Ferguson. Ich habe seit Jahren kein so gutes Match erlebt.«

»Ich schlag' Sie auch noch mal«, sagte ich und ging meinen Pullover holen. Ich entsann mich, daß Loretta gesagt hatte, John Merrill Ferguson würde mit einem Pfleger im linken Flügel des Gebäudes wohnen.

Während ich mir den Pullover überzog, sah ich zur linken Seite des großen Hauses hinüber. Im obersten Stockwerk waren drei große Fenster, und jedes war durch ein eisernes Gitter gesichert.

Eiserne Gitter? Ein Gefängnis? War John Merrill Ferguson ein Gefangener?

Ich entsann mich, daß Mazzo gesagt hatte: *Sie denkt zwar gerne, daß es ihm schlecht geht, aber* . . . Hatte ich etwas entdeckt?

»Nehmen wir eine Dusche, Mr. Ferguson«, sagte Mazzo, und er hob die Schläger auf. Als wir vom Platz gingen, war ich mit Gedanken beschäftigt. Angenommen, John Merrill Ferguson war gar nicht geisteskrank? Angenommen, er war eingesperrt worden, damit Durant und Mrs. Harriet freie Hand hatten, das Ferguson-Imperium zu lenken?

War diese Geschichte von Fergusons unbekannter Gehirnkrankheit, die Loretta mir erzählt hatte, eine Lüge, um mir zu erklären, weshalb man mich als seinen Doppelgänger engagiert hatte? Warum einen Mann hinter Gittern festhalten, wenn er nur noch dahinvegetierte?

Wir erreichten den Fuß der Treppe, die zum Eingang der Villa führte. Dann hielt ich abrupt inne.

Auf der obersten Stufe stand ein kleiner weißer Pudel.

Als ich mich im Schlafzimmer auszog, um zu duschen, steckte Mazzo den Kopf zur Tür herein.

»Beeilen Sie sich, Mr. Ferguson, die alte Dame möchte Sie sprechen«, sagte er, und ich konnte ihm ansehen, daß er besorgt war.

»Mrs. Harriet?«

»Ja. Sie ist gerade angekommen. Beeilen Sie sich.«

Ich duschte schnell. Mazzo hatte ein Hemd mit offenem Kragen und eine Leinenhose herausgelegt.

»Was will sie hier?« fragte ich, während ich mich in die Kleider zwängte.

»Wie soll ich das wissen? Sie ist da, also Vorsicht.«

»Lege ich die Maske an?«

»Nein. Sie wird gleich hier sein. Gehen Sie raus und warten Sie da auf sie.«

Ich zog Sandalen an und ging ins Wohnzimmer. Mazzos nervös besorgte Miene wirkte ansteckend. Ich wurde selber unruhig. Was hatte die alte Frau hier zu suchen, und was wollte sie von mir?

Ich war noch kaum ein paar Minuten im Wohnzimmer, als Harriet mit dem Pudel auf dem Arm hereinkam.

»Überrascht, mich wiederzusehen?« Sie lächelte mich an, noch in der Tür stehend.

»Angenehm.« Ich schenkte ihr mein breites, charmantes Kinolächeln.

»M-hm.« Sie trat zu einem Sessel und setzte sich. »Ich habe auch lauter Gutes über Sie gehört, Jerry. Mr. Durant ist sehr zufrieden.«

»Dafür werde ich bezahlt«, sagte ich.

»Es dauert jetzt nicht mehr lange.« Sie sah mich an, unentwegt lächelnd. »Sie werden noch ein paar Schriftstücke zu unterzeichnen haben, einige Male im Büro erscheinen, danach steht es Ihnen frei, zurück nach Hollywood zu gehen und Ihre talentierte Laufbahn wiederaufzunehmen.«

Das schien mir der geeignete Moment für einen Querschuß. »Mrs. Harriet«, sagte ich mit meinem besten Lächeln, »ich bedaure, daß ich Ihnen das gestehen muß, aber ich bin mit der Situation, wie sie ist, nicht glücklich.«

Ihre kleinen dunklen Augen wurden hart.

»Nicht glücklich?« Ein Schnarren war in ihrer Stimme.

»Nein, und da Sie mir doch so gewogen sind, soviel Lob für mein Talent übrig haben, würden Sie, glaube ich, nicht wollen, daß ich unglücklich bin.«

Sie hob die Brauen, ihr Rücken versteifte sich.

»Warum sind Sie nicht glücklich, Jerry?«

»Mr. Durant versprach mir eintausend Dollar pro Tag dafür, daß ich Ihren Sohn verkörpere.«

Sie legte den Kopf schräg, ihre Augen jetzt wie nasse Steine.

»So war es abgemacht, Jerry. Es ist ein großzügiger Betrag, und Sie waren einverstanden.« Sie blickte mich an. »Verlangen Sie mehr Geld?«

»Nein.« Wieder bedachte ich sie mit meinem breiten Lächeln. »Sie sind eine kluge Frau, Mrs. Harriet. Versetzen Sie sich an meine Stelle. Ich werde ständig beobachtet. Ich bin genaugenommen ein Gefangener. Offen gesagt, ich habe kein Vertrauen zu Mr. Durant.«

»Ein Gefangener?« Sie lachte trällernd. »Es ist notwendig, Sie abzusondern, Jerry. Das müssen Sie einsehen. Werden Sie mit Mazzo nicht froh? Ich sagte ihm, er solle Ihnen gut zu essen geben, solle Sie unterhalten.«

»Um mein Vertrauen wiederherzustellen, möchte ich sicher sein, daß mir jeden Tag eintausend Dollar bezahlt werden, Mrs. Harriet«, sagte ich, sie immer noch anlächelnd.

»Lieber Jerry! Sie haben doch die täglichen Gutschriftsbelege. Das hat Mr. Durant geregelt. Selbstverständlich wird Ihnen das Geld gutgeschrieben.«

»Jeder kann in eine Bank marschieren und einen Stoß Belegzettel mitnehmen. Jeder kann tausend Dollar zu gunsten von Jerry Stevens darauf schreiben. Jeder kann Initialen darunter kritzeln.« Ich schminkte mein Lächeln ab. »Obwohl ich nur ein kleiner Schauspieler bin, ganz auf den Kopf gefallen bin ich doch nicht. Um glücklich zu sein, möchte ich mit der Chase National Bank telefonieren und nachfragen, ob es dort ein Konto auf meinen Namen gibt.« Ich winkte nach den Telefonapparaten auf dem Schreibtisch. »Die hier sind abgestellt. Ich möchte einen Apparat benutzen, der nicht abgestellt ist. Wenn ich mit eigenen Ohren höre, daß dieses Geld, das mir versprochen und von mir verdient wurde, auf ein Konto meines Namens gutgeschrieben ist, dann werde ich wieder glücklich sein.«

Sie betrachtete mich eine ganze Weile, ihr Gesicht wie aus Stein.

»Mr. Durant würde nicht wollen, daß Sie telefonieren, Jerry«, sagte sie schließlich. »Sie müssen vernünftig sein.«

»Sie erklären mir also, Mrs. Harriet, daß ich kein Telefon benutzen darf. Ich werde Sie nicht fragen, wieso. Ich möchte, daß Sie sich meinen Standpunkt anhören. Bis jetzt habe ich erfolgreich Ihren Sohn gedoubelt. Ich habe mitgearbeitet, wie es verlangt war. Jetzt ist es an Ihnen, mir entgegenzukommen. Wenn mir bis morgen früh um zehn nicht gestattet wird, mit der Bank zu telefonieren, werde ich nicht länger mitarbeiten.«

Sie sah auf ihren Pudel nieder und spielte mit seinen Ohren. Dann blickte sie auf, lächelte mir zu und nickte.

»Für einen Schauspieler, Jerry, besitzen Sie unerwarteten Scharfsinn«, sagte sie und erhob sich. »Ich werde dafür sorgen, daß Sie morgen um zehn die Bank anrufen können.« Sie strebte zur Tür hin.

Ich war vor ihr da und hielt ihr die Tür auf.

Sie blieb stehen und legte mir die Hand auf den Arm.

»Was sind Sie für ein vernünftiger junger Mann, daß Sie niemandem trauen«, sagte sie.

Ich starrte direkt in diese alten, freudlosen Augen.

»Trauen *Sie* jemand, Mrs. Harriet?«

Ihre Lippen verzogen sich zu dem leisesten Lächeln.

»Ich bin aber auch nicht jung, lieber Jerry«, sagte sie und ließ mich allein.

6

Ich wollte nicht, daß Loretta zu mir ins Bett gekrochen kam, während ich schlief, so blieb ich auf und wartete auf sie.

Mazzo hatte mir das Abendessen in mein Zimmer serviert. Er sagte mir, Mrs. Harriet sei müde und schon früh schlafen gegangen. Er sah mich unentwegt mit besorgter Miene an. Ich war sicher, er wollte erfahren, was die alte Dame gesagt hatte, aber er schwieg sich aus.

Nach dem Essen versuchte ich, mich einem Taschenbuch zu widmen, doch meine Gedanken waren weit weg. Ich hatte meine erste Schlacht mit der alten Dame gewonnen. Ich war zuversichtlich, wenn man mich bei der Bank anrufen ließ, würde ich zu hören bekommen, daß das mir zustehende Geld eingegangen war. Mit der Drohung, meine Mitarbeit einzustellen, hatte ich einen Trumpf ausgespielt.

Ich spürte, daß diese finstere Affäre dem Ende zuging. Durant würde aus Washington zurückkehren, das Geschäft soweit abgeschlossen sein, bis auf die von mir gefälschte Unterschrift. Dann aber war die Zeit zum Spielen knapp.

Es gab zwei gegnerische Parteien: Mrs. Harriet und Loretta. Mir schien, daß sie beide planten, das Ferguson-Imperium an sich zu reißen.

Dazu kam Durant: Auf wessen Seite stand er? Da unmittelbar nach seinem Aufbruch nach Washington Mrs. Harriet erschienen war, wähnte ich ihn auf ihrer Seite. Auf wessen Seite stand Mazzo? Aus der bekümmerten Miene, die er an den Tag legte, folgerte ich, er könnte auf Lorettas Seite sein.

Wer hatte die Ermordung von Larry Edwards und Charles Duvine angeordnet? Mrs. Harriet? Loretta? Nach einiger Überlegung kam ich zu dem Schluß, daß Mrs. Harriet diejenige war, in Zusammenarbeit mit Durant. Bei ihrem Geld mußte es leicht sein, Killer für einen vorgetäuschten Unfall zu engagieren. Mazzo war vielleicht doch nicht der Totschläger, für den ich ihn anfangs hielt.

Ich hatte das optimistische Gefühl, daß Mazzo mir nicht feindlich gesinnt war. Ein Tier wie ihn konnte ich vielleicht, wenn ich es vorsichtig anfaßte, auf meine Seite bringen.

Dann blieb noch John Merrill Ferguson. War er ein geistiges Wrack oder ein Gefangener hinter Schloß und Riegel? Ich dachte an die Eisengitter vor den Fenstern. Meine Zimmer lagen im rechten Flügel des Hauses. Es würde eine ziemliche Reise sein von meiner Suite zu seiner. Ich spürte einen Drang, an sein Gefängnis heranzukommen. Vielleicht könnte ich ihn sogar sehen. Man hatte mich nicht eingeschlossen, als ich zu Bett ging, aber da waren die Wachen. Konnte ich mein Zimmer verlassen, einen Ausflug zum linken Flügel des Hauses machen, ohne dabei entdeckt zu werden?

Darüber dachte ich nach, als, geräuschlos wie ein Gespenst, Loretta hereinkam.

Sie schloß die Tür, hielt inne, starrte mich an.

»Warum bist du nicht im Bett?« Sie trug einen Morgenrock und war barfuß. Ihr Gesicht war bleich, und dunkle Ringe verschatteten ihre Augen.

Es war kurz nach ein Uhr.

»Ich habe auf dich gewartet«, sagte ich, ohne mich zu rühren.

Sie setzte sich in einen Sessel mir gegenüber.

»Was hatte dieses alte Ekel dir zu sagen?« fragte sie herrisch.

Ich musterte sie. Ich konnte ihr ansehen, daß sie mit Mühe eine gärende Wut bezähmte.

»Nichts von Bedeutung. Sie meinte nur, sie sei zufrieden damit, wie ich ihren Sohn mime.«

»Sonst nichts? Nichts über mich?«

»Sonst nichts.«

Sie holte tief Atem, und ihre Fäuste öffneten sich zu Händen.

»Dieses Schwein von Durant!« Sie hielt die Stimme gesenkt, doch ihre Wut ließ sie erzittern. »Er hat sie hergerufen! Er wollte, daß ich unter Beobachtung bin, während er fort ist! Ich mußte dem Priester absagen. Er sollte morgen kommen. Er kann nicht her, solange das alte Ekel hier ist!«

Ich sagte kein Wort.

»Ich weiß nicht, wann ich so eine Gelegenheit noch mal habe«, fuhr sie fort, halb zu sich selbst. »Wenn Durant wiederkommt, ist er immer in der Nähe. Was soll ich bloß tun?«

Ich sagte immer noch nichts.

Sie funkelte mich an.

»Sitz doch nicht da wie ein Ölgötze! Du hast gesagt, du würdest mir helfen! Ich brauche den Beweis, daß ich John geheiratet habe!«

»Ich bin hier, um zu tun, was mir gesagt wird«, versetzte ich. »Sag es mir.«

»Wenn du zwei Millionen Dollar verdienen willst, mußt du dich schon ein bißchen mehr anstrengen!« rief sie, jetzt mit erhobener Stimme.

»Kannst du Mazzo vertrauen?«

Sie sah erstaunt drein.

»Natürlich. Was hat er hiermit zu tun?«

»Bist du sicher? Bist du sicher, daß er dich nicht an Mrs. Harriet verrät?«

Sie ließ ein kleines verschmitztes Lächeln sehen.

»Hätte er vielleicht mal, aber jetzt nicht mehr.«

Das brauchte mir keiner auseinanderzuklauben. Ich erriet, daß diese sinnliche Frau Mazzo verführt hatte. Sie hatte ihn umgarnt, wie sie glaubte, mich umgarnt zu haben.

Ihr Anblick machte mich plötzlich krank.

»Laß mich darüber nachdenken«, sagte ich, mein Gesicht ausdruckslos wie vorher. »Mit Mazzos Hilfe könnten wir vielleicht eine Lösung finden.«

Sie betrachtete mich argwöhnisch.

»Er ist unnütz. Er hat kein Hirn im Kopf.«

Das wußte ich, aber ich brauchte Zeit, deshalb sagte ich: »So unnütz ist er vielleicht gar nicht. Ich werde darüber nachdenken.«

»Damit solltest du dich besser nicht begnügen! Wie auch immer, da ist noch das Testament. Das unterschreibst du mir! Ich habe mich mit dem Priester in Verbindung gesetzt. Er schickt das Testament, mit den Unterschriften der beiden Zeugen, die auch den Trauschein unterschrieben haben. Es wird morgen ankommen. Ich bringe es dir morgen abend zur Unterschrift.«

»Ohne den Trauschein wird das Testament sinnlos sein«, sagte ich. Wenn es eines gab, was ich nicht tun wollte, dann war das, John Merrill Fergusons Unterschrift auf einem Testament zu fälschen, das dieser bösartigen Frau das Anrecht auf sein Vermögen bescheinigte.

Plötzlich merkte ich, daß sie mich mit einem bösen Lächeln anschaute.

»Natürlich! Die Lösung! Jetzt geht mit auf, wieso du sagtest, mit Mazzos Hilfe könnten wir die Lösung finden.«

Ich verspannte mich. »Wie meinst du das?«

»Es ist eine glänzende Idee, Jerry! Natürlich! Mazzo! Du wußtest nur nicht genau, ob ich schockiert sein würde.«

Ich stierte sie an, aber ein kalter Schauer kroch mir den Rücken hinauf.

»Schockiert?« Sie lachte leise. »Nein, ich bin nicht schockiert, Jerry. Ich habe mir oft gewünscht, dieses alte Ekel möchte tot umfallen. Natürlich! Mazzo! Ich war doch sicher, daß du eine Lösung finden würdest.«

Mein Gott! dachte ich. Wovon faselt sie da nur?

»Eine Lösung? Ich kann dir nicht folgen.« Meine Stimme war belegt.

Wieder das böse kleine Lächeln.

»Mazzo tut doch alles für mich. Er wird in das Zimmer dieser alten Hexe schleichen, wenn sie schläft, und ihr ein Kissen auf das gottverdammte Gesicht drücken. Ich werde sie los sein! Dann brauchte ich mich nur noch um Durant zu kümmern, und mit dem, das weiß ich, werde ich schon fertig.« Sie stand auf. »Danke, Jerry. Das wirst du nicht bereuen. Du bekommst deine zwei Millionen Dollar. Du hast sie dir verdient.«

Ich war so entsetzt, daß ich kein Wort herausbrachte. Ich sah zu, wie sie das Zimmer verließ, sah zu, wie sich die Tür hinter ihr schloß.

Mann, war ich aus der Fassung!

Mehrere Minuten saß ich bewegungslos da, jeder mögliche Gedanke von Panik erstickt. Nach einer Weile zwang ich mich dann, aufzustehen, ins Bad zu gehen und mir kaltes Wasser über den Kopf zu schütten.

Als ich mein Gesicht getrocknet hatte, kehrte ich ins Wohnzimmer zurück und ging auf und ab. Meine Panik ließ langsam nach.

Diese Frau war eine gefährliche Irre! Wenn sie nun Mazzo tatsächlich überredete, die alte Dame zu ermorden? Er war ein Schwachkopf. Mit Sex und Geld ließ er sich vielleicht dazu bringen. Angenommen, es ginge etwas schief dabei? Angenommen, der Arzt wäre nicht überzeugt? Angenommen, die Polizei würde verständigt? Loretta war so bösartig, daß sie, wenn sie belastet würde, mich hineinziehen könnte! Sie könnte der Polizei erzählen, es sei meine Idee gewesen. Sie würde ihnen erzählen, daß ich ihr Liebhaber war. Würden sie mir glauben, daß ich entführt worden war und gefangengehalten wurde?

Ich mußte aus diesem schrecklichen Haus fliehen! Mit einemmal war mir das Geld, das jetzt, wie ich wußte, bei der Bank auf mich warten würde, völlig schnuppe. Es war mir völlig schnuppe, ob die alte Dame umgebracht wurde. Ich mußte fliehen!

Aber wie?

Ich ging ans Fenster und sah hinunter auf das Anwesen. Wie erwartet, patrouillierten zwei Wächter. Vom Schlafzimmerfenster aus sah ich zwei weitere Wachen im Dunkel stehen.

Das war ein Szenenaufbau direkt aus einem Film. Es stellte eine Herausforderung dar. Mit Glück und Vorsicht könnte ich das Tor erreichen, dann wäre ich draußen. Ich hatte die tröstliche Vorstellung, daß die Wachen nicht auf mich schießen würden. Sie würden mich verfolgen, wenn sie mich sahen, es aber nicht darauf anlegen, mich zu töten. Bis ich das letzte Schriftstück unterschrieben hatte, war mein Leben zumindest sicher.

Ich entschloß mich. Auf der Stelle würde ich es versuchen, und zum Teufel mit den Konsequenzen!

Ich ging zu den Kleiderschränken. Nach einigem Suchen fand ich einen dunkelblauen Trainingsanzug und ein Paar leichte Turnschuhe. Es war eine Sache von Sekunden, bis ich in den Trainingsanzug und die Laufschuhe geschlüpft war. Ich brauchte irgendeine Waffe. Ich war entschlossen, mich, wenn es sein mußte, nach draußen durchzukämpfen.

Ich schaute mich um, ging dann zum Schreibtisch. Dort fand ich einen schmalen, massiven Briefbeschwerer, der perfekt über meine Knöchel paßte. Im Badezimmer entdeckte ich eine elastische Binde. Ich band mir den Briefbeschwerer auf die Knöchel. Ein Schlag damit würde jeden Mann betäuben.

Wie jetzt hinaus?

Ich schaltete das einzige Licht im Zimmer aus, tastete mich zum Fenster vor und öffnete es. Ich sah hinunter: ein jäher Abfall von fünfzehn, achtzehn Metern auf Fliesen. Hinunterklettern war unmöglich. Ich ging ins Schlafzimmer und öffnete das Fenster. Auch von hier war es unmöglich, hinunterzuklettern.

Leise schob ich mich zur Wohnzimmertür und spähte hinaus auf den langen dunklen Korridor. Von der Halle drang ein schwaches Licht herauf. Ich schlich zum Kopf der Treppe und sah hinab.

Die schattenhafte Gestalt eines Mannes saß in einem Sessel neben der Eingangstür. Während ich ihn beobachtete, gab er ein leises Schnarchen von sich. Ich zögerte nicht. Schnell ging ich geräuschlos wie ein Schatten die Treppe hinab und in das große Wohnzimmer unten. Die Wache schnarchte weiter. Der Raum lag in tiefster Dunkelheit. Ich schob mich Zentimeter für Zentimeter vor wie ein Blinder, die linke Hand voran, sorgfältig darauf bedacht, nicht an eine Vase oder ein Tischchen zu stoßen. Ich brauchte fünf schweißtreibende Minuten, um die Verandatür zu erreichen. Ich schlüpfte zwischen den Vorhängen durch und konnte den makellosen Rasen sehen, hell angestrahlt vom Mond. Als ich die Hand auf die Klinke legte, um die Fenstertür zu öffnen, hielt ich inne.

War dieses Haus mit einer Alarmanlage gesichert?

Eine weitere Minute verstrich, während ich meine Finger an der

Türfassung entlanggleiten ließ. Ich stieß auf einen Draht, der mir verriet, daß beim Öffnen ein Alarm ausgelöst würde. Ich hätte das wissen sollen! Es leuchtete ein, daß alle Fenster im Erdgeschoß und die Terrassentür elektrisch gesichert waren.

Dennoch zur Flucht entschlossen, nahm ich mir vor, es mit dem ersten Stock zu versuchen. Leise machte ich kehrt, zog die Wohnzimmertür einen Spalt auf und spähte in die große Halle. Ich wartete und horchte. Ich konnte den schattenhaften Umriß des Wächters sehen, der am Eingang saß, nur schien er nicht mehr zu schlafen: Jedenfalls schnarchte er nicht. Ich wartete, beobachtete den Wächter durch den Türspalt. Ich sah, wie er aufstand. Dann ging das grelle Licht der Deckenbeleuchtung an, die ganze Halle wurde hell. Wie auf dem Sprung stand er dort, ein stämmiger, untersetzter Mann mit einer Pistole in der Hand, und blickte zur Wohnzimmertür. Die Pistole sorgte mich nicht. Ich war sicher, er würde nicht schießen. Während ich ihn im Auge behielt, fragte ich mich, ob auch die Eingangstür elektrisch gesichert war.

Dann sah ich Mazzo die Treppe hinunterkommen. Er trug einen grünen Baumwollmorgenmantel über einem orangefarbigen Pyjama.

»Okay, Marco«, sagte er, als er die Halle erreichte. »Ich mach das schon.«

Der Wächter ruckte mit dem Daumen zur Wohnzimmertür hin.

»Klar«, sagte Mazzo. »Reg dich ab.«

Ich streckte die Hand aus und fand den Lichtschalter und drückte ihn durch. Das große Wohnzimmer wurde hell, und ich trat von der Tür weg in die Mitte des Raumes.

Durch den Draht an der Verandatür, den ich berührte, hatte ich den Alarm ausgelöst! Hastig streifte ich den um meine Knöchel gewickelten Briefbeschwerer ab, und gerade, als ich die Binde und den Briefbeschwerer in meine Tasche steckte, schwang die Tür auf.

Mazzo sah mich forschend an.

»Wünschen Sie etwas, Mr. Ferguson?« fragte er.

»Ich konnte nicht schlafen, Mazzo«, sagte ich. »Ich habe mich nur etwas umgeschaut.«

Er grinste.

»Sieht mir aus, als hätten Sie sich etwas Bewegung verschaffen wollen, Mr. Ferguson.« Er beäugte meinen Trainingsanzug.

»Nicht gerade jetzt. Morgen, hm?«

»Okay, Mazzo«, sagte ich. »Also morgen.«

Er nickte und trat zur Seite.

»Jetzt erst mal in die Heia, hm? Wenn Sie nicht schlafen können, kann ich Ihnen eine Tablette besorgen. Ich kann Ihnen so ziemlich alles besorgen, Mr. Ferguson.«

Ich gab auf. Dort der Wächter in der Halle, hier Mazzo, dann das sichere Gefühl, daß die Eingangstür an die Alarmanlage angeschlossen war, da hatte es keinen Sinn, einen verzweifelten Ausbruch zu versuchen. Immerhin hatte ich etwas gelernt. Aus diesem Haus würde ich nicht auf die leichte Tour entkommen.

»Ich werde jetzt schlafen«, sagte ich und ging an ihm vorbei die Treppe hinauf, ohne den mich anstarrenden Wächter zu beachten, und in meine Suite.

Mazzo kam mir ins Wohnzimmer nach.

»Was ist los mit Ihnen?« fragte er, als er die Tür geschlossen hatte. »Glauben Sie, hier könnten Sie rauskommen? Jeder gottverdammte Ausgang ist gesichert! Nicht mal ich kann nachts hier raus!«

Ich bedachte ihn mit einem kläglichen Grinsen.

»Einen Versuch war es wert.«

»Was haben Sie denn?« wollte er wissen. »Sie werden doch gut bezahlt. Weshalb wollen Sie weg von hier?«

Ich starrte ihn an.

War er so schwachköpfig?

»Okay, Mazzo, gehen Sie ins Bett. Tut mir leid, daß ich Sie aufgescheucht habe.« Und ich marschierte ins Schlafzimmer.

Ich hörte die Wohnzimmertür zufallen. Eine Weile wartete ich, dann ging ich hin und drehte leise die Klinke.

Die Tür war von außen verschlossen.

Gegen Viertel nach neun brachte Mazzo auf dem Servierwagen das Frühstück.

Ich hatte ein paar Stunden geschlafen, vor dem Einschlummern jedoch eine Menge nachgedacht. Die Zeit lief ab. Es war durchaus möglich, daß ich nicht in der Lage sein würde, zu fliehen. Wenn die Sicherheitsvorkehrungen so weit gingen, sah ich keinen Weg.

Angenommen, Loretta brachte Mazzo dazu, Mrs. Harriet zu ermorden? Bei einer Frau wie ihr war alles möglich. Ich mußte Mrs. Harriet warnen! Ich mußte ihr sagen, daß Loretta nicht mit ihrem Sohn verheiratet war, daß sie mich überreden wollte, einen Trauschein und ein Testament zu fälschen. Ich mußte die alte Dame vor Mazzo warnen.

Wie würde ich aber dastehen, wenn ich Mrs. Harriet über Loretta ins Bild setzte? Eine Trumpfkarte hatte ich immer noch: Ich konnte mich weigern, weitere Papiere zu unterzeichnen. Dann dachte ich, während ich mich im Dunkeln hin und her warf, an Durant. Er war skrupellos. Konnte er mich zwingen, diese letzten Schriftstücke zu unterschreiben? Gegen meinen Willen? Mir fielen die Erzählungen meines Vaters aus dem Zweiten Weltkrieg ein, Geschichten von Agenten, die gefoltert wurden, und von Folterungen, an denen sogar einige der Tapfersten zerbrachen. Bei Durant hatte ich das Gefühl, er würde, außer mich zu töten, alles tun, um meine gefälschte Unterschrift auf die noch ausstehenden Papiere zu bekommen. War meine Trumpfkarte wirklich so ein Trumpf? Zu guter Letzt schlief ich dann ein und erwachte, als Mazzo mit dem Servierwagen hereinkam.

»Schlecht beisammen, Mr. Ferguson?« sagte er. »Gibt nichts Besseres zum Aufmuntern als Tomatensaft mit einem Schuß Wodka.«

»Nur Kaffee, Mazzo«, sagte ich.

»Keine Trainingsrunde um das Grundstück, Mr. Ferguson?« Er grinste.

»Nein. Sagen Sie Mrs. Harriet, ich möchte sie sprechen.«

Seine kleinen Augen blickten weg.

»Was wollen Sie von ihr?« Seine Stimme klang gereizt und mißtrauisch.

»Sagen Sie ihr Bescheid!« Ich wälzte mich aus dem Bett und ging ins Bad. Nach einer raschen Dusche und einer Rasur kehrte ich ins Schlafzimmer zurück, und er war fort.

Ich trank Kaffee, ließ das Rührei stehen, rauchte eine Zigarette und zog mich an.

Inzwischen ging es auf zehn zu. Ich trat ins Wohnzimmer, wo ich Mazzo vorfand, der dasaß und ins Leere starrte.

»Haben Sie mit Mrs. Harriet gesprochen?« fragte ich.

»Noch zu früh für sie.« Er wies auf einen der Telefonapparate auf dem Schreibtisch. »Der da klappt. Also rufen Sie Ihre Bank an.«

Ich hatte die Nummer der Chase National Bank auf dem Beleg.

Ich setzte mich an den Schreibtisch, nahm den Hörer ab und wählte. Während ich auf die Verbindung wartete, jagten mir Gedanken durch den Kopf. Sollte ich sie auffordern, die Poliezei zu alarmieren? Sollte ich um Hilfe schreien? Diese Gedanken wurden verscheucht, als Mazzo aufstand und herüberkam und sich dicht neben mich stellte.

»Vorsichtig, Mr. Ferguson. Ganz sachlich, hm?«

Als sich ein Mädchen meldete, sagte ich: »Ich möchte nachfragen, ob ein Mr. Jerry Stevens bei Ihnen ein Konto hat.«

»Einen Moment, bitte.«

Ein Mann kam in die Leitung.

»Hier ist Mr. Jerry Stevens«, sagte ich. »Können Sie mir sagen, ob auf meinen Namen ein Konto eröffnet worden ist und ob darauf die Summe von siebentausend Dollar gutgeschrieben wurde?«

»Bleiben Sie bitte dran, Mr. Stevens.«

Eine längere Pause entstand, dann sagte der Mann: »Ja, Mr. Stevens. Ein Betrag von siebentausend Dollar wurde gestern per Telex auf Ihr Konto überwiesen. Es ist alles in Ordnung.«

»Vielen Dank«, sagte ich. »Wer . . .«

Mazzos schwere Hand brach die Verbindung ab.

»Das wär's, Mr. Ferguson. Zufrieden jetzt?«

Nun, zumindest wußte ich jetzt, daß siebentausend Dollar auf mich warten würden, wenn ich es schaffte, aus diesem alptraumhaften Haus herauszukommen.

»Aber natürlich«, sagte ich. »Jetzt möchte ich mit Mrs. Harriet sprechen.«

»Ja, ich hab' Sie schon beim erstenmal verstanden«, grinste Mazzo. »Sie sprechen schon noch mit ihr. Sie ist nicht mehr die jüngste. Sie steht spät auf, aber Sie werden sie sprechen. Das regle ich. Wie wär's mit einem bißchen Training?«

»Im Moment nicht. Ich werde warten.«

»Okay.« Mazzo zuckte die Achseln. »Irgendein besonderer Wunsch zum Mittagessen?«

»Ich will Mrs. Harriet sprechen!« schrie ich ihn praktisch an. »Zum Teufel mit dem Mittagessen!«

»Regen Sie sich nicht auf, Mr. Ferguson. Ich rede mal mit dem Küchenchef.« Er ging durch ins Schlafzimmer, rollte den Servierwagen zur Tür vor. »Nur nicht nervös werden, hm?«

Er ging und schloß die Tür hinter sich. Ich hörte ein leises

Klicken, das mir verriet, daß die Tür abgesperrt worden war.

Eine ganze Stunde verging noch, ehe Mrs. Harriet mit ihrem Pudel auf dem Arm hereinkam. Sie trug einen schwarzen Hosenanzug mit dunkelrotem Kragen und Manschetten. Ihre Perücke war makellos. Eine Brosche aus glitzernden Diamanten zierte das Kostüm.

»Guten Morgen, mein lieber Jerry«, lächelte sie mich an. »Mazzo sagte mir, Sie wollten mich sprechen.« Sie trat zu einem Sessel und setzte sich. »Ich hoffe aber, daß Sie zufrieden sind. Sie sind doch hoffentlich nicht mehr unglücklich. Ich hörte von Mazzo, daß Sie die Bank angerufen haben. Sie wissen nun also, daß das von uns versprochene Geld bezahlt worden ist, nicht wahr?«

Ich setzte mich ihr gegenüber.

»Das Geld, das mir zusteht, wurde erst gestern per Telex eingezahlt«, sagte ich. »Vereinbart waren tausend Dollar täglich. Nur weil ich androhte, nicht mehr mitzuarbeiten, haben Sie das Geld, das Sie mir schulden, überweisen lassen. Das gibt mir kein Vertrauen, Mrs. Harriet.«

Sie gab ein glucksendes leises Lachen von sich.

»Mein lieber Jerry! Sie verstehen wohl nicht soviel von Finanzen, was? Lassen Sie mich erklären. Ihnen jeden Tag tausend Dollar auszuzahlen, wäre ein Verlust für mich. Geld arbeitet. Sogar tausend Dollar täglich arbeiten: zwar nicht viel, aber ein bißchen, und ein bißchen Geld wird mit der Zeit zu viel Geld. Sie hätten die ganze Summe auf einen Schlag bekommen, wenn Ihre Arbeit abgeschlossen ist. Das versichere ich Ihnen. Die Fergusons kommen immer ihren Verpflichtungen nach. Jedenfalls haben Sie keinen Grund zur Besorgnis, guter Jerry. Mit jedem Tag, den Sie noch hierbleiben, gehen tausend Dollar auf Ihr Konto ein. Am Ende der Woche können Sie die Bank anrufen und sich dessen vergewissern.« Sie spielte mit den Ohren ihres Pudels und lächelte mich an. »Zufrieden jetzt?«

Darauf konnte ich nichts sagen. Ich zuckte die Achseln.

»Na fein.« Sie lächelte weiter. »Mazzo erzählte mir auch, Sie hätten versucht wegzulaufen. War das nicht etwas töricht von Ihnen? Wir verlassen uns doch auf Sie, Jerry. Ob es vielleicht eine Kurzschlußhandlung war?« Ihre dunklen kleinen Augen wurden plötzlich hart. »Sie werden nicht wieder versuchen wegzulaufen, was?«

»Ich würde, wenn ich könnte«, sagte ich. »Versprechungen mache ich nicht.«

»Guter Jerry! Wie bedauerlich! Warum wollen Sie nur weglaufen, wenn Sie soviel Geld verdienen?«

»Der Grund, weswegen ich Sie sprechen wollte«, sagte ich, »ist eigentlich, Ihnen mitzuteilen, daß Loretta plant, Sie ermorden zu lassen.«

Sie hob die Brauen.

»Das glauben Sie?«

»Mrs. Harriet, dieses Haus ist ein Alptraum! Loretta sagte mir, sie könne Mazzo überreden, daß er in Ihr Schlafzimmer schleicht, während Sie schlafen, und Sie mit einem Kissen erstickt. Sie hat Mazzo verführt, und sie ist überzeugt, daß er tun wird, was sie von ihm verlangt. Wundert es Sie da noch, wieso ich aus diesem verfluchten Haus raus möchte? Ich versichere Ihnen, Sie könnten ermordet werden, und dann könnte es mir blühen, daß ich hineingezogen werde!«

»Wie nett von Ihnen, Jerry. Wie nett, daß Sie an mich denken.« Ihre Finger spielten nach wie vor mit den Ohren des Pudels.

»Sind Sie sich darüber klar, was ich sage?« fragte ich.

»Natürlich, Jerrylein, natürlich. Was hat Ihnen Etta denn noch gesagt?«

Ich starrte sie an. Ich hatte geglaubt, wenn ich ihr von Lorettas Absicht, sie zu ermorden, erzählte, würde irgendeine Reaktion kommen, aber da saß sie, spielte mit ihrem Pudel, lächelnd und vollkommen gleichmütig.

»Sind Sie und Loretta nicht ganz bei Sinnen?« fragte ich schrill. »Begreifen Sie denn nicht, daß Sie jede Nacht ermordet werden könnten?«

Sie stieß ein trällerndes Lachen aus, das an meinen Nerven zerrte.

»Armer Jerry! Ich weiß Ihre Loyalität wirklich zu schätzen. Nichts dergleichen wird geschehen. Bitte, ängstigen Sie sich deswegen nicht.«

Ich stellte fest, daß ich schwitzte.

»Gut! Ich habe Sie gewarnt! Wenn Sie meinen, daß Sie nicht ermordet werden, dann ist das, bitte schön, Ihre Sache. Ich habe es Ihnen gesagt!«

»Natürlich, guter Jerry. Es war lieb von Ihnen. Hat Etta Ihnen auch erzählt, daß mein Sohn geisteskrank ist?«

Ich ballte und öffnete meine Fäuste.

»Ja, und daß er im linken Flügel des Hauses ist, in der Obhut eines Pflegers.«

»Und hat sie Ihnen auch erzählt, Jerry-Schätzchen, daß sie nicht mit meinem Sohn verheiratet ist?«

Ich starrte sie an. »Das wissen Sie?«

»Hat sie es Ihnen erzählt?«

»Ja.«

Wieder das trällernde Lachen.

»Und hat sie Ihnen auch erzählt, sie wollte einen Priester mit einem Ehestandsregister herkommen lassen, und Sie sollten sich mit dem Namen meines Sohnes eintragen?«

»Sie wissen also davon? Dazu kommt noch das Testament.«

»Natürlich. Armer Jerry! Wie durcheinander Sie sein müssen. Sie leisten bewundernswerte Arbeit als Stellvertreter für John, der außer Landes ist. Sie sind so loyal mir gegenüber. Ich werde ganz, ganz offen zu Ihnen sein.« Sie beugte sich vor und tätschelte mein Knie. »Ich will Ihnen unter dem Siegel der Verschwiegenheit die traurige Wahrheit erzählen. Ich fürchte, Mr. Durant wäre damit nicht einverstanden, aber machen wir uns nichts daraus. Sie haben sich das Recht verdient, die Wahrheit zu erfahren.«

Ich saß still, starrte sie an.

»Bitte, mein guter Jerry, geben Sie mir jetzt Ihr Wort, nichts von dem weiterzuerzählen, was ich Ihnen sage.« Ihre dunklen Augen erforschten meine. »Versprechen Sie das?«

Ich mußte Bescheid wissen. Diese Situation trieb mich zum Wahnsinn.

»Ich verspreche es«, sagte ich und wartete.

»Bin ich froh, guter Jerry, Denn, sehen Sie, das ist alles schon einmal passiert. Etta hat die gleiche traurige Geschichte Larry Edwards erzählt, und auch er kam, ebenso beunruhigt wie Sie, zu mir. Ich nehme an, sie hat Ihnen zwei Millionen Dollar dafür geboten, daß Sie das Testament meines Sohnes fälschen.« Sie nickte. »Ja, natürlich hat sie das getan. Dasselbe Angebot machte sie auch Larry. Ich versuchte ihn zu beruhigen, aber er wollte daraufhin nicht mehr mitarbeiten.« Sie bedachte mich mit einem starren Blick. »Ich habe ihn ausgezahlt.« Sie schüttelte den Kopf, ihre Augen waren traurig. »Eigentlich ein netter junger Mann.

Solch ein Jammer, daß er diesen Unfall hatte.«

Mein Mund wurde trocken. Die Drohung war da.

»Sie müssen verwirrt sein und sich mit allerhand Gedanken quälen, lieber Jerry«, fuhr sie fort. »Natürlich ist Etta Johns Frau. Sie wurden vor zwei Jahren getraut. Ich verlange nicht, daß Sie mein Wort dafür nehmen. Ich kann es ihnen beweisen.« Sie setzte den Pudel nieder, stand auf und ging zu einem Schränkchen, das sie öffnete. Dann kam sie mit einem großen Briefumschlag wieder. »Sehen Sie selbst. Hier sind die Fotos von der Hochzeit. Es ist durchaus ein gesellschaftliches Ereignis.« Und sie legte mir den Umschlag auf die Knie.

Ich zog eine Sammlung von Pressefotos hervor. Loretta strahlend in einem weißen Hochzeitskleid mit Schleier, hielt sich am Arm von John Merrill Ferguson fest. Sie waren umringt von Leuten: Mrs. Harriet, Durant, eine Reihe von Gesichtern, die mir nichts sagten. Ich ging die anderen Fotos durch: Loretta beim Anschneiden des Kuchens, sie und John Merrill Ferguson beim Anstoßen mit Champagner, und so weiter und so fort.

Ich steckte die Fotos in den Umschlag zurück, dann sah ich Mrs. Harriet an.

»Aber warum hat sie mir denn erzählt, sie sei nicht mit Ihrem Sohn verheiratet?« fragte ich unsicher.

»Das eben ist das traurige Geheimnis, das mein Sohn und ich seit einem Jahr zurückhalten«, sagte Mrs. Harriet ruhig. »Wir sind auf Ihre Mithilfe angewiesen, lieber Jerry. Sie haben gezeigt, daß Sie loyal sind. Sie haben ein Recht darauf, es zu erfahren. Sie gaben mir Ihr Wort, nichts auszuplaudern, wenn Sie von hier fortgehen. Ich nehme Ihr Versprechen an.« Sie lehnte sich vor und tätschelte mein Knie. »Loretta ist geistesgestört.«

Das kam nicht überraschend für mich. Ich war schon selbst zu der Auffassung gelangt, daß Loretta verrückt sei.

»Dann sind alle diese Geschichten, von wegen sie sei nicht verheiratet, Ihr Sohn sei umnachtet, und sie wolle Mazzo anstiften, Sie zu ermorden, nur das Gerede einer Geisteskranken?«

»Natürlich, mein guter Jerry. Mazzo würde nie daran denken, so etwas zu tun. Ich habe vollstes Vertrauen zu ihm.«

»Sie sagte, er und sie wären intim.«

Wieder das trällernde Lachen.

»Die arme Etta wird von sexuellen Versuchungen geplagt. Den

armen Larry hat sie verführt.« Sie sah mich verschmitzt an. »Und ich glaube, Sie auch, lieber Jerry. Das kann ich gut verstehen. Die Männer finden sie unwiderstehlich, aber nicht Mazzo. Der arme Mazzo bekam seine Ausstattung – nennen wir es einmal so – im Vietnamkrieg abgeschossen. Nein, Mazzo ist nicht fähig, mit irgendeiner Frau ins Bett zu gehen.«

Ich brauchte einen Augenblick oder zwei, um diese Mitteilung zu verdauen, dann sagte ich: »Ihr Sohn wird nicht hinter Gittern von einem Pfleger verwahrt?«

»Sie haben diese Fenster bemerkt? Es gibt Zeiten, wo es zu Ettas eigenem Schutz notwendig ist, ihre Bewegungsfreiheit einzuschränken. Ja, es wohnt ein Pfleger im Haus. Wir haben die Fenster um Ettas Sicherheit willen vergittert. Sie hätte sich schon einmal fast aus einem der oberen Fenster gestürzt. Es ist eine absonderliche Geisteskrankheit, an der sie leidet.« Mrs. Harriet unterbrach sich, um dem Pudelchen zuzugurren, dann fuhr sie fort: »Es begann, als sie eine Fehlgeburt hatte. Mein Sohn und Etta hatten sich beide einen Sohn gewünscht. Der Junge wurde tot geboren. Von diesem Zeitpunkt an brach Etta seelisch zusammen. Sie bekam Wahnideen. Wir stellen fest, daß sie bei Vollmond besonders schwierig wurde und eingeschlossen werden mußte. Wenn der Mond abnimmt, wird sie vernünftig genug, um einem normalen Leben nachzugehen. Immer wenn wir Vollmond haben und John fort ist, komme ich her. In einigen Tagen ist wieder Vollmond, und sie wird eingeschlossen werden. Wir haben in aller Stille die besten Spezialisten konsultiert, aber sie konnten nichts für Etta tun.« Sie lehnte sich zurück, liebkoste den Pudel. »Damit, Jerry, kennen Sie nun unser tragisches Geheimnis. Mein Sohn kann den Gedanken nicht ertragen, daß irgend jemand davon erfährt. Er betet Etta an. Ich bitte Sie, geduldig zu sein und doch weiter mit uns zusammenzuarbeiten. Es ist nicht mehr für lange.«

Larry Edwards kam mir in den Sinn. Wie es schien, hatte er aussteigen wollen, seine Mitarbeit verweigert und einen tödlichen Unfall erlitten. Das sollte mir nicht passieren!

»Danke für das Vertrauen, das Sie mir schenken, Mrs. Harriet«, sagte ich in meinem aufrichtigen Ton. »Da ich nun weiß, wie die Dinge stehen, können Sie selbstverständlich auf meine Mitarbeit zählen.«

Sie strahlte mich an.

»Ich bin ja so froh. Sie werden es nicht bereuen. Achten Sie nicht darauf, was die arme Etta sagt. Seien Sie freundlich zu ihr. Geben Sie sich den Anschein, als würden Sie alles tun, was Sie von Ihnen fordert. In den nächsten Tagen wird ihre Phantasie sich mehr und mehr steigern.« Sie stand auf. »Denken Sie daran, mein guter Jerry, John hat soviel Einfluß. Die Fergusons sind stets großzügig gegenüber dem, der ihnen hilft.« Sie ging zur Tür hinüber. »Ich wünsche Ihnen ein angenehmes Mittagessen. Bestellen Sie bei Mazzo, was Sie nur wollen.« Sie öffnete die Tür, ihre kleinen dunklen Augen suchend auf meinem Gesicht. »Einen recht schönen Tag.« Und sie war fort.

Nach einem leichten Mittagessen schlug Mazzo Tennis vor.

Ich konnte nicht den ganzen sonnigen Nachmittag in diesem Zimmer bleiben, also willigte ich ein, aber ich war nicht in der Stimmung. Die Folge war, daß Mazzo in drei glatten Sätzen gewann.

Als wir unsere Pullover anzogen, beäugte er mich nachdenklich.

»Macht Ihnen etwas zu schaffen, Mr. Ferguson? Sie können doch besser spielen.«

»Bin bloß nicht in Stimmung.« Ich hob meinen Schläger auf. »Sagen Sie mal, Mazzo, haben Sie in Vietnam gekämpft?«

»Wer – ich?« Er stieß ein Seufzerlachen aus. »Vietnam? Der Boss hat ein paar Hebel bewegt und mich vom Wehrdienst losgeeist. Auf den Boss hört jeder. Ich war zu wichtig als sein Leibwächter, um in Vietnam herumzuhüpfen.« Er zögerte und starrte mich an. »Wieso die Frage?«

»Ich war da unten. Fiel mir nur so ein.«

»Nein, danke. Dieser Murks war für die Trottel reserviert.«

Wir trennten uns, um zu duschen. Als ich angezogen war, ging ich ins Wohnzimmer und setzte mich.

Mrs. Harriet hatte mir vorgelogen, Mazzo sei in Vietnam verwundet worden und jetzt unfähig, mit einer Frau ins Bett zu gehen. Warum? Wenn sie mich belogen hatte, was Mazzo anging, hatte sie mich auch über Loretta belogen? Konnten diese Hochzeitsfotos, die sie mir gezeigt hatte, gefälscht sein? Es war einfach, Lorettas Gesicht für das einer anderen einzumontieren. Ich ging zu dem Schränkchen, aus dem sie den Umschlag mit den Fotos genommen hatte, öffnete es und starrte auf leere Fächer. Nach der Durchsicht der Fotos hatte ich sie wieder in den Umschlag gesteckt und den Umschlag auf den Schreibtisch gelegt. Während des

Tennisspiels war er fortgenommen worden.

Ich kehrte zu meinem Sessel zurück.

Wem sollte ich glauben?

War John Merrill Ferguson ein hinter Gittern Gefangener, oder wartete das Gefängnis darauf, Loretta aufzunehmen?

Waren beide Frauen wahnsinnig?

Ich war jetzt überzeugt, daß es mir nicht gelingen würde, bei Nacht zu entkommen. Tagsüber stand es mir frei, mit Mazzo auf dem Anwesen umherzugehen. Ich trat ans Fenster und sah hinunter auf den breit angelegten Rasen. Zwei Wächter waren unterwegs. Ich ging ins Bad und sah hinunter auf den Swimming-pool. Auch hier wanderten zwei Wächter herum. Gab es noch andere, unsichtbare, zwischen den Bäumen?

Ich war zuversichtlich, daß ich Mazzo außer Gefecht setzen könnte, wohin dann aber fliehen?

Das Grundstück war von zehn Fuß hohen Mauern umgeben. Konnte ich sie überklettern? Ich malte mir aus, wie ich es versuchte und die Wächter mich einholten. So ging es nicht. Ich kehrte zum Wohnzimmerfenster zurück. Zu meiner Linken befand sich eine Garage, deren drei Tore offenstanden. Ich konnte den Rolls, einen Caddy und einen Jaguar sehen. Das große eiserne Flügeltor am Ende der Zufahrt fiel mir ein. Mit einem so starken und schweren Wagen wie dem Rolls, in schneller Fahrt, konnte ich das Tor durchbrechen. Bei geschlossenen Fenstern und gesicherten Türen würden die Wachen mich nicht aufhalten können.

Das war mein Fluchtweg!

Ich zog einen Stuhl ans Fenster und setzte mich. Von meinem Platz aus hatte ich die Garage genau im Blick.

Es war jetzt Viertel nach fünf.

Nach etwa zehn Minuten kam der japanische Chauffeur aus einer Wohnung über der Garage die Außentreppe hinunter. Er trug ein Hemd und seine graue Uniformhose.

Ihn hatte ich vergessen. Er konnte ein Problem darstellen. Würde ich mit ihm und mit Mazzo fertig werden müssen? Meine Hoffnung auf die Flucht sank ein wenig. Japanern war nicht leicht beizukommen: schnell, Judo, Karate. Mir fiel ein, wie ich in einem Agentenfilm mit einem Japaner hatte kämpfen müssen. Er legte mich praktisch flach, und der Regisseur mußte ihn zu einer ruhigeren Gangart ermahnen.

Vielleicht würde der Japaner nicht dort sein, wenn ich meinen Ausbruch unternahm.

Ich fragte mich, ob der Zündschlüssel stecken würde. Konnte ich den Rolls ohne Schlüssel starten? Erst die Haube zu öffnen, mit den Zündkabeln herumzufingern, das konnte wertvolle Zeit kosten.

Ich beobachtete, wie der Japaner die Garagentore schloß, dann ging er die Treppe hinauf und verschwand.

Morgen früh, bewaffnet mit dem Briefbeschwerer, würde ich Mazzo sagen, ich brauchte Bewegung. Wir würden einen Spaziergang um das Grundstück machen und bei der Garage landen.

Ich dachte noch darüber nach, als Mazzo den Servierwagen mit dem Dinner hereinrollte.

»Hühnchen Maryland, Mr. Ferguson«, sagte er. »Speziell für Sie.«

»Mrs. Harriet hat mit mir gesprochen, Mazzo«, sagte ich und kam zu ihm an den Tisch. »Sie erzählte mir, Mrs. Loretta sei total verrückt. Was meinen Sie?«

Er trug das Hühnchen auf und setzte den Teller vor mich hin.

»Zerbrechen Sie sich nicht den Kopf darüber, was Mrs. Harriet sagt. Sie tun Ihre Arbeit und ich meine, und alles wird prima.«

»Und noch etwas«, versetzte ich und sah ihn direkt an. »Sie sagte mir, Ihnen seien im Vietnamkrieg die Eier abgeschossen worden.«

Er starrte mich an. Sein brutales Gesicht war plötzlich ausdruckslos.

»Wie war das?«

Ich wiederholte, was ich gesagt hatte.

»Sie haben doch vorhin gehört, daß ich nicht in dem verdammten Vietnamkrieg war!« knurrte er.

»Ja, sicher.« Ich fing an zu essen, im Bewußtsein, daß er ein Stück weggegangen war und mich immer noch anstarrte.

»Warum sagt sie so etwas?« murmelte er.

»Weil Loretta mir erzählt hat, Sie würden mit ihr schlafen, Mazzo, und weil ich das der alten Dame erzählt hab'. Sie sagte, Sie könnten mit keiner Frau schlafen und nannte den Grund.«

»Ich? Mit Mrs. F. schlafen?« Mazzos Stimme schoß einen Ton in die Höhe. »Das ist eine gottverdammte Lüge!«

»Loretta erzählte mir, weil sie Sie umgarnt hätte, Mazzo, würden Sie Mrs. Harriet umbringen: sich in ihr Zimmer schleichen und sie mit einem Kissen ersticken«, sagte ich leichthin. Ich legte Messer und Gabel hin, drehte mich um und sah ihn direkt an.

Er stand reglos da, Schweiß auf der Stirn.

»Ich erzähle Ihnen das, Mazzo, weil Sie mich als Freund brauchen, und weil ich Sie als Freund brauche. Loretta ist verrückt genug, Mrs. Harriet umzubringen und Ihnen den Mord anzuhängen.«

Ich hörte sein Hirn förmlich knarren. Er stand da wie ein riesiger Affe, bemüht, seine Gedanken zu ordnen.

»Ich warne Sie, Mazzo. Diese Frauen sind beide gefährlich. Sie könnten ruckzuck eine Mordanklage an den Hals kriegen, und Sie wüßten keine Antwort«, sagte ich.

Er raffte sich zusammen.

»Halten Sie den Mund!« stieß er hervor. »Noch mehr von dem Geschwätz, und ich reiße Ihnen Ihren gottverdammten Kopf ab!«

Er ging hinaus und knallte die Tür zu.

Ich hatte ihm einen Keim der Angst eingepflanzt. Dessen war ich sicher.

Morgen würde ich versuchen zu entkommen.

7

Ich verbrachte eine schlaflose Nacht. Obgleich ich fest entschlossen war, die Flucht am nächsten Morgen zu versuchen, bekam meine Zuversicht um so mehr Löcher, je mehr ich über meinen Plan nachdachte.

Wohl traute ich mir zu, Mazzo auszuknocken, aber da war der japanische Chauffeur. Er quälte mich: ein unbekannter Faktor. Da war das Problem mit dem Zündschlüssel. Ließ der Chauffeur ihn im Schloß stecken? Das kam mir zwar unwahrscheinlich vor, aber es waren Wachen in der Nähe, und so bestand immerhin die Möglichkeit, daß er dachte, niemand käme an den Wagen heran, um ihn zu stehlen, und er könne den Schlüssel stecken lassen.

Dann dachte ich an die hohen Eisentore. Würden sie der Wucht des schnell gegen sie gesteuerten Rolls standhalten?

Es wäre eine Mordsenttäuschung, wenn der Wagen von den Torflügeln abprallte.

Trotz dieser Zweifel war ich entschlossen, es zu versuchen.

Ich rasierte mich gerade, als ich Mazzo den Teewagen mit dem Frühstück hereinbringen hörte. Ich beendete die Rasur, benutzte

After Shave und marschierte ins Wohnzimmer.

»Morgen, Mazzo«, sagte ich. »Wir sollten uns heute früh mal ein bißchen bewegen. Wie wär's mit einem kleinen Dauerlauf?«

Mein Plan war, um das Grundstück zu laufen und bei jeder Garage anzuhalten. Ich wollte Mazzo sagen, ich hätte noch keinen Rolls-Motor gesehen, und das wäre doch nun die Gelegenheit. Im Inneren der Garage wollte ich ihn dann bewußtlos schlagen, in den Rolls steigen, hoffentlich den Zündschlüssel vorfinden und das Weite suchen.

»Sie müssen heute morgen ins Büro«, knurrte Mazzo.

Ich blickte ihn scharf an.

»Ist Mr. Durant zurück?«

»Anordnung von Mrs. Harriet. Essen Sie Ihr Frühstück.«

Ich hatte plötzlich keinen Hunger mehr. Was war da los? Wenn Durant mit den letzten Papieren zur Unterschrift zurück war, lief die Zeit für mich ab.

Ich trank Kaffee, aß eine Scheibe Toast und ließ die Eier mit Schinken stehen.

Mazzo ging ins Schlafzimmer. Ich folgte ihm und beobachtete, wie er einen Anzug aus einem der Schränke nahm. *Ich sah, daß es mein Anzug war!* Ich geriet in Panik.

»Die Maske legen Sie nicht an«, sagte Mazzo. »Sie gehen als Sie selbst ins Büro. Kapiert?«

»Weshalb denn das?«

»Sie reden zuviel. Sie werden dafür bezahlt, daß Sie tun, was Ihnen gesagt wird. Ziehen Sie sich an! Wir brechen in einer halben Stunde auf.« Und er ließ mich allein.

Bewegungslos stand ich da, mit klopfendem Herzen.

Sie gehen als Sie selbst ins Büro!

Das konnte nur eines bedeuten: Durant war mit den letzten Papieren zurück, die ich unterschreiben sollte; danach würde er mir sagen, ich könne gehen. Wahrscheinlich würde er Mazzo anweisen, mich zum Flughafen Miami und zum Flugzeug nach Los Angeles zu bringen.

Auf der Fahrt zum Flughafen würde ein Nadelstich kommen, und ich würde ins Jenseits befördert.

Wie ich schwitzte vor Angst!

Ich ging zum Barschrank und goß mir einen enormen Scotch ein. Ich trank ihn herunter wie Wasser, dann stand ich still, bis der

Scotch anschlug. Er stärkte mein weich gewordenes Rückgrat.

Komm schon, Jerry, sagte ich mir. Noch bist du nicht tot.

Ich beschloß, jede Unterschrift zu verweigern, wenn ich ins Büro kam. Damit wäre ihnen ein Hindernis ihn den mörderischen Weg gestellt. Was konnten sie tun? Zumindest würde ich durch die Verzögerungstaktik Zeit gewinnen.

Eine Spur angeheitert stieg ich in meine Kleider und meine Schuhe. Nach den Superanzügen von John Merrill Ferguson bot mein eigener, als ich mich im Wandspiegel betrachtete, ein schreckliches Bild. Ich hatte vergessen, wie abgerissen ich zuletzt aussah. Kein Wunder, daß Lu Prentz mich nicht mehr zum Lunch eingeladen hatte. Ich wirkte als das, was ich war: ein stellungsloser, heruntergekommener kleiner Schauspieler. Dann fiel mir ein, daß ich siebentausend Dollar auf der Bank hatte. Wenn ich mich aus diesem Schlamassel herauswinden konnte, würde ich meine Garderobe erneuern und Lu Prentz auf die Nerven fallen, bis er Arbeit für mich fand. Aber dafür mußte ich zuerst aus dem Schlamassel raus!

»Sie werden das Make-up-Zeug brauchen«, sagte Mazzo. Er war leise ins Zimmer gekommen.

»Worum geht es eigentlich?« fragte ich und musterte ihn.

»Sie haben gehört, was ich sage! Packen Sie's ein!«

Immer mit der Ruhe, sagte ich mir, als ich ins Bad ging. Denk daran, du hast das letzte Wort: keine Unterschrift.

Ich legte Maske, Schnurrbart und Augenbrauen in die Kosmetiktasche. Mazzo nahm sie mir ab. Auf dem Bett lag ein Koffer mit dem dunklen Mohairanzug, den ich getragen hatte und der John Merrill Ferguson gehörte. Mazzo legte die Kosmetiktasche in den Koffer, klappte den Deckel zu und verschloß ihn.

»Los jetzt.«

Wir gingen die Treppe hinunter und zu der offenen Haustür. Ein ziemlich abgetakeltes Taxi wartete davor. Am Steuer saß Marco, der Nachtwächter.

Ein Mann kam aus dem Dunkel der Halle und nahm Mazzo den Koffer ab.

»Das ist Pedro«, sagte Mazzo. »Er wird sich um Sie kümmern. Sie tun, was er sagt . . . kapiert?«

Ich sah mir den Mann an: klein, untersetzt, breitschultrig, gekleidet in einen leichten hellblauen Anzug und dunkelbraunen Panamahut.

Während meiner Zeit beim Film war ich auf alle möglichen Gangster- und Schlägertypen gestoßen, aber diesem Mann gebührte der Oscar. Es schoß mir durch den Kopf, daß er mein Henker sein könnte. Tödlich genug sah er aus dafür. Hatte er Larry Edwards und Charles Duvine umgebracht?

»Kommen Sie nicht mit?« fragte ich Mazzo.

Er grinste mich verschlagen an.

»Ich hab' was zu erledigen. Fahren Sie mit Pedro. Er kümmert sich um Sie.«

Pedro winkte mich zu dem Taxi. Ich spürte einen Drang, davonzulaufen, aber nicht weit erblickte ich zwei Wächter, die in der Sonne standen und zusahen. Schwitzend ging ich die Stufen hinunter und stieg in das Taxi. Als ich mich in den ungefederten Sitz fallen ließ, setzte Pedro sich zu mir. Das Taxi fuhr los.

»Regen Sie sich ab, Mr. Stevens«, sagte Pedro mit sanfter Stimme. »Sie tun Ihren Job, und ich tu meinen, ja?«

Sein Job? Mich umzubringen?

Ich sagte nichts.

Als wir das hohe Flügeltor erreichten, beugte ich mich vor. Ein Wächter öffnete es. Ich war sicher, wenn sich jemals die Gelegenheit ergab, könnte ich es mit dem Rolls durchbrechen, aber würde ich die Gelegenheit dazu jemals noch bekommen? Hatte ich zu lange gezögert?

Ich lehnte mich zurück, als das Taxi Largo verließ und der City zustrebte. Sollte ich meinen Ausbruch versuchen, wenn ich aus dem Taxi stieg, um das Bürohaus der Ferguson Electronic & Oil Corporation zu betreten? Die Presse würde dort sein. Pedro würde nicht wagen, zur Waffe zu greifen. Ich entschloß mich, loszurennen, sobald wir die Büros erreicht hatten. Auf der belebten Straße konnten die Wächter und Pedro mir nicht nachjagen.

Dann merkte ich plötzlich, daß das Taxi von der Hauptverkehrsstraße auf eine Nebenstraße abgebogen war.

Erschreckt sah ich Pedro an.

»Hier geht es nicht lang«, sagte ich mit trockenem Mund.

Er schmunzelte leicht.

»Wir nehmen den Hintereingang, Mr. Stevens«, sagte er. »Dann werden uns die Pressefritzen nicht lästig.«

Es war, als hätte er meine Gedanken gelesen. Wieder ergriff mich Panik. Sollte ich mich aus dem Wagen werfen? Ich blickte zur

Wagentür, da sah ich, daß der Griff innen abmontiert war.

Pedros schwere Hand fiel auf meinen Arm.

»Immer mit der Ruhe, Mr. Stevens.«

Der Wagen verlangsamte und bog auf eine lange, dunkle Auffahrt. Am Ende der Auffahrt war eine Schranke, die sich hob, und wir fuhren in eine große Tiefgarage.

Aus den Schatten kamen drei Männer: Fergusons Wachen. Sie verteilten sich um den Wagen, stumm, wachsam und finster.

Pedro stieg aus, den Koffer in der Hand.

»Gehen wir, Mr. Stevens.«

Ich kletterte aus dem Taxi und sah mich um. Wie aufs Stichwort näherten sich die drei Wachen, also ging ich neben Pedro her zu einem Fahrstuhl. Wir stiegen ein. Er drückte auf einen Knopf. Die Wachen traten zurück, als der Fahrstuhl nach oben schoß.

Pedro führte mich durch einen langen Korridor, dann öffnete er eine Tür und trat zur Seite.

»Keine Bange, Mr. Stevens«, sagte er. »Einfach hinsetzen und warten, ja?«

Ich marschierte in ein luxuriöses Wartezimmer, das etwa zwanzig Sessel aufwies und Tische, auf denen Zeitschriften verstreut lagen.

»Setzen Sie sich«, sagte Pedro, indem er die Tür schloß. Er trat zu einem Klubsessel, ließ sich nieder, dann schnappte er sich eine Ausgabe des *Penthouse*.

Ich ging zu dem großen Fenster hinüber und blickte die dreißig Stockwerke hinab auf den Paradise Boulevard. Die Menschen sahen aus wie Ameisen, die Autos wie winziges Spielzeug. Im Hintergrund waren der Strand, die Palmen und das Meer.

Pedro stieß plötzlich einen leisen Pfiff aus.

»Die Puppe hier schlägt gar nicht erst die Beine übereinander«, murmelte er. »Junge, könnt' ich die vernaschen!«

Ich beachtete ihn nicht. Die Gedanken überschlugen sich in meinem Kopf. Jedesmal, wenn ich eine Flucht plante, wurde mein Plan durchkreuzt. Was wäre, wenn ich jetzt aus dem Zimmer stürmte und »Mörder!« schrie. Was wäre . . .

Die Tür ging auf, und Sonia Malcolm stand im Eingang.

Bei ihrem Anblick durchlief mich eine Welle der Erleichterung. Seit ich in diesem Alptraum gefangen saß, war sie der einzige normale Mensch, dem ich begegnet war, aber ich wußte, ich konnte sie nicht hineinziehen. Ich konnte nicht einmal versuchen, ihr zu erklären, in welchem Schlamassel ich steckte. Es würde keine Gelegenheit dazu geben, und selbst wenn, so würde sie wahrscheinlich denken, ich wäre nicht ganz bei Sinnen.

»Mr. Stevens«, sagte sie und blickte mich an. »Würden Sie bitte mitkommen?«

Ich sah, wie ihre hübschen ernsten Augen meinen schäbigen Anzug und meine abgenutzten Schuhe streiften. Sie mußte an die makellos eleganten, reichen Geschäftsleute gewohnt sein, die hier verkehrten, aber ihr Gesichtsausdruck änderte sich nicht.

Ich schaute sie direkt an, doch nichts ließ darauf schließen, daß sie mich erkannt hätte. Wie sollte sie auch? Ich war ja nicht hinter der Fassade von John Merrill Ferguson verborgen. Sie sah nur Jerry Stevens, den stellungslosen kleinen Schauspieler.

Ich folgte ihr hinaus auf den Korridor.

Nuschelnd legte Pedro das Magazin weg, ergriff den Koffer und kam hinter mir her, wie ich Sonias anmutigem Rücken nachging.

Als wir um die Ecke des Korridors bogen, sah ich vor mir die Tür zu John Merrill Fergusons Büroräumen.

Hinter der Tür, so glaubte ich, würde Joe Durant sein, mit den letzten Papieren zur Unterschrift. Ich wappnete mich.

Sonia öffnete die Tür und trat beiseite.

»Mr. Stevens, Sir.« Sie ließ mich ein.

Ich marschierte in das vertraute Zimmer, in der Erwartung, Durant am Schreibtisch vorzufinden.

Starr vor Staunen blieb ich stehen, als Sonia hinter mir die Tür schloß.

An dem Schreibtisch, wo ich vor ein paar Tagen selbst gesessen hatte, war anstelle von Durant der Mann, den ich verkörperte: John Merrill Ferguson!

Der Verstand bewegt sich mit Lichtgeschwindigkeit.

Während ich dort stand und auf den Mann am Schreibtisch sah, kam mir die Erinnerung an einen berühmten Filmstar in den Sinn, der mich einmal betrunken am Knopf festgehalten und mir erzählt hatte, er hätte etwas Furchtbares erlebt.

»Ich war am Schlafen, Jerry«, hörte ich ihn wieder sagen. »Dann wachte ich plötzlich auf und sah mich selbst neben dem Bett stehen. Es war, als wäre ich aus meinem Körper herausgetreten, und ich blickte auf mich selbst, handfest, nicht auf ein Spiegelbild, sondern mich selbst. Es war zutiefst erschreckend und unheimlich. Ich . . . außerhalb von meinem Körper.«

Ich wußte, daß er betrunken gewesen war, aber ich entsann mich seiner Worte.

Jetzt schaute ich auf ein Spiegelbild. Tagelang hatte ich mich in der Maske John Merrill Fergusons angestarrt und mir gesagt, ich könnte John Merrill Ferguson sein.

Auf einmal verstand ich meinen betrunkenen Filmstar vollkommen: Ich hatte dasselbe Erlebnis wie er, ein erschreckendes, ein unheimliches.

John Merrill Ferguson stand auf und kam mit einem breiten, freundlichen Lächeln um den Schreibtisch herum.

»Mr. Stevens!« rief er aus, als er mich erreichte. »Das ist schon ein besonderer Augenblick, nicht?« Er ergriff meine Hand und schüttelte sie warm. »Sie müssen ein wenig verwirrt sein. Kommen Sie, setzen Sie sich. Unterhalten wir uns.«

Ohne meine Hand loszulassen, steuerte er mich zu einem Sessel.

»Machen Sie doch nicht so ein bestürztes Gesicht. Ich habe Ihnen für sehr vieles zu danken.« Die freundliche Stimme entspannte sich. »Nehmen Sie Platz. Wir wollen etwas trinken.«

Als ich mich hinsetzte, ging er zum Barschrank.

Er blickte über seine Schulter und grinste.

»Ein wenig früh, aber niemals zu früh für Champagner.«

Ich saß nur da und versuchte, meine Fassung wiederzuerlangen, während er den Korken knallen ließ, den Sekt eingoß, herüberkam, mein Glas auf ein Tischchen stellte und mir gegenüber Platz nahm.

»Sie haben wunderbare Arbeit geleistet, Mr. Stevens«, sagte er und hob sein Glas. »Ich trinke auf Ihr Wohl.«

Das kam so unerwartet, daß ich kein Wort herausbrachte, aber ich nahm mich zusammen, hob mit wackliger Hand mein Glas, und wir tranken.

»Ich hielt es nicht für möglich, daß jemand mich so brillant darstellen könnte, wie Sie es tun.« Er setzte sein Glas ab. »Ich habe Fotos von Ihnen gesehen, beim Tennisspielen, hier am Schreibtisch, bei der Ankunft vor unseren Büros. Immer wieder staune ich darüber. Es könnten Bilder von mir sein. Ich habe eine Bandaufnahme gehört, wo Sie mit Walter Bern sprechen. Es war meine eigene Stimme!«

Er klang so freundlich und begeistert, daß ich, wie die meisten Schauspieler, auf dieses Lob reagierte. Ich legte meine Nervosität ab.

»Nun, Sir«, sagte ich, »ich bin für den Job engagiert worden, und es freut mich, daß Sie zufrieden sind.«

»Zufrieden? Das ist eine Untertreibung!« Sein Lächeln wurde breiter. »Sie haben mir eine Menge Geld erspart, Mr. Stevens . . . zum Teufel mit diesem ›Mr. Stevens‹. Lassen wir die Floskeln. Jerry und John, wie wäre es damit?«

Ich starrte ihn an.

Einer der reichsten, einer der mächtigsten Männer der Welt bot mir an, uns beim Vornamen zu nennen!

Das war Balsam für mein Ego!

»Ja, natürlich, Sir«, sagte ich.

Er lachte.

»Okay, ich werde Ihnen Zeit lassen, sich zu entspannen, Jerry. Sie haben beste Arbeit geleistet. Es ist unglaublich. Sie haben die Presse getäuscht. Sie haben sogar meinen alten Butler getäuscht. Ohne Sie hätte ich nicht nach Peking gehen und dort ein Riesengeschäft schaukeln können. Alles, was wir an Haien haben, einschließlich dem CIA, dachte, ich wäre zu Hause.« Sein Gesicht wurde plötzlich ernst. »Ich spreche im Vertrauen zu Ihnen, Jerry. Was ich sage, darf nicht über diese vier Wände hinausgehen. Ja?«

»Ja, Mr. Ferguson.«

»Ich habe Ihnen einen Vorschlag zu machen, aber zuerst möchte ich wissen, wie Sie über Ihre Zukunft als Schauspieler denken. Wollen Sie wieder in diesen Konkurrenzkampf zurück? Seien Sie offen zu mir. Wenn Sie das Verlangen haben, dahin zurückzukehren, dann sagen Sie es mir, und ich verstehe das; sollten Sie aber bereit sein, es aufzugeben, dann habe ich ein Angebot für Sie, das Ihnen ein gutes Gehalt einbringen wird und in finanzieller Hinsicht eine sorglose Zukunft.«

Meine Gedanken flogen zu Lu Prentz und zu den tristen Tagen des Wartens am Telefon, das nie klingelte. Ich stellte mir die Rückkehr nach Hollywood vor, die Suche nach einer winzigen Wohnung, das Warten und das Hoffen. Der Gedanke ließ mich frösteln.

»Ich will die Karten offen auf den Tisch legen, Jerry«, sagte Ferguson, als er meine Unschlüssigkeit bemerkte. »Nochmals, was ich Ihnen sage, ist streng vertraulich. Ihre brillante Leistung als mein Doppelgänger hat mich auf Ideen gebracht. Ich biete Ihnen eine feste Position in meinem Stab. Wann immer ich verschwinden möchte, werden Sie meinen Platz einnehmen. Sie werden mein persönlicher Assistent sein. Sie bekommen ein eigenes Büro. Einfache Arbeiten werden sich für Sie finden. Das nur als Fassade. Sie werden reichlich Freizeit haben. Ihre eigentliche Aufgabe wird darin bestehen, mich zu ersetzen, wenn ich keine Publicity möchte. Sie werden unwesentliche Papiere unterzeichnen.« Er unterbrach sich und grinste. »Ich konnte nicht glauben, daß Ihre fabelhaften Fälschungen meine Unterschrift waren. Das ist das Angebot. Jetzt zu den Bedingungen. Wenn Sie akzeptieren, zahle ich Ihnen einhunderttausend Dollar jährlich, und Sie erhalten Unterkunft und Essen sowie einen Wagen. Ich gebe Ihnen einen Siebenjahresvertrag mit einer Gehaltserhöhung von zehntausend Dollar nach drei Jahren, und Sie können jederzeit aus dem Vertrag aussteigen, wenn Sie mir sechs Monate vorher kündigen.« Er lächelte. »Tatsache ist, Jerry, Sie sind zu wertvoll, um Sie zu verlieren. Für das, was ich Ihnen anbiete, werden Sie mir eine Menge Streß und Schwierigkeiten vom Hals schaffen. Was meinen Sie?«

Ich saß da mit offenem Mund. Ich konnte einfach nicht glauben, was er sagte.

»Natürlich werden Sie darüber nachdenken wollen. Ich dränge Sie auch nicht«, fuhr Ferguson fort. »Erst einmal möchte ich, daß Sie Ihr Büro sehen, Ihre Wohnung und Ihren Wagen, bevor Sie sich entscheiden. Falls Sie mein Angebot annehmen, werden Sie fest bei mir angestellt. Es kann sein, daß Sie ein, zwei Wochen oder so nichts zu arbeiten brauchen. Wenn ich dann fort muß, nehmen Sie meinen Platz ein. Während Sie nicht als mein Doppelgänger fungieren, steht es Ihnen völlig frei, in dieser Stadt zu tun, was Ihnen beliebt. Sollten Ihre Bekannten wissen wollen, was Sie tun, sagen Sie ihnen, daß Sie mein persönlicher Assistent sind und daß kein Angehöriger meiner Gesellschaft über seine Arbeit spricht. Meine Angestellten sind durchweg loyal, und auch von Ihnen würde ich Loyalität erwarten.«

Er stand auf, ging zu seinem Schreibtisch, drückte eine Taste an der Gegensprechanlage.

»Miss Malcolm, kommen Sie bitte mal?« Zu mir sagte er: »Miss Malcolm ist meine Zweite Sekretärin. Sie wird sich Ihrer annehmen. Sie weiß von der Doppelgängergeschichte. Nur Mr. Durant, meine Sekretärin, Miss Malcolm und Mazzo wissen es. Sie können sich voll und ganz auf sie verlassen.«

Sonia kam herein.

»Ich gebe Mr. Stevens in Ihre Hände«, sagte Ferguson lächelnd zu ihr. »Sie wissen, was zu tun ist.«

»Ja, Sir.«

Benommen stand ich auf.

»Überlegen Sie es sich, Jerry«, sagte Ferguson. Er schüttelte mir die Hand. »Würden Sie mir Ihre Entscheidung vor sechs Uhr heute abend mitteilen?«

»Ja, Sir«, sagte ich und folgte Sonia aus dem Zimmer.

Meine Gedanken überschlugen sich. Was für ein Angebot! Einhunderttausend Dollar im Jahr, Unterkunft und einen Wagen! Wenig Arbeit! Es würde mir freistehen, diese wundervolle Stadt zu erkunden!

Kein Mazzo, kein Pedro mehr, keine Angst mehr, ermordet zu werden.

Ich konnte es einfach nicht fassen.

Sonia blieb vor einer Tür stehen und öffnete sie.

»Wir werden ein Büro teilen, Mr. Stevens«, sagte sie und trat in einen großen sonnigen Raum mit zwei Schreibtischen und Zubehör wie Schreibmaschinen, Telefone und Sprechanlage, und mit Blick auf den fernen Strand.

»Ist er nicht wunderbar?« sagte sie lächelnd zu mir. »Er ist wirklich wie Gott. Er sucht sich einfach Leute heraus und macht ihr Leben froh. Ich kann noch gar nicht glauben, daß er mich ausgesucht hat.«

»Tja, ich freue mich auch.«

»Ich hab' Sie im Fernsehen gesehn. Es muß herrlich sein, wenn man ein Star ist.«

»Glauben Sie das nur nicht.« Ich schaute sie an, mochte sie. »Ich bin froh, da raus zu sein.«

Sie lachte.

»Ach wo! Sie müssen mir davon mal erzählen. Gehen wir jetzt. Sie haben eine wunderbare Wohnung, und Ihr Wagen . . .!«

Sie führte mich durch den Korridor zu den Fahrstühlen, dann hinunter in die Garage.

»Hier ist er«, sagte sie und deutete auf ein hellblaues zweisitziges

Mercedes Kabrio. »Ist der nicht schön?«

Ich hatte mir schon immer einen Mercedes gewünscht. Ich ging rundherum, tätschelte ihn und grinste sie an.

»Phantastisch!«

Sie öffnete die Beifahrertür und glitt auf den Sitz.

»Wir müssen uns beeilen, Mr. Stevens. Ich habe heute nachmittag noch eine Menge zu tun.«

Ich setzte mich ans Steuer, merkte, daß zwei Wächter mich beobachteten. Ich fuhr zu der Schranke, die sich hob.

Mann, schwebte ich in den Wolken!

»Sie biegen rechts ein und bleiben auf dem Boulevard«, erklärte mir Sonia. »Ich sage Ihnen Bescheid, wo es ab geht.«

Ich fuhr in einem Technicolortraum: ein herrlicher Wagen! Eine schöne Frau!

Am Ende des Boulevards wies sie mich an, nach links zum Strand abzubiegen. Wir fuhren an der übervölkerten Seeseite entlang, dann hieß sie mich rechts abbiegen. Damit kamen wir auf einen schmalen Sandweg.

»Der führt zu Mr. Fergusons Privatstrand«, sagte sie.

Vor uns erschien ein hohes eisernes Tor und ein Wächter, der salutierte, als er das Tor zurückschwang. Ich fuhr weiter den Weg hinauf, gelangte zu einer hohen Hecke und Palmen, dann sah ich die Strandhütte.

Ich hielt davor.

»Ist es hier?«

»Die erste, ja. Das ist Ihre.«

»Die erste?«

»Es gibt vier Hütten auf dem Grundstück, aber jede ist völlig für sich abgeschlossen. Mr. Ferguson benutzt sie nicht mehr.«

Ich stieg aus dem Wagen und strebte mit Sonia der Hütte zu.

Eine Hütte?

Sie war aus Kiefernholz gebaut, mit einer großen Veranda, auf der es Liegestühle, Tische und eine Bar gab. Sie strahlte Reichtum aus.

Sonia lief die Treppe zur Veranda hinauf, schloß die Tür auf und winkte mich hinein.

Ich betrat ein elegantes, üppig möbliertes Wohnzimmer. Alles war vorhanden: Fernseher, Stereoanlage, Bar, Sessel, blankes Parkett aus Kiefernholz, belegt mit Persern, ein Schreibtisch, zwei

Telefone und an den Wänden moderne Kunst.

Mein neues Zuhause!

Ich stand nur da und staunte.

»Es gibt zwei Schlafzimmer, zwei Badezimmer und eine komplett eingerichtete Küche«, erläuterte Sonia. »Sie können sich freuen, Mr. Stevens! Es ist ein Paradies!«

Sie führte mich in ein Schlafzimmer mit riesigem Doppelbett, Schränken und einem Fernseher am Fußende des Bettes. Das andere Schlafzimmer war kleiner, aber ebenso luxuriös.

»Mrs. Swanson kümmert sich um die Hütten«, sagte Sonia. »Im Augenblick sind Sie der einzige Bewohner. Sie wird Ihnen Frühstück machen und für Sie kochen. Sie brauchen nur auf dem grünen Telefon zweimal die Zwei zu wählen und ihr Ihre Wünsche mitzuteilen. Wie ich höre, ist sie eine großartige Köchin. Sie nimmt sich auch Ihrer Wäsche an.«

»Fabelhaft!«

»Der Kühlschrank ist gut ausgestattet, aber fragen Sie ruhig nach allem, was Sie gerne hätten.« Sie beobachtete mein Gesicht und lachte. »Es ist herrlich, nicht? Was es doch heißt, für Mr. Ferguson zu arbeiten!«

»Das kann man wohl sagen.«

Als wir zurück ins Wohnzimmer gingen, ertönte eine Hupe.

»Das wird mein Wagen sein, Mr. Stevens. Ich muß flitzen. Sie kommen schon zurecht, oder?«

»Nur eines noch. Sagen Sie Jerry zu mir.«

Sie schenkte mir ein strahlendes Lächeln.

»Okay, Jerry. Wiedersehen.« Und sie lief hinunter zu dem wartenden Wagen. Am Steuer saß Pedro, der mit einem Streichholz in seinen Zähnen bohrte.

Sein Anblick beunruhigte mich. Er sah derart nach einem Gewaltverbrecher aus. Ich trat hinaus auf die Veranda, und Sonia winkte, als Pedro losfuhr.

Ich setzte mich in einen der Liegestühle und schaute über den silbrigen Strand aufs Meer hinaus.

Ich mußte mich umstellen. Es schien ein Wachtraum zu sein. Noch gestern hatte ich Angst gehabt, man würde mich umbringen, und jetzt dies!

Sie sind zu wertvoll, um Sie zu verlieren.

Wie ich darüber nachdachte, was Ferguson gesagt hatte, kam ich zu dem Schluß, daß es plausibel war. Von Rivalen beobachtet, bei der Durchführung wichtiger Geschäfte behindert, hatte Ferguson ein perfektes Double gefunden, das nicht nur aussah wie er selbst, sondern auch wie er sprach und seine Unterschrift nachahmen konnte. Dafür war er bereit, mir einen Siebenjahresvertrag zu bieten und ein Gehalt von einhunderttausend Dollar im Jahr. Auf den ersten Blick schien das ein maßlos übertriebener Betrag zu sein, bedachte man aber Fergusons Imperium, sein gewaltiges Vermögen, dann war es für ihn eine Kleinigkeit.

Ich müßte mir glatt den Kopf untersuchen lassen, würde ich ein solches Angebot ausschlagen!

Nachdem ich meine Entscheidung getroffen hatte, merkte ich, daß schon Mittag vorbei war und ich Hunger hatte. Ich ging in die Küche und öffnete den Kühlschrank. Wie Sonia gesagt hatte, waren reichlich Lebensmittel da. Ich belud einen Teller mit kaltem Hähnchen, Schinken und Salat, trug ihn auf die Veranda und setzte mich an einen der Tische.

Mann, dachte ich, als ich zu essen anfing, so läßt es sich leben!

Um halb sechs fuhr ich zur Ferguson Electronic & Oil Corporation und durch den Hintereingang in das Gebäude. Der Posten erkannte mich, nickte und ließ die Schranke hoch. Ich nahm den Expreßlift zum Obergeschoß.

Ich hatte einen wundervollen Nachmittag verbracht – Pläne geschmiedet. Ich brauchte Kleider. In meinem schäbigen Anzug konnte ich nicht herumlaufen. Für Kleider brauchte ich Geld, dann war mir eingefallen, daß ich siebentausend Dollar bei der Chase National Bank liegen hatte. Ich bat sie telefonisch, das Geld auf die Zweigstelle in Paradise City zu überweisen, was man mir sofort per Telex zu erledigen versprach. Danach ging ich schwimmen. Da der meilenlange Strand völlig verlassen war, schwamm ich nackt.

Später fuhr ich zur Bank, unterschrieb die nötigen Formulare, erhielt ein Scheckbuch und hob tausend Dollar ab.

Morgen, sagte ich mir, würde ich auf Einkaufsbummel gehen.

Ich fühlte mich wie ein Dreimetermann, als ich an die Tür meines Büros klopfte und hineinstiefelte.

Sonia schrieb auf der Maschine. Sie blickte auf und lächelte mir zu.

»Alles in Ordnung?«

»Könnte nicht besser sein«, sagte ich. »Mr. Ferguson wollte

mich um sechs.«

»Er ist jetzt frei.« Sie drückte auf die Taste der Sprechanlage. Eine Pause entstand, dann sagte Fergusons Stimme, die Stimme, die ich so getreu imitieren konnte: »Ja, Miss Malcolm?«

»Mr. Stevens ist da, Sir.«

»Gut. Schicken Sie ihn bitte rein.«

Sie schaltete aus und lächelte mich an.

»Gehen Sie durch, Jerry.«

»Falls Sie nichts Besseres vorhaben, würden Sie heute abend mit mir essen gehen?« fragte ich.

Ihr Lächeln wurde breiter.

»Würde ich gerne, sehen Sie aber jetzt erst mal, was Mr. Ferguson will.«

»Bin gleich zurück, dann machen wir was fest.«

Ich ging durch den Korridor zur Tür von Fergusons Büro, klopfte und trat ein.

Ferguson war an seinem Schreibtisch. In einem Klubsessel saß Joe Durant. Bei seinem Anblick erschrak ich. Er betrachtete mich mit kalten, stählernen Augen.

Ferguson stand auf.

»Kommen Sie nur rein, Jerry«, sagte er mit einem warmen Lächeln, aber ich sah Anspannung in seinen Augen. »Wie lautet die Entscheidung?«

»Ich würde mich freuen, für Sie zu arbeiten, Sir.«

Die Spannung wich aus seinen Augen.

»Setzen Sie sich.« Er bot mir einen Sessel in der Nähe von Durant an. »Das ist eine gute Nachricht. Sind Sie zufrieden mit Ihrem Büro, Ihrem Wagen und Ihrer Wohnung?«

»Wer wäre das nicht, Sir?«

»Gut. Joe hat den Vertrag. Sieben Jahre. Abgemacht?«

»Ja, Sir.«

»Sie werden im voraus bezahlt. Achttausenddreihundertunddreiunddreißig Dollar: ein Monatsgehalt. Miss Malcolm wird die Steuerabzüge regeln und Ihnen einen Scheck ausstellen lassen.«

Als ich mich hinsetzte, nahm Durant ein Schriftstück aus seiner Aktenmappe und reichte es mir. Es war ein einfacher Vertrag, aber ich las ihn sorgfältig. Er führte die Tatsachen an: Ich sollte Fergusons persönlicher Assistent sein. Ich sollte einhunderttausend Dollar jährlich erhalten, mit einer Gehaltserhöhung von zehntausend Dollar nach Ablauf von drei Jahren. Der Vertrag lief auf sieben Jahre und konnte mit sechsmonatiger Kündigung von beiden Seiten aufgehoben werden.

Durant streckte mir einen Füllhalter hin, also unterschrieb ich. Dann gab er mir eine Kopie, die unterzeichnet war: »Joseph Durant, Vizepräsident.«

»Sie gehören jetzt zu meinem Stab«, sagte Ferguson. »Sie denken daran, daß meine Angestellten mit niemandem darüber sprechen, was hier geschieht. Sie denken daran, wenn die Presse Sie befragt, sind Sie mein persönlicher Assistent, und mehr sagen Sie nicht. Gut?«

»Ja, Sir.«

»Nun habe ich Arbeit für Sie.« Er lächelte. »Es tut mir leid, daß ich Sie so bald schon einspannen muß, aber es ist notwendig. Ich will in einer Stunde fort. Ich muß der Presse und anderen ausweichen.« Er winkte zum Waschraum. »Dort drinnen finden Sie Ihre Kosmetiktaschen und Ihre Kleider. Würden Sie sich bitte umziehen? Ich möchte, daß Sie mit Mazzo durch den Haupteingang herausgehen. Sie werden in meine Wohnung zurückkehren. Dort bleiben Sie, bis ich wiederkomme. Wahrscheinlich wird das in ein, zwei Tagen sein. Sofort nach meiner Rückkehr werden Sie für vielleicht zwei Wochen frei über Ihre Zeit verfügen können.«

Ich spürte eine heftige Enttäuschung. Ich hatte mich darauf gefreut, mit Sonia essen zu gehen. Dann fiel mir ein, daß ich Fergusons Assistent war, angestellt für einhunderttausend Dollar im Jahr.

»Ja, Sir.« Ich stand auf und ging in den Waschraum, wo ich den Koffer fand, den Mazzo gepackt hatte.

Ich brauchte rund fünfzehn Minuten, um mich umzukleiden und die Maske anzulegen. Ich hinkte zur Waschraumtür und öffnete sie.

Ferguson hatte seinen Schreibtisch verlassen und stand am Fenster. Durant war fort.

Beim Geräusch der sich öffnenden Tür drehte Ferguson sich um und blickte auf mich. Er stand wie festgewurzelt, starrte mich an, dann hob er die Hand an sein Gesicht. Ich hob meine Hand an mein Gesicht. Er machte einen Schritt zurück. Ich machte einen Schritt vor.

»Guter Gott!« rief er aus. »Es ist unheimlich!«

»Guter Gott!« sagte ich, seine Stimme imitierend. »Es ist unheimlich.« Dann setzte ich in meiner eigenen Stimme hinzu: »Es freut mich, Sir, daß Sie das finden.«

Er stieß ein zittriges Lachen aus.

»Sie sind fabelhaft, Jerry! Verdammt noch mal, es ist, als ob man in einen Spiegel sieht.« Er kam zu mir und betrachtete mich genau. »Eine bemerkenswerte Maske ist das.« Er klopfte mir auf die Schulter. »Das hätte ich nicht für möglich gehalten.« Er lachte abermals. »Und die Stimme . . .« Er blickte auf seine Uhr. »Mir bleiben nur noch wenige Minuten.« Er ging zur Sprechanlage, schaltete sie ein, sagte: »Ich bin bereit für Sie, Mazzo.«

Die Tür ging auf, und Mazzo kam herein.

»Bringen Sie Jerry nach Hause, Mazzo«, sagte Ferguson. Er wandte sich zu mir: »Bitte tun Sie, was Mazzo von Ihnen verlangt.« Er lächelte. »Sie sind wirklich ein Künstler.«

»Gehen wir«, sagte Mazzo.

Ich folgte ihm aus dem Büro und den Korridor hinunter zu den Fahrstühlen. Als ich an meiner Bürotür vorbeikam, zögerte ich. Ich wollte Sonia bitten, mir das Abendessen für später gutzuschreiben, aber Mazzo schob mich sanft weiter.

Die Presse wartete, doch die Wächter brachten mich zum Rolls. Es war, als spielte dieselbe alte Schallplatte von neuem. Als der Rolls losfuhr, hörte ich die klagenden Rufe: *Mr. Ferguson! Einen Augenblick, Mr. Ferguson!*

»Diese Bastarde geben's nie auf«, brummte Mazzo.

Ich dachte daran, daß ich vor Stunden noch geplant hatte, den Rolls zu stehlen und das Weite zu suchen. Jetzt gehörte ich zu Fergusons Stab und kassierte ein beispielloses Gehalt.

Ich entspannte mich und dachte an Sonia. Sie war mein Typ als Frau. In ein paar Tagen würde ich mit ihr essen gehen. Ich wollte unsere Beziehung ausbauen – wollte es dringend.

Wieder in Fergusons Suite, legte ich die Maske ab, ging dann zurück zu dem wartenden Mazzo.

»Ich habe Instruktionen bekommen«, sagte er. »Die Instruktionen lauten, daß Sie dableiben und ich mich nicht mit Ihnen abzugeben brauche. Sie können frei hier herumlaufen, nur gehen Sie nicht in die Nähe des Tors, wo jemand Sie entdecken könnte. Kapiert?«

»Heißt das, ich muß nicht auf dem Zimmer bleiben? Ich kann auf dem Grundstück überall hin?«

»Das heißt es. Sie sind jetzt einer von uns, Freundchen. Ich sagte Ihnen doch, Sie würden überleben, nicht?« Er deutete auf ein grünes Telefon auf dem Schreibtisch. »Wenn Sie was zu essen wollen, wenn Sie sonstwas wollen, benutzen Sie den Apparat da.« Er trat zur Tür. »Ich bin mit einer Mieze verabredet.« Er grinste. »Mann, werd' ich die ranholen! Sie sind sich erst mal selbst überlassen, Freundchen, aber bleiben Sie vom Tor weg.« Noch grinsend ließ er mich allein.

Es war jetzt 17.05 Uhr. Ich ging ans hintere Fenster und schaute hinunter auf den Swimming-pool. Er sah wunderbar verlockend aus. Es fiel mir schwer zu glauben, daß ich jetzt tun und lassen konnte, was ich wollte, solange ich auf dem Grundstück blieb.

Ich stieg aus den Kleidern, zog eine Badehose an, die ich in einem der Kleiderschränke fand, holte aus dem Bad ein Handtuch und ging dann die Treppe zur Halle hinunter.

Als ich um die Terrasse zum Schwimmbecken kam, sah ich Mazzo mit dem Jaguar losfahren. Ich winkte ihm zu, doch er sah mich nicht.

Ich blieb eine Stunde im Wasser. Die Abendsonne war perfekt. Als ich mich gerade abtrocknete, erschien Jonas.

»Einen Drink vielleicht, Mr. Stevens?«

»Warum nicht? Einen sehr großen, sehr trockenen Martini.«

»Sehr wohl, Mr. Stevens.« Und er ging hinüber zur Bar.

Mann, dachte ich, so läßt sich's leben!

Ich ließ mich in einem der Klubsessel nieder, um die letzten Sonnenstrahlen zu ergattern.

Jonas brachte den Drink.

»Zum Dinner, Mr. Stevens, empfehle ich Hühnerbrust in Hummersauce«, sagte er. »Vielleicht einen Garnelencocktail. Die Garnelen sind vorzüglich.«

»Einverstanden«, sagte ich mit wäßrigem Mund.

»Möchten Sie im Speisezimmer essen oder lieber in Ihrer Suite?«

Ich blickte ihn an. Das dunkle alte Gesicht war ausdruckslos.

»Mrs. Harriet?«

»Sie ißt in ihrer Suite.«

»Mrs. Loretta?«

»Sie ißt auch in ihrer Suite.«

»Okay. Ich werde in Mr. Fergusons Suite essen.«

»Sehr wohl, Mr. Stevens.« Und er ging fort.

Ich lag da, schlürfte den Drink und sah zu, wie die Sonne langsam unterging. Es war kaum zu glauben, daß ich dies erlebte. Die Bedrohung war fort. Ich befand mich in einer phantastischen

Traumwelt. Ich dachte an die Tage zurück, wo ich am Telefon gesessen hatte, praktisch am Verhungern war und wartete und wartete, daß es klingeln würde. Und jetzt dies!

Ich blieb, bis die Sonne gesunken war und der Mond aufging. Während ich ihn betrachtete, fiel mir ein, was Mrs. Harriet gesagt hatte: *Immer wenn Vollmond ist, wird sie eingeschlossen.*

Der Mond war nahezu voll: In drei weiteren Tagen würde Vollmond sein.

Meine Gedanken wandten sich Loretta zu. Ich war überzeugt, daß sie verrückt war. Sie mußte es sein! Aber dieses Gerede vom Vollmond konnte ich nicht akzeptieren.

Was kümmert es mich? sagte ich mir. Ich gehörte jetzt zu Fergusons Stab. Ich war frei. Ich wurde nicht mehr überwacht. John Merrill Ferguson, dieser ungeheuer reiche und mächtige Mann, war zufrieden mit mir. Was konnte ich mehr verlangen.

Ich verließ die Terrasse und kehrte in die Suite zurück. Nach einer Dusche zog ich mir ein Hemd und eine Hose aus Fergusons Garderobe an.

Als ich ins Wohnzimmer kam, brachte Jonas den Servierwagen mit dem Dinner herein.

Das Essen war fabelhaft. Jonas ging, nachdem er mir aufgetragen hatte. Ich bedauerte es, alleine zu essen. Wieviel besser wäre es gewesen, hätte ich Sonia bei mir gehabt. In ein, zwei Tagen, sagte ich mir, würde ich das nachholen, aber nicht hier: in irgendeinem stillen Restaurant am Meer, bei Mondschein und leiser Musik.

Nach dem Essen schlenderte ich hinaus auf den großen Balkon und setzte mich in einen Sessel. Ich war versöhnt mit der Welt. Ich saß da und sah dem Mond zu, der den Rasen und die Bäume beschien, sah die Wächter auf ihren Runden, und sie störten mich nicht. Sie waren kein Problem mehr. Wie plötzlich das Leben sich ändern kann, dachte ich. Gestern noch hatte ich Angst, ermordet zu werden, jetzt war ich entspannt, völlig sorgenfrei.

Um etwa zehn vor elf stupste ich meine Zigarette aus, stand auf und beschloß, ins Bett zu gehen. Ich suchte mir ein Paperback aus den Büchern, die mir Mazzo gebracht hatte.

Ich drehte das Licht im Wohnzimmer aus, ging ins Schlafzimmer und knipste eine der Lampen an.

Ich gähnte. Es war ein ereignisreicher Tag gewesen, und das Abendessen ausgezeichnet. Vielleicht würde ich doch nicht lesen.

Ich würde schlafen.
Dann versteifte sich mein Körper vor Schreck.
Am Fenster saß Loretta.

8

Wie plötzlich das Leben sich ändern kann, hatte ich gedacht, als ich auf dem Balkon saß, im Gedanken an meinen Siebenjahresvertrag, im Gefühl der Sicherheit. Ich war mit der Welt versöhnt gewesen, aber als ich Loretta erblickte, verschwand mein Gefühl des Friedens und der Sicherheit.

»Hallo, Jerry«, sagte sie und lächelte mich an. »Ich hab' dich beobachtet. Du siehst glücklich aus.«

Mein Mund war so trocken geworden, daß ich nicht sprechen konnte. Ich starrte sie an wie ein Kaninchen, das sich einem Frettchen gegenübersieht.

Im gedämpften Licht der Lampe sah sie schön aus. Sie trug einen hellblauen seidenen Morgenrock, und ihre langen Beine und die Füße waren nackt.

War sie gekommen, um mein Bett zu teilen? Der Gedanke, diese Wahnsinnige zu berühren, flößte mir Grauen ein.

»Stimmt etwas nicht, Jerry?« fragte sie, den Kopf ein wenig zur Seite geneigt, die Augen spöttisch prüfend.

»Überrascht«, brachte ich heraus, ging dann zu einem Stuhl und setzte mich. »Ich hatte dich nicht erwartet.«

»Ich mußte mit dir reden. Durant ist wieder da.«

»Ja.«

»Du warst im Büro?«

»Ja.«

»Was wollte er?«

»Nur Papiere unterzeichnet haben.«

»Hat er nichts über mich gesagt?«

»Nein.«

»Das Testament ist nicht gekommen, aber morgen muß es da sein.«

Ich sagte nichts.

»Man läßt mich nicht mehr zu John. Ich ging heute morgen zu seiner Suite. Ein Posten stand vor der Tür. Er sagte, John ginge es zu schlecht, als daß jemand zu ihm könnte.«

Ich entsann mich, was Mrs. Harriet gesagt hatte: *Achten Sie nicht darauf, was die arme Etta sagt. Seien Sie freundlich zu ihr. Geben Sie sich den Anschein, als würden Sie alles tun, was sie von Ihnen fordert. In den nächsten Tagen wird ihre Phantasie sich mehr und mehr steigern.*

»Das tut mir leid«, sagte ich.

»Sein Zimmer liegt über meinem. Ich höre ihn auf und ab gehen, auf und ab. Es hört sich wie ein eingesperrtes Tier an«, fuhr sie fort. »Auf und ab. Auf und ab.« Sie starrte mich mit großen, gehetzten Augen an. »Das letztemal, als ich ihn sah, waren die Vorhänge vor. Er saß im Halbdunkel. Er war wie ein Mensch aus Stein. Wenn ich ihn ansprach, sagte er nichts. Sein Pfleger wollte mich nicht nahe an ihn heranlassen. Jetzt darf ich gar nicht erst zu ihm. Immerzu frage ich mich: Liegt er im Sterben?« Sie schlug plötzlich ihre geballten Fäuste zusammen. »Was wird aus mir, wenn er stirbt? Die alte Hexe wird sein ganzes Geld bekommen!«

Ich hörte zu, empfand das Grauenhafte dieser Sache.

»Gestern nacht probierte ich ihre Tür. Sie schließt sie jetzt ab. Ich habe auch mit Mazzo gesprochen.« Sie hob die Hände in einer Geste der Verzweiflung. »Er hat Angst vor ihr.«

Ich fragte mich, ob sie wirklich mit Mazzo gesprochen hatte. War das auch eine Wahnidee? Mein Hauptgedanke war, sie zu bewegen, daß sie ging.

Ein langes Schweigen entstand, währenddem sie mich unentwegt anstarrte.

»Du sagst nichts, Jerry. Ich bin auf dich angewiesen. Ich brauche deine Hilfe. Ich will deine Hilfe kaufen! Denk doch! Zwei Millionen Dollar!«

Mrs. Harriet hatte gesagt: *Geben Sie sich den Anschein, als würden Sie alles tun, was sie von Ihnen fordert. In ein paar Tagen ist Vollmond, und dann wird sie eingesperrt.*

»Ich habe es nicht vergessen«, sagte ich. »Ich muß noch mal darüber nachdenken. Bestimmt finde ich eine Lösung.«

»Du mußt!« Ihre Stimme wurde schrill. »Denk nach! Überleg!« Sie stand auf. »Sie beobachten mich! Ich dachte, ich könnte mich auf Mazzo verlassen.« Sie kam zu mir und ließ ihre Finger durch mein Haar gleiten. Bei der Berührung durchrann mich ein kalter Schauer. »Lieber Jerry! Denk nach! Hilf mir!«

Ich stand hastig auf.

»Man darf das mit uns nicht erfahren. Du solltest besser gehen.«
Sie legte mir die Hand auf den Arm.
»Jerry, glaub um Gottes willen nicht, was dieses alte Ekel dir erzählt. Glaub nicht, was Durant dir erzählt. Glaub, was ich dir sage!«
Ich sah die gehetzte Verzweiflung in ihren Augen. Ich dachte an Larry Edwards und Charles Duvine.
»Hör auf mich!« sagte sie wieder. »Glaub nicht, was irgend jemand dir erzählt, Jerry. Glaub mir!«
Ich schob sie zur Tür.
»Ja. Beruhige dich. Ich bin auf deiner Seite.«
An der Tür zögerte sie.
»Um deinetwillen, Jerry, bleib auf meiner Seite. Laß dich nicht von ihnen bereden. Ich warne dich. Das alte Ekel und Durant sind böse, habgierige Teufel. Sie könnten mich ermorden, Jerry. Sie könnten auch dich ermorden.«
Ihre Stimme hatte einen wild verzweifelten Beiklang, der alle meine alten Ängste zurückbrachte.
»Ich werde eine Lösung finden«, sagte ich und öffnete die Tür.
Sie spähte hinaus auf den Korridor, flüsterte: »Wir haben so wenig Zeit, Jerry. Ich komme morgen abend. Such die Lösung.« Dann huschte sie schnell und lautlos den Gang hinunter.
Ich schloß die Tür und ging hinaus auf den Balkon. Von dort schaute ich hinab auf das mondhelle Grundstück. Mrs. Harriet hatte gesagt, Loretta sei verrückt. Das mußte sie sein! Trotzdem war da diese Warnung! *Sie könnten mich ermorden! Sie könnten auch dich ermorden!*
Ich zwang mich, den erschreckenden Tatsachen ins Auge zu sehen. Ich war sicher, sie hatten Larry Edwards und Charles Duvine umgebracht.
Panik ergriff mich.
Ich setzte mich hin und versuchte mich zu beruhigen. Ich dachte an John Merrill Ferguson mit seinem warmen, freundlichen Lächeln. *Sie sind zu wertvoll, um Sie zu verlieren.* Ich dachte an Mrs. Harriet. *Der Junge wurde tot geboren. Von diesem Zeitpunkt an brach Etta seelisch zusammen. Sie bekam Wahnideen.*
Hinter den vergitterten Fenstern des linken Flügels wurde Loretta verwahrt, wenn sie ihre Anfälle bekam; ihr zufolge aber war dort John Merrill Ferguson als unheilbar Geisteskranker

eingesperrt.

Sein Zimmer liegt über meinem. Ich höre ihn auf und ab gehen, auf und ab. Es hört sich an wie ein Tier im Käfig.

Wahnideen?

Ich rieb mir das schwitzende Gesicht mit dem Handrücken. Heute morgen hatte ich John Merrill Ferguson in seinem Büro getroffen und mit ihm gesprochen. Die Schritte, die sie gehört haben wollte, mußten Einbildung sein. Ferguson war zweifellos nicht in der Suite im linken Flügel eingesperrt. Dann dachte ich an Lorettas gehetzte, verzweiflungsvolle Augen, als sie es mir erzählt hatte. *War jemand dort oben eingeschlossen?*

Ich mußte es herausfinden!

Ich stand auf, ging ins Wohnzimmer und probierte die Tür. Sie war unverschlossen wie zuvor. Leise ging ich den Korridor hinunter zum Treppenkopf. Das Licht war an, aber kein Wächter zu sehen. Mazzo hatte gesagt, ich sei jetzt einer von ihnen. Es sah aus, als wären die Wachen abgesetzt worden. Ich zögerte zunächst, um auszuknobeln, wie ich in den linken Flügel gelangen könnte. Ich verfolgte meinen Weg zurück zum Hauptkorridor, ging dann den Korridor zur Linken hinunter, der schwach beleuchtet war. Ich wünschte mir, in der Geographie dieses immensen Hauses bewandert zu sein. Von der Außenansicht her wußte ich, daß die vergitterten Fenster am äußersten Ende lagen, und so ging ich leise weiter durch.

Vor mir im Korridor war eine Biegung. Ich hielt inne und schob mich an der Wand entlang, um den nächsten Abschnitt des Ganges überblicken zu können. Kein Wachtposten. Niemand war in Sicht. Ich drang weiter vor. Vier Türen gingen von dem Korridor ab: Alle mußten nach der Vorderseite des Hauses liegen.

Es waren drei vergitterte Fenster gewesen. Ich passierte die erste Tür, schob mich dann an die zweite heran; den ersten Raum mit vergittertem Fenster. Sachte probierte ich den Türgriff, doch sie war verschlossen. Ich legte mein Ohr an die Türfüllung, blieb eine kurze Zeitlang stehen, lauschte und hörte nichts. Ich ging weiter den Korridor hinunter, zur dritten Tür. Wieder probierte ich die Klinke: die Tür war verschlossen. Noch einmal legte ich mein Ohr an die Türfüllung.

Was ich hörte, brachte die kurzen Haare in meinem Nacken zum Sträuben: das stete Tapp-tapp umherwandernder Schritte.

Angestrengt lauschend, hörte ich einen Mann sich räuspern. Eine Pause entstand, dann kam das Geräusch der Schritte wieder.

Ich trat von der Tür weg.

Loretta hatte sich dieses Geräusch nicht eingebildet. Das war keine Wahnvorstellung! Dort drinnen war ein Mann, der, wie sie gesagt hatte, auf und ab ging wie ein Tier im Käfig!

Es konnte nicht John Merrill Ferguson sein. Ihm war ich vor Stunden erst begegnet, als er mir mit warmem Lächeln sagte, ich sei zu wertvoll für ihn, um mich zu verlieren. Also wer konnte es sein?

Als ich wieder an die Tür trat um zu lauschen, spürte ich, wie etwas mein Bein berührte.

Der sanfte Druck gegen mein Bein ließ mich fast einen Satz von der Fußmatte machen.

Ich sprang weg und sah nieder.

Mrs. Harriets Pudel hockte da und schwenkte seine Pfötchen nach mir.

Ich lag auf dem Bett, unfähig zu schlafen, im Inneren aufgewühlt.

Wer war der Mann, der hinter dem vergitterten Fenster festgehalten wurde? In einem war ich sicher: Es war nicht, wie Loretta behauptet hatte, John Merrill Ferguson. Hatte ich Ferguson nicht heute morgen gesprochen? Hatte er mir nicht einen Siebenjahresvertrag gegeben und mir gesagt, ich sei zu wertvoll, um mich zu verlieren?

Wer konnte dieser Gefangene sein?

Ich war mit dem Pudel auf den Fersen in meine Zimmer zurückgekehrt. Ich hatte ihm die Tür vor der Schnauze zugeschlagen. Ich hatte Angst gehabt, er würde zu kläffen anfangen, aber er tat es nicht.

Jetzt, auf dem Bett, dachte ich an den auf und ab gehenden Mann, an Loretta, die gesagt hatte, sie würde wiederkommen.

Meine Nerven waren zum Zerreißen gespannt. Ich versuchte mich damit zu beruhigen, daß Loretta verrückt sei. Am Morgen würde Mrs. Harriet sagen, Loretta fiele mir lästig. Vielleicht sei es an der Zeit, sie einzusperren.

Durch das offene Fenster konnte ich sehen, daß der Mond nahezu voll war.

Einsperren?

Ich erinnerte mich, daß Mrs. Harriet gesagt hatte, die Zimmer mit den Eisengittern seien für Loretta bestimmt, wenn sie außer Kontrolle geriet.

Die Zimmer mit den Eisengittern hatten schon einen Gefangenen!

Ich kletterte aus dem Bett, da ich wußte, ich würde doch nicht einschlafen, und ging ins Wohnzimmer und schaltete die Schreibtischlampe ein.

Dieses Haus drückte mich nieder: Ich sehnte mich fort von hier. Irgend etwas Böses ging vor sich: etwas, das viel zu kompliziert war, als daß ich es hätte durchschauen können.

Ich setzte mich hinter den Schreibtisch.

Eine schwere, deprimierende Stille herrschte im Haus. Das einzige Geräusch, das ich hören konnte, war das stete Klopfen meines Herzens. Das Mondlicht malte Muster auf den Teppich.

Die Schreibtischuhr zeigte 1.50 Uhr.

Ich versuchte mir gut zuzureden. Die Sache ging mich nichts an. Ich gehörte jetzt zu Fergusons Stab. Ich hatte einen Vertrag auf sieben Jahre unterzeichnet, in Fergusons Abwesenheit als sein Doppelgänger zu fungieren, für das umwerfende Gehalt von einhunderttausend Dollar im Jahr.

Schätz dich glücklich, versuchte ich mir einzureden. Selbst in deinen verwegensten Träumen hast du nicht mit einem solchen Job gerechnet. Wie Lu Prentz staunen würde, wenn er es wüßte. Geh schlafen! Geh ins Bett! Was hier abläuft, hat nichts mit dir zu tun. In ein paar Tagen, hatte mir John Merrill Ferguson gesagt, würde er zurück sein, und dann würde ich in dem Luxusbungalow am Meer wohnen. Ich würde Sonia zum Essen ausführen: Nur ein paar Tage noch!

Doch die Geister von Larry Edwards und Charles Duvine schienen mir nahe. Die verzweifelten Augen von Loretta verfolgten mich. Mrs. Harriet und ihr Pudel schienen im Zimmer zu sein.

So saß ich da, in tiefster Stille, voller Angst, und fühlte, wie die Stille auf mich eindrang.

Während ich dortsaß, hörte ich plötzlich ein schwaches Geräusch: ein Klicken von Metall. Bei dieser Stille bewirkte das Geräusch eine kleine Explosion im Zimmer.

Ich reagierte – sprang auf, blieb bewegungslos stehen und lauschte. Dann wußte ich, was für ein Geräusch es gewesen war.

Ich ging rasch zur Tür und drehte die Klinke.

Die Tür war abgeschlossen.

Jemand hatte den Schlüssel herumgedreht!

Ich starrte auf die Tür, mein Herz pochte in aufsteigender Panik. Was ging da vor? Weshalb mich einschließen?

Dann zerriß der Schrei einer Frau die Stille.

Das Geräusch ließ mir förmlich das Blut in den Adern erstarren: Es lag ein Entsetzen darin, daß ich mit schnellen Schritten von der Tür wegtrat und mein Herz sich überschlug.

Einen Moment war es still, dann hörte ich einen scharrenden Laut, dann einen dumpfen Schlag, der das Haus zu erschüttern schien: das Geräusch, das ein Körper macht, wenn er tief fällt und mit gräßlicher Wucht auf dem Boden auftrifft.

Ich wartete, feuchtkalt an Händen und Gesicht, und lauschte.

Dann kamen Stimmen: Männerstimmen.

Ich ging zur Tür und drückte mein Ohr an die Füllung.

Ich hörte Mazzos Stimme.

»Zurückbleiben. Rührt sie nicht an.«

Ein Mann sagte etwas, das ich nicht verstehen konnte.

»Ruft Dr. Weissman«, bellte Mazzo.

Da wußte ich, daß eine Frau gestorben war.

Mrs. Harriet? Loretta?

Ich hörte Mrs. Harriets Pudel kläffen.

Dieser Entsetzensschrei, dann der Aufschlag eines fallenden Körpers! Es war Mord!

Ein Getuschel erhob sich, verging, dann hörte ich Mrs. Harriets klare, ruhige Stimme, jedoch nicht laut genug, daß ich verstehen konnte, was sie sagte.

Loretta!

Sie könnten mich ermorden, Jerry! Sie könnten auch dich ermorden!

Vor weniger als zwei Stunden hatte sie das zu mir gesagt: jetzt hatten sie es getan!

Unsicher auf den Beinen, ging ich zu einem Sessel und setzte mich. Schwach drangen Stimmen von unten herauf. Das Gekläff des Pudels hatte aufgehört.

Nach einigen Minuten gab es ein Klicken, als in meiner Tür der Schlüssel herumgedreht wurde, und die Tür ging auf.

Mrs. Harriet stand in der Öffnung und sah mich an. Sie trug

einen schwarzseidenen Morgenrock über einem weißen Nachthemd. Sie hielt den Pudel in den Armen.

»Jerry, mein Lieber«, sagte sie, indem sie eintrat und die Tür schloß. »Ich bin so froh, daß Sie noch nicht zu Bett gegangen sind. Es hat einen zutiefst bedauerlichen Unfall gegeben.« Ihr Gesicht war vollkommen ausdruckslos, doch ihre kleinen dunklen Augen glänzten. »Haben Sie es gehört? Die arme, liebe Etta! Sie war am Schlafwandeln. Sie ist die Treppe hinuntergestürzt.« Sie kam heran und setzte sich zu mir. »Wenn ihre Geistesstörungen einsetzen, wandelt sie immer im Schlaf.«

Ich starrte auf diese greuliche alte Frau. Ich sagte nichts.

»Sie hat sich den armen Hals gebrochen«, fuhr Mrs. Harriet fort und streichelte die Ohren des Pudels. »Mein Sohn wird so außer sich sein. Er hat sie so geliebt.«

Galle stieg mir in den Mund. Ich stand auf, lief ins Badezimmer und übergab mich. Ich brauchte mehrere Minuten, um mich zusammenzuraffen.

Sie könnten auch dich umbringen!

Langsam kehrte ich ins Wohnzimmer zurück.

»Armer Jerry!« sagte Mrs. Harriet ruhig. »Ihr Künstler seid so sensibel. Hier, trinken Sie das.« Und sie drückte mir ein halbvolles Glas Scotch in die zitternde Hand.

Ich trank.

»Das ist schon besser.« Sie tätschelte mir den Arm. »Jetzt müssen Sie helfen, Jerry. Dr. Weissman ist unterwegs. Er wird die Polizei verständigen müssen.«

Ich ging hinüber zum Sessel und setzte mich.

»Jerry!« Der scharfe Ton ihrer Stimme ließ mich erstarren. »Sie sind hier, um zu helfen! Hören Sie auf, sich anzustellen wie ein Kind! Haben Sie verstanden?«

Sie könnten auch dich umbringen!

Ich trank den Scotch aus und bekam mich in die Gewalt.

»Was soll ich für Sie tun?« fragte ich, ohne sie anzusehn.

»Man nimmt an, daß John hier sei. Er wird aber mindestens für eine Woche fort sein. Ich werde ihm nicht sagen, was passiert ist, bis er zurückkehrt. Er würde sonst auf dem schnellsten Weg herkommen. Dabei ist das Geschäft, das er durchführt, von größter Wichtigkeit. Sie müssen seinen Platz einnehmen. Haben Sie gehört?«

»Ja.«

»Legen Sie die Maske an. Dr. Weissman werde ich sagen, daß Sie unter Schock stehen, aber vielleicht möchte die Polizei mit Ihnen sprechen. Ich will zusehen, daß sie Sie nicht behelligt. Wohlverstanden: Sie sagen aus, daß Etta gelegentlich, wenn auch selten, im Schlaf gewandelt ist. Mehr brauchen Sie nicht zu sagen, falls man Sie befragt, aber ich denke nicht, daß es dazu kommt. John hat sich immer um die Polizei gekümmert. Es wird eine Untersuchung geben, aber Sie wird man nicht hinzuziehen. John hat sich auch immer um den Leichenbeschauer gekümmert. Sie werden an der Bestattung teilnehmen müssen. Sie wird streng privat sein. Jetzt gehen Sie die Maske anlegen!«

Ich hatte keine Wahl. Mir war himmelangst vor dieser alten Frau. Ich war sicher, sie hatte Lorettas Ermordung befohlen, wie sie die Ermordung von Larry Edwards und Charles Duvine befohlen hatte.

Im Bad legte ich mit zitternden Händen die Maske an und vervollständigte die Verkleidung.

Wenn die Polizei kam, wäre das meine Chance, diesem Alptraum zu entfliehen? Sollte ich die Maske herunterreißen und ihnen die Wahrheit sagen?

Ich dachte an John Merrill Fergusons warmes Lächeln.

Sie sind zu wertvoll, um Sie zu verlieren.

Ich dachte an meinen Siebenjahresvertrag. Ich dachte an jene schreckliche Zeit, als ich wartend und wartend am Telefon saß und so gut wie am Verhungern war.

Diese furchtbare alte Frau würde nach Frisco zurückkehren, wenn die Bestattung vorbei war, und ich würde sie los sein.

Ich dachte an den Luxusbungalow, der mir als neues Zuhause zugeteilt worden war. Ich dachte an Sonia.

Die Sache hier ging mich nichts an, sagte ich mir. Meine Sache war es, das Geld zu verdienen, das John Merrill Ferguson mir bezahlte.

Vielleicht gab der Scotch mir Mut. Während ich meine Maske anpaßte, entschied ich, daß ich ein Angehöriger des Ferguson-Stabs bleiben würde.

Das Sprichwort, daß Geld Macht ist, ist ein anerkanntes Klischee. In der Filmwelt hatte ich es oft genug gehört, da ich aber nie genug Geld hatte, sagt das Klischee mir wenig.

In dieser Nacht jedoch wurde ich Zeuge, wie sich das Klischee ungeheuer wirkungsvoll bewahrheitete.

Mit der Maske und in den dunklen Mohairanzug gekleidet, ging ich hinaus auf die Terrasse, von wo der Haupteingang der Villa zu überblicken war.

Scheinwerfer erhellten jetzt den Garten, die Rasenflächen und das ferne Eisentor, das den Zugang zum Grundstück sicherte.

Etwa zehn Männer standen im Halbkreis vor dem Tor: die zähen, robusten Leibwächter.

Während ich zusah, fuhr ein glänzender Caddy am Tor vor, hielt, dann wurde das Tor geöffnet und der Caddy fuhr zum Hauseingang.

Ich vermutete, daß Dr. Weissman eingetroffen war.

Schnell ging ich durchs Wohnzimmer und spähte über das Treppengeländer.

In der Halle waren die Lichter an. Auf dem Boden am Fuß der Treppe lag, noch in ihrem hellblauen seidenen Morgenrock, die Leiche von Loretta Merrill Ferguson. Neben ihr stand mit ausdruckslosem Gesicht Mazzo.

Ich sah nieder auf seinen kahlrasierten Kopf.

Eine Karateschlag?

Sie hatte ihn wahrscheinlich gesehen, als er sich an sie heranschlich. Sie hatte geschrien. Dann der kurze Schlag in ihr Genick: ihr lebloser Körper, der krachend die Treppe hinunterstürzte.

Ein großer, fetter, imposant wirkender Mann mit dichtem weißen Haar redete mit Mrs. Harriet. Sie sprachen gedämpft.

Ich konnte ihn deutlich sehen. Ein fleischiges Gesicht mit Hängebacken vom guten Essen, gekleidet in einen makellosen dunklen Anzug, strahlte er Autorität und arrogantes Selbstbewußtsein aus.

Offensichtlich Dr. Weissman.

Er kniete neben Loretta nieder, berührte sie sanft, drehte ihren Kopf leicht, hob ein Augenlid. Dann stand er auf.

»Hier kann man nichts mehr tun, Mrs. Ferguson. Die arme junge Frau ist tot«, sagte er in volltönendem Bariton. »Überlassen Sie das mir. Wir dürfen sie nicht bewegen. Ich werde Polizeichef Terrell anrufen.«

»Ich glaube, lieber Doktor, wir sollten uns zuerst ein wenig unterhalten«, sagte Mrs. Harriet. »Es wird nicht lange dauern.« Sie legte ihre alte Hand fest auf seinen Arm und zog ihn ins Wohnzimmer und schloß die Tür.

Ich stützte meine Arme auf das Treppengeländer und wartete. Mazzo begann in der Halle herumzuschleichen. An seinem Gesichtsausdruck sah ich, daß er nervös war.

Zehn Minuten schleppten sich dahin, dann ging die Wohnzimmertür auf, und Mrs. Harriet und Dr. Weissman kamen heraus.

»Mein Sohn ist zutiefst betroffen, Doktor«, sagte Mrs. Harriet. »Ich möchte nicht, daß er gestört wird.«

»Natürlich nicht. Soll ich ihn mir ansehen? Vielleicht könnte ich ihm ein Beruhigungsmittel geben?«

»Er muß alleine sein.«

»Das verstehe ich durchaus. Nun, Mrs. Ferguson, gehen Sie bitte auf Ihr Zimmer und legen sich hin. Überlassen Sie alles mir. Wenn es nötig ist, werde ich Sie rufen.«

»Ich verlasse mich auf Sie, Doktor.« Sie tätschelte ihm den Arm. Diese furchtbare alte Frau war groß im Armetätscheln. »Ich werde verfügbar sein, falls Sie mich brauchen.«

Als sie sich umdrehte, um die Treppe hinaufzugehen, kehrte ich schnell zurück ins Wohnzimmer und schloß die Tür. Dann trat ich hinaus auf den Balkon.

Die Polizei traf binnen zehn Minuten mit zwei Wagen ein. Ihnen folgte eine Ambulanz.

Dr. Weissman hatte zweifellos zu handeln gewußt.

Ich beobachtete, wie zwei Zivilfahnder und ein Sergeant in Uniform die Treppe hinaufkamen.

Ich ging zur Wohnzimmertür und öffnete sie einen Spalt. Mrs. Harriet stand, wo ich gestanden hatte, aus dem Dunkel beobachtend, die alten Arme auf das Treppengeländer gestützt.

Ich hörte Stimmen. Dr. Weissmans sonore Stimme war vorherrschend, aber ich konnte nicht verstehen, was er sagte.

Die ganze Scharade war in weniger als zwanzig Minuten vorbei.

Während ich dort stand und durch den Türspalt spähte, wunderte ich mich, wieviel Mrs. Harriet Dr. Weissman zahlen würde.

Mein erster Eindruck von ihm war der eines Mannes, der sich kaufen ließ, immer vorausgesetzt, die Kaufsumme war hoch genug.

Ich beobachtete, wie Mrs. Harriet das Geländer verließ und langsam die Treppe hinunterging. Ich trat aus meinem Wohnzimmer und nahm ihren Platz ein.

Unten waren die zwei Detektive. Der Sergeant stand an der Tür. Dr. Weissman beherrschte die Szene.

Mrs. Harriet langte am Fuß der Treppe an.

»Es tut mir leid, Madam, Sie so spät noch befragen zu müssen«, sagte einer der Detektive.

»Aber natürlich, natürlich.« Mrs. Harriet betupfte sich die Augen mit ihrem Taschentuch. »Sie müssen davon ausgehen, daß mein Sohn über die ganze Sache nichts weiß. Er darf nicht gestört werden. Er steht unter Schock, wie Dr. Weissman Ihnen bestätigen wird.«

»Das ist schon in Ordnung, Madam«, sagte der Detektiv und strebte der Wohnzimmertür zu. Harriet folgte ihm mit Dr. Weissman.

Zwei Sanitäter kamen herein. Sie hoben Lorettas Leiche auf eine Bahre, bedeckten sie mit einem Laken und trugen sie hinaus.

Der andere Detektiv sprach leise mit Mazzo, der in einem fort seine affenartigen Schultern zuckte.

Ich kehrte ins Wohnzimmer zurück und setzte mich. Den Kopf in die Hände gestützt saß ich da, zu elend, um auch nur nachzudenken.

Das Knallen von Wagentüren, das Geräusch anspringender Motoren riß mich hoch. Ich trat auf den Balkon und sah die Polizeiwagen im Kielwasser der Ambulanz davonfahren.

So schlicht und einfach war das! Die Macht des Geldes!

Ich kehrte ins Wohnzimmer zurück, als gerade meine Tür aufging und Mrs. Harriet hereinkam. Sie schloß die Tür, blieb davor stehen und sah mich an.

»Lieber Jerry, es ist alles geregelt. Sie werden nicht gebraucht.« Ein winziges Lächeln des Triumphs spielte um ihre alten Lippen. »Gehen Sie zu Bett. Nehmen Sie eine Schlaftablette und denken Sie daran, für die arme Etta ist es eine gnädige Erlösung.« Sie wandte sich wieder zur Tür, zögerte aber noch. »An der gerichtlichen Untersuchung müssen Sie nicht teilnehmen, Jerry. Dr. Weissman wird alles regeln: ein so lieber, hilfsbereiter Mann. Natürlich werden Sie der Feuerbestattung beiwohnen müssen, aber niemand wird Sie behelligen. Gute Nacht.«

Sie winkte mir mit den Fingern zu und ging.

Die folgenden sechs Tage schleppten sich hin wie sechs Jahre.

Mazzo brachte meine Mahlzeiten. Er sagte nichts weiter, und ich hatte ihm nichts zu sagen. Ich verbrachte Stunden auf dem Balkon, las in Taschenbüchern. Abends sah ich fern. Ich schlief mit Hilfe von Tabletten. Ich versuchte mich damit zu trösten, daß ich Fergusons Angestellter für hunderttausend Dollar im Jahr war.

Aber zu oft mußte ich an diesen Schrei und den dumpfen Aufschlag denken, an Lorettas verzweifelte Augen und das, was sie gesagt hatte: *Jerry, glaub um Gottes willen nicht, was dieses alte Ekel dir erzählt. Glaub nicht, was Durant dir erzählt. Glaub mir!* Und ich dachte auch an den Mann, der in dem Zimmer mit den vergitterten Fenstern auf und ab ging.

Am Morgen des sechsten Tages sagte Mazzo, während er das Frühstück servierte: »Es ist alles in Ordnung. Die gerichtliche Untersuchung lief ab wie ein Traum. Machen Sie die Maske klar. Sie wird heute morgen um elf eingeäschert.«

Ich wollte ihm die Faust in sein affenartiges Gesicht schmettern. Ich wollte ihn anschreien: Du hast sie umgebracht! Ich stand auf und ging ins Schlafzimmer.

»Ist irgendwas?« fragte er, mir auf den Fersen.

»Mir fehlt nichts. Hauen Sie ab!«

»Wie gesagt: überhaupt kein Problem«, meinte Mazzo grinsend. »Ziehen Sie die Maske an und den Mohair.«

Mrs. Harriet, ihr Pudel und ich waren die einzigen Trauernden. Wir fuhren in dem Rolls zum Krematorium. Ein Wagen war vor uns und hinter uns zwei.

Die Nachricht war durchgesickert, und Presse wartete am Eingang des Krematoriums: die Geier, die Fotografen, die Fernsehcrews, Scheinwerfer und die gaffende Menge. Die Wachen strömten aus den drei Begleitwagen. Sie ließen den Rolls durch und blockten den Ansturm der Geier ab.

Der Priester war alt, sein zerfurchtes Gesicht erstarrt in berufsmäßiger Traurigkeit. Er schien tiefe Ehrfurcht vor Mrs. Harriet zu empfinden und murmelte leise Worte des Mitgefühls. Bei der Predigt hielt er sich auf, als wäre er ängstlich darauf bedacht, für Geld etwas zu bieten.

Als der Sarg in den Verbrennungsofen rollte, sank ich auf die Knie. Ich hatte kein Gebet mehr gesprochen, seit ich ein Kind war, aber ich sagte ein Gebet für Loretta.

Der Pudel fing an zu kläffen.

Während ich versuchte, Worte für Loretta zu finden, hörte ich Mrs. Harriet zu dem Pudel sagen: »Still, Schätzchen. Zeig Respekt.«

Die nächsten beiden Tage schleppten sich dahin.

Ich aß, saß auf dem Balkon, las und wartete.

Am dritten Tag, als ich nach dem Frühstück auf dem Balkon saß, sah ich den Rolls vorfahren. Jonas erschien mit Gepäck, das er in den Kofferraum lud, dann erschien Mrs. Harriet, den Pudel im Arm. Sie sprach kurz mit Jonas, der sich verbeugte, dann stieg sie ein und der Wagen fuhr mit ihr davon.

War ich dankbar, daß sie verschwand!

Leise kam Mazzo in das Zimmer.

»Sie gehen ins Büro heute morgen«, sagte er. »Legen Sie die Maske an.«

Er fuhr mich mit dem Jaguar zum Haupteingang des Bürogebäudes, wo die Wachen mich durch die wartende Presse schleusten. Es gab die gewohnten kläglichen Rufe und die Blitzlichter.

Wir fuhren im Lift hoch, und Mazzo geleitete mich zu Fergusons Büro, wo ich Joe Durant hinter dem großen Schreibtisch vorfand.

»Kommen Sie rein, Stevens«, sagte er mit kargem Lächeln zu mir. »Nehmen Sie Platz.« Er wies auf einen Sessel.

Ich setzte mich.

»Ich muß Ihnen für Ihre ausgezeichnete Leistung bei der Bestattung danken«, sagte Durant. »Mir ist klar, was für eine Nervenprobe das für Sie gewesen sein muß.«

Dazu schien mir kaum etwas zu sagen, also sagte ich nichts.

»Mr. Ferguson ist jetzt zurückgekommen«, fuhr Durant fort.

»Sie können für mindestens zwei Wochen tun und lassen, was Ihnen beliebt. Sie haben sich als äußerst wertvoller Mitarbeiter erwiesen, und wir sind mehr als zufrieden mit Ihnen.«

»Danke, Sir«, sagte ich.

Durant beugte sich vor und öffnete eine Aktenmappe. Er nahm einen Scheck heraus.

»Hier ist Ihr erstes Monatsgehalt, zuzüglich einer kleinen Prämie.«

Ich stand auf und nahm den Scheck. Er lautete auf zehntausend Dollar.

»Vielen Dank, Sir«, sagte ich und steckte den Scheck in meine Brieftasche.

»Sie sind ohne Verpflichtungen. Legen Sie die Maske ab. Ihre Kleider finden Sie im zweiten Waschraum, durch den Korridor. Benutzen Sie den Bungalow.« Sein dünnes Lächeln zog seine Mundwinkel nach oben. »Es gilt als vereinbart, daß Sie nicht die Stadt verlassen. Sie reden nicht mit der Presse. Sie sagen nichts über Ihre Arbeit.«

»Ja, Sir.«

»In Ordnung, Stevens, ab mit Ihnen und amüsieren Sie sich.«

Ich ging zur Tür, hielt dann inne.

»Würden Sie Mr. Ferguson mein Mitgefühl und mein Beileid wegen des Verlustes seiner Frau ausrichten?«

Das dünne Lächeln verging.

»In Ordnung, Stevens, ab mit Ihnen.«

Die nächsten drei Stunden verbrachte ich mit dem Kauf von Kleidern. Es gab eine Herrenboutique am Paradise Boulevard, und ich gönnte mir ein Fest. Schließlich überzeugt, daß ich alles hatte, was ich wollte, verfrachtete ich die Tragetüten im Mercedes und fuhr zu dem Bungalow.

Der Posten an der Schranke musterte mich, nickte dann und ließ die Sperre hoch.

Auf dem Weg zum Bungalow kam mir der Gedanke, daß ich ein Gefängnis für ein anderes eintauschte. Ich wurde immer noch überwacht, aber es scherte mich nicht. Ich hatte Geld! Ich war heraus aus diesem bösen Haus, und ich würde mich wirklich und wahrhaftig amüsieren!

Es ging gerade auf Mittag. Sowie ich meine Einkäufe ausgeladen und sie in den Schrank gepackt hatte, rief ich die Ferguson Oil & Electronic Corporation an. Ich verlangte Miss Sonia Malcolm.

»Hier ist Jerry Stevens«, sagte ich, als sie in die Leitung kam. »Wie steht's mit der verschobenen Einladung? Könnten oder würden Sie heute abend mit mir essen gehen?«

»Würde ich gerne«, sagte sie, und es klang auch so.

»Schauen Sie, Sonia, ich bin fremd in der Stadt. Wo können wir hingehen? Irgendwas wirklich Nettes, möglichst am Meer. Ich habe gerade mein Gehalt bekommen – Geld ist Nebensache.«

Sie lachte.

»Tja . . .« Eine lange Pause, dann sagte sie: »Da gibt's das *Albatross* am Ocean Boulevard. Das soll was ganz Besonderes sein, aber teuer.«

»Hört sich gut an. Ich werde Sie abholen. Wo wohnen Sie?«

»Nein, lassen Sie das nur. Ich treffe Sie dort. Ich habe einen Wagen. Meine Wohnung ist schwer zu finden.«

»Die Wohnung einer schönen Frau ist nie schwer zu finden«, sagte ich. »Wo ist es?«

»Gegen halb neun? Ich werde dort sein.« Und sie hängte auf.

Langsam legte ich den Hörer zurück auf die Gabel. Okay, sie wollte mich also nicht wissen lassen, wo sie wohnte. Vielleicht wohnte sie mit einem anderen Mädchen zusammen. Vielleicht war sie nicht allzu glücklich mit ihrer Umgebung. Vielleicht . . . Ich zuckte die Achseln.

Was mich wirklich interessierte, war, daß ich mit Sonia Malcolm essen gehen würde. Doch ich war neugierig. Ich suchte sie im Telefonbuch, aber sie stand nicht drin. Dann fiel mir ein, daß sie eine neue Sekretärin war und vielleicht nicht verzeichnet sein könnte.

Nach dem Lunch ging ich an den verlassenen Strand. Ich schwamm, sonnte mich, schwamm wieder.

Als ich im Schatten einer Palme lag, kehrten meine Gedanken zurück zu Loretta. Ich versuchte, nicht an sie zu denken, aber dieser Schrei, dieser gräßliche Aufschlag verfolgten mich. Ich dachte wieder an die Beisetzung, den Priester und den Pudel.

Plötzlich fühlte ich mich allein. Würde ich den Luxus dieses Bungalows so genießen, wie ich es mir anfangs vorgestellt hatte? Ich schaute über den verlassenen Strand hin. Ich war es gewohnt, unter Leuten zu sein, mit Leuten zu reden. Die plötzliche Einsamkeit, in der nur grausige Gedanken mir Gesellschaft leisteten, bedrückte mich jetzt.

Ich ging langsam zum Bungalow zurück. Seine Leere bedrückte mich genauso. Ich versuchte mir einzureden, daß ich dankbar für eine solche Wohnung sein sollte, wußte aber, daß ich mir etwas vormachte.

Wie sich das Bild ändern würde, wenn Sonia hier wäre, um das alles mit mir zu teilen!

Mir wurde klar, daß ich mich auf den ersten Blick in sie verliebt hatte. Ich war überzeugt, mit ihr würde ich hier wirklich glücklich sein.

Ich dachte an heute abend. Ich war mir ihrer nicht sicher. Sie schien freundlich gesinnt. Konnte sie mir mehr als freundlich gesinnt sein? Ich war kein kleiner stellungsloser Schauspieler mehr. Ich war Jerry Stevens, der persönliche Assistent eines der reichsten Männer auf der Welt und kassierte ein Gehalt von hunderttausend Dollar!

Wer sagt dir eigentlich, daß sie nicht in dich verliebt ist? dachte ich. Mann! Wenn sie es wäre!

Mit einemmal bestrebt, nur aus diesem stillen, einsamen Bungalow wegzukommen, ging ich ins Bad, duschte, rasierte mich sorgfältig und zog den austerngrauen Anzug an, den ich gekauft hatte, ein dazu passendes Hemd, weinrote Krawatte und Schuhe von Gucci. Als ich mich im Spiegel betrachtete, fand ich, daß ich ziemlich gut aussah.

Ich beschloß, schon hinunter zum Ocean Boulevard zu fahren, das *Albatross* ausfindig zu machen und einen diskreten Tisch zu bestellen, an dem Sonia und ich reden konnten. Für den Rest des Nachmittags würde ich die Stadt erkunden.

Gerade als ich aufbrach, klingelte das Telefon. Das Geräusch erschreckte mich, da es so unerwartet kam. Ich zögerte, nahm dann den Hörer ab.

»Ja?«

»Mr. Stevens?« Eine Männerstimme.

»Ja. Wer spricht?«

»Mr. Stevens, hier ist Jack Macklin, der Personalchef unserer Gesellschaft.« Die Stimme war leise, aber selbstbewußt: ein Mann, der es gewohnt war, Befehle zu geben.

»Ach ja?« Personalchefs waren für mich etwas, was man nachgeworfen bekam.

»Als neues Mitglied unserer Gesellschaft, Mr. Stevens, hatten Sie vielleicht noch keine Gelegenheit, unsere Betriebsordnung und die Statuten unserer Gesellschaft zu lesen.«

»Ich wußte nicht einmal, daß es da Dienstvorschriften und Statuten gibt«, sagte ich in meinem gelangweilten Ton.

»Eben, Mr. Stevens. Ich lasse Ihnen ein Exemplar der Betriebsordnung mit der Post schicken. Es müßte morgen früh ankommen. Ich würde Sie bitten, sie gründlich zu lesen.«

»Okay«, sagte ich. »Danke für den Anruf.«

»Mr. Stevens, um einer Enttäuschung vorzubeugen, will ich Ihnen mitteilen, daß eine unserer Vorschriften lautet, daß unsere Angestellten keine persönlichen Beziehungen zueinander unterhalten.«

Ich merkte, wie mir plötzlich das Blut in den Kopf stieg.

»Ich kann Ihnen nicht folgen«, sagte ich.

»Man sagte mir, daß Sie Miss Malcolm zum Essen eingeladen haben.«

»Das geht Sie nichts an!« bellte ich.

»Miss Malcolm ist auch neu in unserem Stab. Sie hatte keine Kenntnis von dieser strikten Vorschrift, die persönliche Beziehungen zu anderen Angehörigen unseres Stabs verbietet«, fuhr er fort, als hätte ich nicht gesprochen. »Inzwischen wurde ihr die Vorschrift erklärt, wie ich Sie jetzt Ihnen erkläre.«

Ich war so in Wut, daß mir die Sprache wegblieb.

Während ich nach Worten suchte, fuhr die ruhige Stimme fort: »Außerdem, Mr. Stevens, sind nur autorisierte Personen auf Mr. Fergusons Besitz zugelassen. Das heißt, Sie haben das Benutzungsrecht für einen von Mr. Fergusons Bungalows, aber Besucher sind nicht gestattet.«

»Hören Sie mal zu!« schrie ich beinahe. »Ich bin Mr. Fergusons persönlicher Assistent! Betriebsvorschriften gelten für mich nicht! Ich tue, verdammt noch mal, was mir paßt!«

»Ich verstehe, Mr. Stevens. Sie werden natürlich bei Mr. Durant rückfragen, wie es sich mit dem Empfang von Besuchern verhält, aber Miss Malcolm tut, was ich ihr sage.« Und er hängte ein.

Kochend vor Wut wählte ich die Firma.

Ein Mädchen sagte mit klarer, angenehmer Stimme:

»Ferguson Electronic & Oil Corporation. Sie wünschen bitte?«

»Verbinden Sie mich mit Miss Sonia Malcolm!« bellte ich.

»Entschuldigen Sie, Sir, ist das ein Privatgespräch?«

»Keine Entschuldigung! Verbinden Sie mich!«

»Bleiben Sie einen Moment dran, Sir.«

Ich wartete, in meinen Schläfen hämmerte das Blut.

Eine lange Pause, dann kam sie wieder in die Leitung.

»Miss Malcolm ist nicht erreichbar, Sir. Kann ich Sie zu unserem Personalchef durchstellen?«

Ich knallte den Hörer auf.

Mann, hatte ich eine Wut im Bauch!

9

Die Palmen raschelten im Wind. Das Meer glänzte in der Sonne. Der Strand war wie ein Teppich aus Silber.

Wen, zum Teufel, scherte das?

Enttäuschung, Zorn und Einsamkeit erstickten mich.

Ich wollte Sonia! Ich brauchte sie!

Ich saß auf der Veranda, starrte auf den leeren Strand. Eine Möwe stieß aus der Sonne herab und flog mit einem klagenden Schrei davon.

Im Geiste hörte ich die Stimme des Personalchefs: *Miss Malcolm tut, was ich ihr sage.*

Ich zwang mich zur Ruhe. Wenn diese Mißgeburt sich einbildete, er könne mir Vorschriften machen, dann sollte er eine Überraschung erleben!

Das war eine Sache zwischen Sonia und mir! Zum Teufel mit ihm!

Entschlossen stand ich auf und ging zu dem Mercedes, den ich im Schatten einer Palmengruppe geparkt hatte. Ich fuhr zu der Schranke. Der Posten, auch wieder ein untersetzter, dunkler, finster blickender Mann, nickte mir kurz zu und hob die Sperre.

Ich fuhr in die Stadt. Es war fünf nach fünf. Ich hatte keine Ahnung, wann die Ferguson Electronic & Oil Corporation ihre Angestellten entließ. Voller Hoffnung überlegte ich, daß sie, wenn sie erst Feierabend hatten, durch den Hinterausgang herauskommen würden. Es war ein Risiko dabei, aber das mußte ich eingehen.

Ich bog in die Seitenstraße, die zum Hintereingang und zu der Tiefgarage führte. Ich fand einen Parkplatz und bugsierte den Mercedes an den Straßenrand, dann richtete ich mich aufs Warten ein. Der Standort war gut. Ich konnte die Ausfahrt der Garage sehen. Ich konnte den Posten an der Schranke sehen.

Die Zeit kroch dahin. Ich schaute ständig auf die Uhr. Unmittelbar nach sechs begann der Exodus. Zuerst kamen Wagen aus der Garage. Ich sah mir die Männer am Steuer an: alles gutgekleidete Managertypen. Dann, etwa zwanzig Minuten später, kam die Flut der Sekretärinnen, der Buchhalter, der weniger Bedeutenden. Alle zu Fuß.

Ich ließ den Motor an, beugte mich vor, mein Herz pochte. Der Strom der Männer und Frauen wollte kein Ende nehmen: manche unterhielten sich, manche blieben zu einem letzten Wort stehen.

Dann sah ich sie. Sie kam die schräge Auffahrt herauf, zielstrebig, in einem nüchtern wirkenden beigen Kleid, und allein.

Niemand sprach sie an, niemand winkte. Sie war neu in der Belegschaft.

Sie bog die Straße hinunter, in Richtung auf die Hauptverkehrsstraße. Ich ließ ihr einen guten Vorsprung, dann fuhr ich ihr langsam nach.

Auf dem Boulevard selbst wurde es schwierig. Ich mußte mich in den Feierabendverkehr einordnen, und damit war ich sofort von langsam vorrückenden Wagen eingeschlossen. Ich konnte sie auf dem Bürgersteig sehen, sie ging rasch voran. Ich wollte verlangsamen, aber ein ungeduldiger Druck auf die Hupe vom Wagen hinter mir drängte mich weiter. Fluchend überholte ich sie. Vor mir war kein Parkplatz. Als ich an ihr vorbeikam, wollte ich anhalten, aber wieder hielt das Hupen hinter mir mich ab. Ich rammte fast den Wagen vor mir, als ich sie im Rückspiegel beobachtete. Sie ging noch, aber ich ließ sie mehr und mehr hinter mir.

Der Gehsteig war so überfüllt wie die Fahrbahn. Wenn ich sie verlor! Ich wußte doch nicht, wo sie wohnte! Dann sah ich vor mir am Straßenrand einen Wagen starten, der sich einordnete. Ich schwenkte in die Parklücke, schloß gar nicht erst den Wagen ab, sondern lief über den Gehsteig zurück, Passanten ausweichend, und hielt verzweifelnd Ausschau nach Sonia.

Ich bekam sie gerade noch zu sehen, als sie in eine Seitenstraße einbog. Ich rannte gegen den Strom von Leuten an, stieß und drängelte mich durch, bis ich die Straße erreicht hatte.

Dort war sie, heraus aus dem Gewühl, ging aber unvermindert schnell. Ich legte einen Schritt zu und holte sie ein.

»Sonia!«

Sie wirbelte herum.

Nur wenige Leute waren auf dem Gehsteig. Sie drängten weiter, ohne uns zu beachten.

Sie starrte mich an.

»Was wollen Sie?«

Das war nicht die Sonia, von der ich geträumt hatte. Ihr Gesichtsausdruck war abweisend, ihre Augen erschreckt.

»Sonia!« sagte ich, als ich neben ihr stehenblieb. »Ich . . .«

Weiter kam ich nicht.

Fest und bestimmt sagte sie: »Lassen Sie mich zufrieden! Ich will nichts mit Ihnen zu tun haben! Lassen Sie mich zufrieden!«

»Aber hören Sie doch, Sie brauchen auf diesen Blödian Macklin nichts zu geben. Ich bin Mr. Fergusons persönlicher Assistent. Sie brauchen sich an diese dummen Vorschriften nicht zu halten. Wenn ich Sie zum Essen einlade, ist das kein Problem. Ich . . .«

»Kein Problem für Sie, Mr. Stevens!« fauchte sie. »Jetzt hören Sie mir mal zu! Ich habe mich abgerackert für diesen Job. Ich arbeite als Mr. Fergusons Zweite Sekretärin. Mr. Macklin hat mir gesagt, wenn ich mich mit Ihnen oder sonst jemandem vom Personal anfreunde, werde ich entlassen! Also gehen Sie! Ich gebe diesen Job für keinen Mann auf! Wenn Sie mich nicht in Frieden lassen, werde ich mich bei Mr. Macklin beschweren!«

Sie drehte sich um und ging weiter; ich starrte ihr nach.

»Schlimm«, sagte eine wohlbekannte Stimme hinter mir.

Ich fuhr herum und sah Mazzo, mit seinem affenhaften Lächeln im Gesicht.

»Frauen sind die Hölle«, fuhr er fort, »aber was sie sagt, ist vernünftig. Sie hat einen Riesenjob, Jerry, also denken Sie an sie und nicht an sich selbst.«

Ich glotzte ihn an. Nie hätte ich erwartet, daß dieser kahlrasierte Affe mit so einer Gefühlsregung käme.

»Gehen wir zusammen was trinken«, sagte er.

Dann entsann ich mich, daß ich den Mann vor mir sah, der Loretta umgebracht hatte.

»Gehn Sie zum Teufel und saufen sie mit ihm«, sagte ich, schob mich an ihm vorbei und lief zurück zu dem abgestellten Mercedes. Ich setzte mich hinter das Steuer, kämpfte mit meiner Enttäuschung. Schließlich wurde ich mit mir einig. Sonia war verloren für mich. Wahrscheinlich war sie genauso einsam wie ich und über meine Einladung zum Essen ganz froh gewesen. Dann hatte Macklin ihr das rote Licht gezeigt. Die bittere Wahrheit war, daß ich ihr nichts bedeutete, als abends mal auszugehen.

Was sollte ich also mit dem angebrochenen Abend anfangen? Ich kannte niemand in dieser wohlhabenden Stadt. Ich dachte an den einsamen Bungalow. Dorthin zurück und allein dasitzen war undenkbar. In irgendein Restaurant zu gehen und alleine zu essen war auch undenkbar. Ich dachte sehnsüchtig an die Leute in Hollywood, die ich anrufen könnte: Leute, die ich fallenlassen mußte und die mich fallenließen, weil mir das Geld ausgegangen war, die aber in Scharen herbeiströmen würden, wenn sie wüßten, daß ich jetzt einhunderttausend Dollar im Jahr verdiente.

Die Laune ging schnell wieder vorbei. Diese Freunde im Glück waren keinen Pfifferling wert.

So saß ich da und brütete. Dann kam mir aus heiterem Himmel eine Idee. Ich mußte eine Beschäftigung finden, um nicht meiner Einsamkeit ausgeliefert zu sein. Warum nicht eine ausführliche Geschichte darüber schreiben, was ich erlebt hatte, seit Liz Martin, die Sekretärin von Lu Prentz, mich anrief und mir sagte, Lu hätte einen Job für mich.

Der luxuriöse Bungalow wäre nicht mehr einsam. Ich würde an einer Schreibmaschine sitzen und die erschreckende Geschichte meiner Doppelgängerrolle als John Merrill Ferguson aufzeichnen, die Geschichte der Ermordung von Larry Edwards, Charles Duvine und Loretta, die Geschichte von Mrs. Harriet und ihrem Pudel, von Mazzo und Durant. Ich würde sie als Roman schreiben, mit geänderten Namen und verändertem Hintergrund. Die einzige Figur, deren wahren Namen ich beibehalten würde, war Lu Prentz. Ich wußte, daß es ihm mächtig gefallen würde, in einem Roman vorzukommen.

Die Geschichte erschien mir einzigartig. Vielleicht landete ich damit einen Taschenbucherfolg! Vielleicht konnte ich sogar die Filmrechte verkaufen, mit mir selbst in der Hauptrolle!

Wenn ich das Buch als Roman schrieb, unter Verwendung erfundener Namen, konnte die Ferguson Corporation keinen Einspruch erheben. Niemand würde glauben, daß eine solche Geschichte passieren könnte, aber trotzdem würde ich warten, bis mein Siebenjahresvertrag abgelaufen war. Auf hunderttausend Dollar im Jahr wollte ich nicht verzichten. Dieser Roman würde eine Altersversicherung für mich sein.

Schreiben müssen würde ich ihn *jetzt,* solange mir die Fakten noch alle frisch im Bewußtsein waren.

Der Bungalow wäre zum Schreiben geradezu perfekt. Niemand würde mich stören. Ich würde den ganzen Morgen schreiben, schwimmen, nachmittags die Handlung entwerfen, dann am Abend wieder schreiben.

Ich ließ den Motor an und fuhr den Paradise Boulevard entlang, bis ich zu einem Billigwarenladen kam. Der Verkäufer überredete mich zu einer gebrauchten elektrischen IBM-Schreibmaschine.

Dazu kaufte ich eine Schachtel Farbbänder und einen Karton Schreibmaschinenpapier.

Ich lud meine Einkäufe ins Auto und begab mich auf den Rückweg zum Bungalow. Im Fahren schon merkte ich, daß ich mich nicht mehr einsam fühlte. Ich brannte darauf, einen Anfang zu machen.

Als ich den Bungalow betrat, fand ich eine große, lächelnde schwarze Frau vor, die im Wohnzimmer Staub wischte. Sie sagte mir, sie sei Mrs. Swanson. Ich entsann mich, daß Sonia mir von einer Reinemachefrau auf dem Strandgrundstück erzählt hatte.

»Wenn Sie für heute abend was Bestimmtes gekocht haben wollen, sagen Sie's mir nur, Mr. Stevens«, sagte sie.

»O ja, danke. Wenn es nicht zuviel Umstände bereitet«, antwortete ich. Ich wollte nicht alleine ausgehen. »Mir ist alles recht.«

»Ich habe ein schönes Steak da.«

»Das wäre sehr gut.«

»Okay, Mr. Stevens, so um acht komme ich rein und zaubere Ihnen was für den Magen.«

Sowie sie fort war, holte ich die Schreibmaschine aus dem Mercedes, schloß sie an und übte, auf ihr zu tippen. Neben vielen anderen Gelegenheitsarbeiten, die ich übernahm, wenn Filmangebote auf sich warten ließen, hatte ich auch mal Adressen für die Bettelbriefe einer Blindenschule geschrieben. Nach einer Stunde hatte ich mein altes Tempo wieder raus.

Mit einem großen Scotch ging ich auf die Veranda und fing an, die Geschichte meiner Doppelgängerrolle als John Merrill Ferguson zu planen. Auf einem Notizblock erfand ich Namen. Zu jedem Namen erfand ich einen Steckbrief, ohne jede Ähnlichkeit mit den Personen, über die ich zu schreiben beabsichtigte. Ich erfand Ortsnamen.

Bis ich diesen schweren Anfang hinter mir hatte, kam auch schon Mrs. Swanson wieder und briet mir ein herrliches Steak mit allem, was dazugehört. Sie sagte, am nächsten Abend würde sie mit einer ihrer Spezialitäten vorbeikommen – Curryhuhn. Ich gab ihr fünf Dollar. Ihr breites strahlendes Lächeln verriet ihre Freude und Überraschung.

Als sie fort war und nachdem ich gegessen hatte, räumte ich das Geschirr in die Küche, wischte den Tisch ab und begann mit dem Buch.

Ich tippte ohne Unterbrechung bis zwei Uhr früh, sammelte noch die Blätter ein, schloß ab und ging zu Bett.

Kurz bevor ich einschlief, dachte ich an Sonia. Zu meiner Überraschung stellte ich fest, daß sie in einen Hintergrund zurückgetreten war, der etwas von meinen alten Filmen hatte: unvergessen, aber nicht ganz wirklich. Ich fühlte, daß ich sie nicht mehr brauchte. Sie hatte ihre Karriere vor sich: ich bedeutete ihr nichts. Als ich mich anschickte zu schlafen, entschied ich, daß sie auch mir nichts mehr bedeutete: eine kurze Verblendung.

Sechs Tage hindurch und bis weit in die Nächte schmiedete ich an der Ferguson-Story. Mrs. Swanson kam zweimal in der Woche putzen. Sie bereitete mir jeden Abend ein gutes Essen. Nachmittags schwamm ich. Von der Ferguson Electronic & Oil Corporation kam kein Wort, und das Gefühl der Einsamkeit war nicht mehr da. Ich hatte etwas zu tun – etwas, das mein Interesse ganz in Anspruch nahm, und wenn man so beschäftigt ist, gibt es keine Einsamkeit, nicht einmal Frauen.

Am sechsten Tag dann, als abends die Verandatüren weit offenstanden und ein großer Mond das Meer beschien, und während ich auf die Schreibmaschine einhämmerte, hörte ich das Geräusch eines herannahenden Wagens.

In Gedanken erblickte ich Joe Durant, der vorbeikam, um mich zu kontrollieren. Wenn er hereinspazierte und die Maschine und all die beschriebenen Blätter sah, würde er wissen wollen, was ich trieb. Das brauchte er nicht zu erfahren!

Schnell fegte ich die Blätter in eine Schublade, schnappte mir die Schreibmaschine und lief damit ins Schlafzimmer. Ich schob sie unter das Bett. Dann trat ich zur Schlafzimmertür.

Ich hörte Schritte auf der Veranda. Ich riß mich zusammen und ging ins Wohnzimmer.

In der offenen Verandatür stand John Merrill Ferguson.

Er war der letzte, den ich zu sehen erwartet hatte.

»Guten Abend, Jerry«, sagte er und trat einige Schritte ins Zimmer. »Ich hoffe, ich störe Sie nicht.«

Ich holte tief Atem.

»Überhaupt nicht, Sir. Ich habe nichts zu tun. Kann ich Ihnen einen Drink anbieten?«

»Nein, danke.« Er kam an den Tisch, zog einen Stuhl heraus und setzte sich. »Ich wollte mit Ihnen reden.«

Unsicher und verwirrt setzte ich mich ihm gegenüber.

Auf dem Tisch stand eine Lampe, die ich beim Tippen benutzte. Er hob die Hand und schaltete sie aus. Damit blieben zwei Seitenleuchten, die den Raum schwach erhellten.

»Nun, Jerry?« sagte er. »Wie finden Sie das Leben?«

Was, zum Teufel, soll das? dachte ich. Wieso kam einer der reichsten und mächtigsten Männer der Welt hierher und fragte einen stellungslosen Schauspieler, wie er das Leben fand? . . . Ich wurde unruhiger.

»Das Leben ist angenehm, Sir«, sagte ich. »Dank Ihnen. Ich weiß zu schätzen, was Sie für mich tun.«

Er nickte und bewegte dabei fahrig die Hände.

»Was fangen Sie so mit sich selber an?«

»Ach, dies und das. Ich schwimme. Es ist herrlich hier. Herrliche Stadt.«

Er starrte mich an, Spannung zeigte sich in seinen Augen.

»Ich möchte, daß Sie etwas für mich tun, Jerry.«

Das kam nicht überraschend. Ohne Grund wäre er nicht hier erschienen.

»Aber gerne, Sir.«

»Haben Sie Ihr Make-up hier?«

»Natürlich, Sir.«

»Ich möchte, daß Sie heute abend in meiner Villa meinen Platz einnehmen.«

Ich war verblüfft.

»Das ist okay, Sir. Wie Sie wünschen.«

»Es gibt keine Schwierigkeit. Mein Wagen steht draußen. Legen Sie die Maske an und fahren Sie zu mir. Die Wachen werden Sie einlassen. Sie begeben sich in meine Suite und bleiben dort, bis Sie von mir hören. Niemand weiß, daß Sie mich jetzt vertreten. Die Wachen werden Sie für mich halten. Ich habe Jonas schon gesagt, er solle das Essen in der Suite servieren und dafür sorgen, daß ich nicht gestört werde. Haben Sie verstanden?«

»Ja, Sir.«

»Gut. Sie sind sehr wertvoll. Würden Sie jetzt bitte gehen und die Maske anlegen?«

Dann geschah etwas Grausiges und Unerhörtes.

John Merrill Fergusons rechte Augenbraue löste sich und fiel ab. Sie landete wie eine obszöne Raupe auf dem Tisch vor uns.

Ein langes explosives Schweigen lag über dem schwach erhellten Raum und eine Spannung, die nur ein schwerer Schock erzeugen kann.

Der Mann, den ich für John Merrill Ferguson gehalten hatte, gab plötzlich ein leises Stöhnen von sich, dann stieß er seinen Stuhl zurück und sprang auf die Füße. Er blickte wild um sich, wie ein von Panik erfaßtes Tier, das zu fliehen sucht. Dann stürzte er Hals über Kopf auf die offene Verandatür zu.

Meine Reaktion war mechanisch. Ich stieß einen Fuß vor, erwischte ihn am Knöchel und brachte ihn mit einem dumpfen Schlag, der den Bungalow erschütterte, zu Boden. Ich warf mich auf ihn, schob seine schlegelnden Arme weg, nagelte sie mit den Knien fest, und er war wehrlos.

Ich starrte auf sein Gesicht nieder, dann riß ich die andere Augenbraue und den Schnurrbart weg.

»Wer, zum Teufel, sind Sie?« fragte ich atemlos.

Er versuchte mich abzuwerfen, doch ich behielt ihn im Griff.

»Lassen Sie mich los!« keuchte er.

Mein Gewicht noch voll auf seinen Armen, tastete ich unter seinem Kinn entlang, fand den Rand der Latexmaske und zog sie ihm vom Gesicht.

Ich sah auf ihn nieder, in die verzweifelten Augen, mit denen er mich anstarrte.

Dann durchlief mich ein Schauder: ein Schock, der mich lähmte und mir kalte Schauer über den Rücken jagte.

Im Geiste hörte ich Mazzos höhnische Stimme: Nulpen wie der haben oft Autounfälle.

Unter meinem Gewicht festgenagelt war Larry Edwards!

Ich rappelte mich hoch, trat von ihm weg und starrte ihn an.

»Larry! Du guter Gott! Sie haben mir gesagt, du wärst tot!« rief ich aus.

Er stand langsam auf. Er sah verstört und erschrocken aus.

»Ich muß raus hier!« kreischte er mit hysterischer Stimme.

»Du kommst hier nicht weg, bevor du mir verrätst, was da gespielt wird«, sagte ich. »Setz dich hin! Ich hol dir was zu trinken.«

Er blickte auf die offene Verandatür und dann zu mir.

»Versuch's nicht, Larry!« sagte ich. »Ich brech dir deinen gottverdammten Arm, wenn du dich nicht hinsetzt und redest.«

Er zögerte, dann ließ er sich mit einem mutlosen Achselzucken in einen Sessel fallen. Ohne den Blick von ihm zu wenden, trat ich an den Barschrank, goß einen starken Scotch ein und gab ihm das Glas. Er trank begierig.

»Warum bist du hier? Weshalb sollte ich zu der Villa fahren?« fragte ich, neben ihm stehend.

»Ich wollte Zeit gewinnen«, murmelte er. »Es tut mir ja leid, Jerry. Ich hatte nur an mich gedacht.«

Ich ging um ihn herum und setzte mich ihm gegenüber.

»Wie meinst du das? Schau, Larry, rollen wir das doch mal von Anfang an auf. Wieso bist du als Ferguson verkleidet?«

Also redete er.

Er hatte die gleichen Erlebnisse gehabt wie ich. Lu Prentz hatte ihn zu einer Verabredung ins *Plaza Hotel* geschickt. Er hatte Mrs. Harriet getroffen. Er war unter Drogen gesetzt worden und im Haus von Mrs. Harriet aufgewacht. Man hatte ihn mit dem Betrag von tausend Dollar täglich geködert. Er hatte angebissen, und Charles Duvine hatte ihn bearbeitet. Er hatte Fergusons Unterschrift und seine Stimme nachzuahmen gelernt. Schließlich hatte man ihn, wie mich auch, zur Ferguson-Residenz geflogen.

»Hast du Loretta kennengelernt?« fragte ich.

Er wischte sich den Schweiß vom Gesicht.

»Ich konnte das verrückte Weibsstück nicht aus meinem Bett raushalten. Dauernd das Gefasel vom fehlenden Trauschein und von irgendeinem Priester. Ich nehme an, du hast dieselbe Behandlung erfahren.«

»Sie ist tot. Sie haben sie umgebracht.«

Er zuckte zurück.

»Sie sagten mir, sie wäre am Schlafwandeln gewesen.«

»Ich war da, als es passiert ist. Ich hörte sie schreien. Beim Schlafwandeln schreit man nicht. Mazzo hat ihr das Genick gebrochen.«

»Nein. So einer ist Mazzo nicht. Wenn ihr jemand das Genick gebrochen hat, dann war das Pedro. Er ist Durants Killer. Wenn er merkt, daß ich nicht da bin, wird er mich suchen. Ich muß schleunigst aus dieser verdammten Stadt raus.«

»Aber wieso denn zwei Doppelgänger? Das verstehe ich nicht. Was hattest du zu tun?«

»Ich war in Peking. Ferguson ist geisteskrank. Sie brauchten dich, und sie brauchten mich. Du hast die Presse zum Narren gehalten, während ich die Leute in Peking zum Narren hielt. Ich war mit einem Team da. Ich hab' nur Papiere unterschrieben, während das Team das Reden übernahm. Die ganze Zeit war Ferguson in seiner Villa eingesperrt.«

Ich dachte an den Mann, den ich auf und ab gehen gehört hatte. Ferguson!

»Was hast du dann hier zu suchen?«

Er hielt sein leeres Glas hoch.

»Schenk mir noch mal nach.«

Diesmal machte ich mir auch ein Glas.

Als wir tranken, sagte Larry: »John Merrill Ferguson ist heute abend um sechs gestorben.«

Ich verschüttete meinen Drink.

»Gestorben?«

»Ja . . . ein schwerer Herzanfall.«

»Woher weißt du das?«

»Die Frage ist gut. Glück . . . nur reines, unverfälschtes Glück. Ich war in Fergusons Suite und dachte an nichts. Plötzlich kam ein Tumult auf: Stimmen, Getrappel, und ich hörte, wie an meiner Tür der Schlüssel herumgedreht wurde. Man hatte mich eingeschlossen. Ich lauschte weiter: noch mehr Stimmen. Dann kam vom Telefon auf dem Schreibtisch ein ganz kurzes Klingeln. Glück! Ich nahm den Hörer ab. Sie hatten vergessen, den Nebenanschluß auszuschalten. Mazzo telefonierte mit Mrs. Harriet. Er sagte ihr, daß Ferguson gestorben sei. Diese Frau! Sie nahm die Nachricht auf, als wäre es eine Wettervorhersage. Sie befahl Mazzo, nichts zu unternehmen, bis sie da sei. Durant war in Washington. Sie sagte, sie würde ihn unterrichten. Dann sagte sie, und ich kann ihre kalte, tonlose Stimme noch hören: ›Geben Sie Pedro Bescheid, daß Edwards und Stevens jetzt entbehrlich sind. Verstanden? Pedro weiß schon, was zu tun ist.‹«

Ich erstarrte, mir wurde kalt.

»Das hat sie gesagt?«

»Darum geht es doch! Dann sagte Mazzo ihr, Pedro sei die Nacht über in Miami, würde aber morgen ihre Instruktionen befolgen. Sie wollte wissen, ob ich wüßte, daß ihr Sohn tot war. Mazzo verneinte. Ich sei in meinem Zimmer eingeschlossen. Sie sagte, sie würde morgen eintreffen und legte auf.«

»Du meinst im Ernst, sie hat unsere Ermordung befohlen?« Ich konnte nicht glauben, was er sagte.

»Wie oft soll ich es dir denn noch erklären!« rief Larry. »Ich wartete, bis Mazzo ins Bett ging, setzte die Maske auf, angelte mir den Schlüssel, der steckte, auf einem Stück Papier, zog ihn unter der Tür durch, schloß auf und ging raus. Die Wachen wußten zwar, daß du Fergusons Doppelgänger warst, aber mich hielten sie wirklich für Ferguson. Ich konnte mir ohne Schwierigkeit den Jaguar holen und herfahren. Der Posten ließ mich durch, da er annahm, ich sei Ferguson.«

»Aber warum sollten sie uns umbringen wollen?« Ich konnte es immer noch nicht glauben.

Er machte eine ungeduldige Bewegung.

»Schalt dein Gehirn ein! Das Peking-Geschäft ist geregelt. Ferguson ist tot. Du und ich könnten beweisen, daß wir die Verträge unterschrieben haben, und dann wäre die Hölle los. Sie müssen uns zum Schweigen bringen!«

Ich starrte ihn an.

»Du wolltest, daß ich zu der Villa fahre.«

Seine Augen wichen mir aus.

»Ja, es tut mir leid. Ich hatte so die Hosen voll. Wenn du dort gewesen wärst, wären sie nicht darauf gekommen, daß ich abgehauen bin. Ich wollte Zeit gewinnen.«

Ich sah ihn voller Abscheu an.

»Du widerliches Aas! Du wolltest mich dahin schicken, damit sie mich umbringen, während du entkommst.«

»Okay, okay, ich hatte den Kopf verloren! Jetzt müssen wir beide hier raus! Wir vertrödeln Zeit! Wenn Mazzo morgen früh das Frühstück reinbringt und merkt, daß ich weg bin, werden sie eine Menschenjagd starten! Hör zu, Jerry, ich habe erlebt, wie diese Leute arbeiten. Sie haben überall Verbindungen. Ich werde untertauchen und mich versteckt halten, bis sie überzeugt sind, daß ich nicht rede. Wenn du am Leben bleiben willst, tust du dasselbe. Was immer du tust, erzähl niemandem, was gewesen ist. Du und ich könnten ihr Imperium zu Fall bringen, aber so übergeschnappt bin ich mal nicht, daß ich das vorhätte! Ich habe Geld. Ich werde verschwinden. Kümmre du dich um dich selbst. Wir haben bloß acht Stunden Vorsprung!«

Er sprang auf die Füße und stürzte hinaus in die Nacht.

Ich machte keinen Versuch, ihn aufzuhalten. Wäre diese Augenbraue nicht abgefallen, ich wäre zu der Villa gefahren und morgen bereits tot gewesen!

Aber was er gesagt hatte, klang plausibel. Es war Zeit zu verschwinden! Zuerst legte ich eine Denkpause ein. Auch ich hatte Geld. War ich aus dieser Stadt erst heraus, konnte ich meine Bank auffordern, das Geld auf eine andere zu überweisen.

Wohin also?

Ich mußte gegen ein Panikgefühl ankämpfen. Ich ging ins Schlafzimmer und sah in meine Brieftasche. Ich hatte knapp unter tausend Dollar.

Ich würde nach Miami fahren, den Wagen am Flughafen abstellen, dann eine Maschine nach New York nehmen. Wenn ich erst in New York war, konnte ich untertauchen.

Ich packte meine sämtlichen Kleider in zwei Koffer, dann fiel mir das Manuskript ein. Das würde ich nicht zurücklassen. Schnell nahm ich den Stoß der beschriebenen Blätter und verfrachtete sie in einen der Koffer.

Die Schreibmaschine hätte mich verraten. Wenn sie die hier fanden, mußten sie annehmen, daß ich eine Erklärung abgegeben hatte. Ich schleppte die Maschine zum Wagen, stellte sie auf den Rücksitz, ging die Koffer holen und war startbereit.

Noch einmal kehrte ich um, vergewisserte mich, daß nichts, was mir gehörte, in dem Bungalow zurückgeblieben war, knipste dann die Lichter aus und eilte zum Wagen zurück.

Ich fuhr hinunter an die Schranke, gespannt, ob es Schwierigkeiten mit dem Posten geben würde, doch er hob die Sperre und nickte mir mürrisch zu.

Mich gewaltsam beruhigend, fuhr ich weiter auf den Overseas Highway. Um diese Zeit herrschte wenig Verkehr, aber ich blieb sorgfältig innerhalb der Geschwindigkeitsbegrenzung, so sehr ich auf darauf brannte, diesen starken Wagen voll auszufahren.

Die Schreibmaschine fuchste mich. Ich mußte sie irgendwo loswerden. Ich wußte, daß der Mercedes früher oder später aufgespürt würde, und wenn sie dann die Schreibmaschine fanden, würden sie vermuten, daß ich einen Bericht über die Geschehnisse abgefaßt hatte. Die Jagd nach mir würde doppelt verschärft werden.

Nach einigen Meilen stieß ich auf einen Parkstreifen für Sportfischer und hielt an. Ich wartete, bis der Verkehr verstummt war, stieg dann aus, schleppte die Schreibmaschine zum Geländer hin und warf sie ins Meer.

Wieder im Wagen und um ein Problem erleichtert, fuhr ich weiter in Richtung Miami. Während der Fahrt dachte ich an Loretta. Ich hörte ihre Stimme sagen: *Sie ist eine skrupellose, gefährliche alte Frau. Das einzige, was sie im Kopf hat, ist Geld. Wenn er stirbt, wird sie alles erben.*

John Merrill Ferguson war tot. Mrs. Harriet erbte jetzt alles. Sie hatte mit den skrupellosen Fingern geschnippt, und Charles Duvine, der es Larry und mir ermöglicht hatte, ihren Sohn zu verkörpern, war gestorben. Sie hatte mit den Fingern geschnippt, und Loretta, die alles hätte erben können, war gestorben. Jetzt schnippte diese skrupellose alte Frau mit den Fingern nach mir. Bei dem Gedanken brach mir kalter Schweiß aus.

Dann dachte ich an den Wagen, den ich fuhr. Wenn man ihn am Flughafen fand, würden sie wissen, daß ich irgendwohin geflogen war. Bei ihrem Geld und ihrer Organisation könnten sie meine Spur nach New York verfolgen.

Mit einem Schlag wurde mir klar, daß ich, wenn ich am Leben bleiben wollte, besser anfing, meinen Verstand zu gebrauchen. Die Schreibmaschine war ich los. Jetzt mußte ich den Wagen loswerden.

Ich blickte auf die Uhr am Armaturenbrett: 01.05 Uhr. Meine Zeit lief ab. In bereits sieben Stunden würde Mazzo feststellen, daß Larry fort war. Sie würden den Bungalow überprüfen und feststellen, daß auch ich fort war. Dann war dicke Luft.

Ich näherte mich jetzt Paradise City. Was wäre, wenn einem von Fergusons dienstfreien Leibwächtern der Wagen auffiel? Ich fuhr den Ocean Boulevard entlang. Mein Herz fing an zu pochen. Vielleicht war es verrückt von mir gewesen, herzukommen. Ich hätte in Richtung Westküste abbiegen können. Jetzt war es zu spät.

Immer wieder sah ich in den Rückspiegel, aus Angst, daß ich verfolgt würde. Es waren zwar Autos hinter mir, doch sie bogen immer wieder ab: Leute auf dem Heimweg.

Als ich die Stadt hinter mir hatte und auf Fort Lauderdale zuhielt, wurde ich ruhiger.

Dann kam mir eine Idee: *Bring sie auf eine falsche Fährte. Laß den Wagen am Flughafen, so daß sie annehmen, du seist weggeflogen, aber bleib in der Nähe von Miami, bis der Sturm sich gelegt hat.*

Es gab Dutzende von Motels am Highway. Ich würde den Wagen am Flughafen abstellen, dann ein Taxi nehmen und mich in einem dieser Motels verkriechen.

Zweifellos war ein Motel im Umkreis von Paradise City der letzte Ort, wo sie darauf kämen, mich zu suchen.

Also machte ich es so. Nachdem ich den Mercedes geparkt hatte, nahm ich ein Taxi, und vorsichtshalber keines der am Flughafen wartenden. Mein Taxi hatte einen Fahrgast aus Palm Beach abgeliefert und war auf der Rückfahrt. Der Chauffeur war froh, eine Fuhre zu ergattern. Ich sagte ihm, ich suche ein gutes Motel für die Nacht. Er brachte mich zum *Welcome Motel.*

Das verschlafene Mädchen am Empfangstisch schenkte mir kaum einen Blick, als ich mich eintrug. Ich benutzte den Namen Warren Higgins. Sie gab mir einen Schlüssel, sagte mir, wo meine Hütte zu finden sei und überließ sich wieder ihrem Schlummer.

Ich schloß die Hüttentür, sperrte ab und drehte das Licht an. Es war ein gemütlicher Ort. Ich stellte meine Koffer ab und schöpfte tief Atem.

Jetzt fühlte ich mich sicher!

Menschenskind, war ich müde! Mein einziger Gedanke war schlafen.

Ich zog mich aus und fiel, zu müde um noch zu duschen, ins Bett.

Ich schlief.

Das Geräusch startender Wagenmotoren weckte mich auf. Sonnenlicht strömte in das kleine Schlafzimmer. Ich hörte Stimmen. Einen Augenblick packte mich Angst. Hatten sie mich schon gefunden?

Ich warf das Laken von mir und kletterte aus dem Bett. Ich ging ins Wohnzimmer und spähte durch die Chintzvorhänge hinaus.

Das Bild, das sich mir bot, war beruhigend: Leute, die Gepäck in ihre Wagen luden, die schwätzten und lachten; Leute im Urlaub.

Ich schaute auf meine Uhr. Es war Viertel nach neun. Ich nahm eine Dusche, zog mich an, ging dann hinaus in die Sonne. Bis dahin waren die meisten Leute mit ihren Wagen schon verschwunden. Nur drei Wagen standen noch da.

Ich suchte mir den Weg zum Gastzimmer. Die Kellnerin bedachte mich mit einem frechen Lächeln.

»Ganz ein Frühaufsteher, hm? Was wollen Sie essen?«

Ich bestellte Eier auf gebratenem Schinken und Pfannkuchen

und bat um eine Zeitung. Sie brachte mir den *Paradise Herald.* Ich sah die Zeitung durch, aber der Tod von John Merrill Ferguson war nicht erwähnt. Es war noch zu früh, aber ich wollte dringend informiert sein.

Nach dem Frühstück ging ich zum Empfang. Der hagere, dunkelhaarige Mann, der der Manager war, begrüßte mich mit breitem Lächeln.

»Ich bin Fred Baine«, sagte er, indem er mir die Hand schüttelte. »Gut geschlafen, Mr. Higgins? Bequem?«

»Alles ganz prima«, sagte ich. »Ich werde eine Zeitlang hierbleiben, da ich an einem Buch schreibe.« Ich grinste schamhaft. »Ich möchte nicht gerne gestört werden.«

»Ein Buch?« Er sah beeindruckt aus. »Kein Problem, Mr. Higgins. Bleiben Sie, solange sie wollen, und niemand wird Sie stören.«

»Sie hätten nicht vielleicht eine Schreibmaschine, die ich mir mieten könnte?«

»Sicher doch. Ohne Miete. Ich habe eine übrig, die kriegen Sie gerne.«

»Das ist wirklich nett von Ihnen. Ich bedanke mich.«

»Nun, schauen Sie, Mr. Higgins, wenn Sie nicht gestört werden wollen, kann ich Ihnen Ihre Mahlzeiten rüberschicken. Kein Problem. Lassen Sie nur dem Mädchen eine Viertelstunde am Tag, um aufzuräumen und das Bett zu machen, und Sie werden nicht gestört.«

»Das wäre mir lieb, ja . . . danke.«

»Kein Problem, Mr. Higgins. Ein Buch schreiben, das möcht' ich auch mal können.« Er seufzte. »Die tollen Honorare!«

»Ja, ja«, sagte ich und kehrte in die Hütte zurück.

Ich war entschlossen, die *Ferguson-Story* zu Ende zu bringen. In den nächsten drei Wochen hatte ich wahrscheinlich sonst nichts zu tun. Bis dahin mußte der Sturm sich gelegt haben. Dann würde ich über meinen nächsten Schritt nachdenken.

Eine junge Schwarze kam später mit einer Reiseschreibmaschine herein. Sie ließ grinsend ihre Zähne blitzen.

»Mein Bruder will auch ein Buch schreiben, aber er weiß nicht, wie er anfangen soll, Mr. Higgins«, sagte sie, während sie sich mit einem Staubsauger ins Zeug legte. »Er hat eine prima Handlung, aber er weiß auch noch nicht, wie er aufhören soll.«

»Sagen Sie ihm, er soll in der Mitte anfangen«, sagte ich, »das klappt dann schon.« Und ich schloß mich im Bad ein.

Als sie fort war, holte ich mein Manuskript heraus und verbrachte den ganzen Vormittag damit, es zu lesen.

Das Zimmer war klimatisiert, aber ich sehnte mich nach der Sonne draußen. Ich widerstand der Versuchung. Ich durfte mich nicht sehen lassen.

Für meine Begriffe las sich das Manuskript gut.

Nach einem Mittagessen aus Hamburgern und Kaffee setzte ich mich an die Schreibmaschine.

Ich hämmerte darauflos bis 18 Uhr, dann legte ich eine Pause ein und mixte mir einen Martini aus dem gut ausgestatteten Kühlschrank.

Ich hatte jetzt den Augenblick erreicht, als Larry Edwards in der Maske von John Merrill Fergusons zu mir in den Bungalow gekommen war. Mit dem Ablauf der Geschichte war ich zufrieden: sie hakte nirgends, aber ich wollte ausgeruht sein für den großen Moment, in dem ich herausfand, daß Ferguson von Larry verkörpert wurde.

Sehnsüchtig schaute ich aus dem Fenster auf den Swimmingpool. Mehrere Männer, Frauen und Kinder tummelten sich dort, aber ich beschloß, außer Sicht zu bleiben.

Gegen halb acht brachte mir die junge Schwarze ein Steak zum Dinner. Ich gab ihr ein paar Dollar, und sie sah voller Ehrfurcht auf den mit beschriebenen Blättern übersäten Tisch.

Nach dem Essen zog ich die Vorhänge zu und schrieb weiter. Gegen elf schließlich hatte ich die Geschichte auf den gegenwärtigen Stand gebracht.

In der Story, wie auch in Wirklichkeit, war ich in einem Motel, geplagt von der Sorge, wie mein nächster Schritt aussehen sollte. Ich würde abwarten müssen, was geschah.

Ich suchte die Seiten zusammen, legte sie zu dem übrigen Manuskript, nahm noch eine Dusche und ging zu Bett.

Besonders gut schlief ich gerade nicht. Ich mußte ständig an meine Zukunft denken. Sollte ich wieder nach Los Angeles gehen? Das wäre die erste Stadt, wo sie nach mir suchen würden . . . immer vorausgesetzt, daß sie auf mich aus waren.

Ich hatte rund achttausend Dollar auf der Bank. Vielleicht wäre es ein Gedanke, mir einen Wagen zu kaufen und hinunter nach Mexiko zu fahren. Dort könnte ich untertauchen, durch das Land reisen, bis eine Rückkehr ungefährlich erschien. Und dann? Bis dahin würden meine achttausend Dollar zusammengeschmolzen sein.

Ich dachte daran, ob das triste Leben wieder losgehen würde, das ich kennengelernt hatte: am Telefon sitzen, warten und nichts als warten.

Vielleicht würde das Buch ein Schlager.

Mit diesem Gedanken zum Trost schlief ich schließlich ein.

Am nächsten Morgen brachte das schwarze Mädchen mir mein Frühstück und eine Ausgabe des *Paradise Herald.*

Die Titelseite war dem Tod von John Merrill Ferguson gewidmet.

Dr. Weissman hatte den Reportern mitgeteilt, daß Ferguson zu hart gearbeitet hätte. Er habe ein brillantes Geschäft mit den Chinesen zustande gebracht. Er sei durch den Tod seiner Frau erschüttert worden. Er habe einen tödlichen Herzanfall erlitten.

Es gab ein Foto von Dr. Weissman, der traurig aussah. Es gab ein Foto von Joseph Durant, der ebenfalls traurig aussah. Die Zeitung erklärte, daß jetzt Durant die Leitung der großen Ferguson Oil & Electronic Corporation übernehmen werde. Es gab ein Foto von Mrs. Harriet und ihrem Pudel. Sie sah traurig aus, und der Pudel sah ebenfalls traurig aus. Das Blatt stellte fest, Mrs. Harriet Ferguson sei jetzt die Hauptaktionärin und sollte mit allgemeiner Zustimmung Präsidentin der Gesellschaft werden.

Ferguson hatte ein geheimes Abkommen mit der chinesischen Regierung getroffen. Die Gesellschaft sollte Elektronengehirne und Satelliten herstellen, die China technologisch den Russen gleichstellen würden. Das Abkommen war rund zwei Milliarden Dollar wert.

Ich las beim Essen.

Zwei Milliarden Dollar! Larry und ich, wir könnten dieses Geschäft platzen lassen, daß die Fetzen flogen. Bei dem Gedanken verging mir der Appetit. Ich schob den Teller weg, stand auf und setzte mich in einen Sessel.

Wenn Larry oder ich durchsickern ließen, daß wir Fergusons Unterschrift auf den vielen Papieren gefälscht hatten, die durch unsere Hände gegangen waren, hätte das ungefähr die Wirkung einer Atombombenexplosion. Ich erinnerte mich an Larrys letzte

Worte zu mir, bevor er verschwunden war: *Was immer du tust, erzähl niemandem, was gewesen ist. Du und ich könnten ein Imperium zu Fall bringen, aber so übergeschnappt bin ich nun mal nicht, daß ich das vorhätte!*

Da hast du was gesagt, Larry, dachte ich. Das wäre das letzte, was ich vorhätte; dann dachte ich an das Manuskript. Vielleicht würde irgendein smarter Journalist, der das Buch las, falls es je herauskam, zwei und zwei zusammenzählen. Und wenn schon, was wäre dabei? Er könnte nichts beweisen. Das Manuskript war eine Altersversicherung für mich. Ich würde warten, bis die Aufregung sich gelegt hatte, aber wegwerfen würde ich es bestimmt nicht.

Dann zog eine kleine Notiz in der Zeitung meine Aufmerksamkeit auf sich. Sie war unten auf der Seite versteckt.

FERNSEHSTAR TOT

Larry Edwards, bekannt aus seinen Westernrollen im Fernsehen . . .

Die Zeitung glitt mir aus den Fingern. Ich begann zu zittern.

Larry!

Unsicher stand ich auf und trat an den Barschrank. Ich goß mir einen Schuß Scotch ein. Das Glas klapperte mir gegen die Zähne. Ich zündete mir eine Zigarette an und lief durch die Hütte und mein Herz pochte.

Larry . . . tot!

Ich zwang mich, die Zeitung aufzuheben, und las die spärlichen Details.

Larry Edwards, hieß es in dem Blatt, sei am Steuer eines gemieteten Ford auf dem Highway Miami-Naples von einem flüchtigen Lastwagen gerammt worden.

Der Ford sei total zerstört und in den Wald geschleudert worden. Die Polizei fahnde nach einem beschädigten Lastwagen. Larry Edwards sei auf Urlaub in Florida gewesen.

Also hatten sie ihn eingeholt!

Schweiß rann mir übers Gesicht.

Er war so schlau gewesen, den Jaguar abzuschieben, wie ich den Mercedes abgeschoben hatte. Er hatte einen Ford gemietet und war losgebraust in Richtung Ostküste – nicht schlau und nicht schnell genug.

War ich hier sicher?

Ich erinnerte mich an Larrys Worte: *Hör zu, Jerry, ich hab' erlebt, wie diese Leute arbeiten. Sie haben überall Verbindungen.*

Menschenskind, war ich in Panik!

Ich setzte mich hin und versuchte mich zu beruhigen. Wie sollten sie mich hier finden, in diesem abgelegenen Motel? Aber sie hatten auch Larry gefunden! Inzwischen konnten sie den Mercedes entdeckt haben. Würden sie glauben, ich hätte ein Flugzeug genommen? Würden sie nachforschen und dabei feststellen, daß niemand, der meiner Beschreibung entsprach, abgeflogen war? Würden sie dann zu dem Schluß gelangen, daß ich mich irgendwo in der Nähe versteckt hielt?

Jetzt wußte ich, wie einem Fuchs zumute sein muß, wenn er das Gekläff der Hunde hört.

Es mußte über dreihundert Motels und zahlreiche Hotels im Umkreis von Miami geben. Würden sie jedes einzelne überprüfen?

Ich beruhigte mich langsam. Nichts würde mich aus meiner Deckung treiben. Ich würde mich nicht vom Fleck rühren.

Dann dachte ich an das Manuskript. Es konnte meine Rettung sein. Ich würde an Mrs. Harriet schreiben und ihr mitteilen, daß ich die ganze Geschichte aufgeschrieben hatte, von dem Augenblick an, wo ich im *Plaza Hotel* mit ihr zusammengetroffen war. Ich würde sie warnen, daß, falls mir etwas zustieß, das Manuskript der Polizei übergeben würde. Ich würde ihr mein Wort geben, zu schweigen, solange man mich in Ruhe ließ.

Das schien mir ein guter Einfall. Ich setzte mich an die Schreibmaschine und tippte den Brief.

Wie sollte ich ihn ihr zustellen? Es wäre tödlich, ihn von hier abzuschicken. Der Poststempel von Miami hätte ihnen verraten, daß ich im Bezirk war.

Ich mußte jemand finden, der den Brief außerhalb des Bezirks für mich aufgeben würde. Ich adressierte den Umschlag: *Mrs. Harriet, Largo Residence, Paradise City.* Wer immer den Brief abschicken würde, brauchte nicht zu wissen, daß ich an eine Ferguson schrieb. Ich steckte den Brief in den Umschlag und klebte ihn zu.

Was aber mit dem Manuskript? Ich entschied mich, es an Lu Prentz zu schicken, mit der Bitte, es für mich aufzuheben.

Ich verließ die Hütte und ging zum Empfang. Fred Baine strahlte mich an.

»Hallo, Mr. Higgins, wie läuft's denn so?«

»Ganz gut. Können Sie mir bitte Papier und eine Schnur geben? Ich möchte ein Päckchen verschicken.«

»Kein Problem.« Er ging nach hinten und brachte Packpapier und ein Stück Schnur zum Vorschein. »Tut es das?«

»Aber ja, und danke auch. Noch etwas, Mr. Baine, ich habe einen Brief, der außerhalb des Bezirks abgeschickt werden soll. Ich möchte nämlich nicht, daß jemand erfährt, wo ich bin.« Ich holte den Brief hervor. »Mrs. Harriet ist meine Schwiegermutter. Wenn sie wüßte, daß ich in Miami bin . . .« Ich zwinkerte ihm vielsagend zu.

Er sah etwas überrascht drein, nickte dann aber.

»Natürlich, Mr. Higgins. Kann mir denken, daß ihr Schriftsteller manchmal Schonzeit braucht. Hier reist heute morgen ein Ehepaar nach New York ab. Die geben den Brief für sie auf, sind nette Leute. Okay?«

»Das wäre prima.« Ich schob ihm einen Zehndollarschein hin. »Würden Sie ihnen den geben?«

»Natürlich. Die werden sich freuen, Mr. Higgins. Ich regle das für Sie. Kein Problem.«

Ich ging zurück in meine Hütte.

Das schwarze Mädchen war dagewesen, hatte das Bett bezogen und saubergemacht.

Ich fühlte mich sehr viel entspannter.

Ich setzte mich an die Schreibmaschine und arbeitete die nächsten drei Stunden, um die *Ferguson-Story* auf den gegenwärtigen Stand zu bringen.

Ich bin jetzt überzeugt, schrieb ich, *daß ich überleben werde. Ich habe vor, das Manuskript zu verpacken und es Lu Prentz zur Aufbewahrung zu schicken. Dann brauche ich nur noch in dieser Hütte zu bleiben, bis ich mir sicher bin, daß Mrs. Harriet meinen Brief erhalten hat. Sie ist klug. Ich habe ihr mein Schweigen zugesichert. Ich habe sie gewarnt, daß, wenn mir irgend etwas zustoßen sollte, das Manuskript der Polizei zugehen wird. Warum sollte sie also die Finger nach mir schnippen?*

In ein paar Wochen werde ich mir einen Wagen mieten und nach Mexiko fahren. In einigen Monaten dann werde ich wieder in Hollywood sein, in irgendeinem schäbigen Zimmer sitzen und darauf warten, daß das Telefon klingelt.

So schlimm das auch ist, es ist besser, als tot zu sein.

Lu Prentz war in niedergeschlagener Stimmung. Im Vorzimmer warteten vier scheußliche Penner auf ihn, die längst aus dem Stadium waren, wo irgendeine Filmgesellschaft sie verwenden wollte oder konnte. Er dachte an seine Liste von nahezu vierhundert solcher Nassauer, und es entmutigte ihn. Vielleicht war es Zeit, sich zur Ruhe zu setzen. Er war doch jetzt seit fünfundzwanzig Jahren im Geschäft. Er hatte massig zurückgelegt. Warum tagaus, tagein in diesem schäbigen Büro sitzen und Penner abwimmeln, die sich für unverändert wertvolle Ware hielten und so wertlos waren wie das Versprechen einer Hure?

Er sah durch das schmierige Fenster auf den Smog, der über Hollywood hing, und bejammerte sich. Ja, er würde sich zurückziehen. Er würde alles verkaufen und mit seiner Frau auf die Jungferninseln gehen und den Rest seiner Tage in der Sonne verbringen. Zum Teufel mit den Pennern, die da draußen warteten.

Seine Bürotür ging auf und Sol Hackenstein kam hereingefegt.

Sol war der Produktionsleiter eines kleinen aber erfolgreichen Fernsehsyndikats, das sich unlängst, mehr durch Glück als Verstand, in eine Goldgrube verwandelt hatte. Groß, dick, angetan mit einem hellblauen, gutgeschneiderten Anzug, machte Sol eine eindrucksvolle Figur.

»Hallo, Lu«, schrie er. Sol betrachtete sich gerne als große Persönlichkeit, und so schrie er immer. »Wann, zum Teufel, kaufst du dir endlich mal 'nen neuen Anzug?«

In Erwartung möglicher Geschäfte sprang Lu auf die Füße und bot seine Hand dar.

»Sol! Wie geht's dir, du Prachtstück? Du siehst ja millionenschwer aus! Wie läuft der Laden?«

»Brav, brav. Nimm dir 'ne Zigarre.« Sol zückte zwei Zigarren, hielt Lu eine hin, biß von der anderen die Spitze ab und steckte sie sich ins Gesicht. Er ließ sich auf dem Besucherstuhl nieder. »Herrgott! Kannst du keine bessere Arschstütze auftreiben als den?«

Lu zwinkerte ihm zu.

»Befreit schnell vom Abschaum, Sol. Was kann ich für dich tun?«

»Wer sind die Korken da draußen?«

»Vier der besten Charakterdarsteller in der Branche«, log Lu väterlich.

»Aha? Mir sahen sie wie Leichen aus«, sagte Sol. »Reden wir nicht davon. Sie sind dein Kopfweh. Ich hab' einen Job für einen von deinen Pennern. Er muß billig sein. Hör zu, ich hab' einen Vertrag mit International gestartet. Wir drehen eine Halbstunden-serie in zwanzig Folgen. Ist eine irre Story. Der Goldene Westen. Mir fehlt noch ein kaputter Revolvermann. Ich will Jerry Stevens, aber er muß billig sein.«

Lu machte ein Gesicht, als hätte er ein Stechen im Zahn.

»Kannst ihn nicht kriegen, Sol. Aber hör zu, ich hab' da einen Penner, der Stevens weit voraus ist. Er wird dir schmecken! Groß, Haare auf der Brust, reitet dir 'n Gaul wie frisch aus dem Zirkus, zieht flink, mit dem kannst du nicht fehlgehen.« Lu strahlte. »Shale McGivern. Er ist auf dem Weg nach oben.«

Sol zog an seiner Zigarre.

»Ich will Jerry Stevens. Die Jungs sind sich einig, daß Stevens der Typ ist.«

»Tut mir leid, Sol. Hast du's denn nicht gehört?«

Sol starrte ihn an.

»Was denn gehört, in Jesu Namen?«

»Er ist tot.«

»Tot? Wie kommt das denn? Was ist passiert?«

»Ich weiß auch nur, was in der Zeitung stand. Der Penner schuldete mir fünfhundertunddreiundzwanzig gottverdammte Dollar.«

»Glücklicher Mensch, daß du Zeit zum Zeitunglesen hast. Was ist passiert?«

»Dieser Dummkopf ist nachts im Swimming-pool von irgendeinem lausigen Motel vor Miami baden gegangen. Wie es heißt, hat er sich beim Tauchen den dummen Schädel gerammt. Man fand ihn ertrunken.«

»Herrgott!« Sol schnitt ein Gesicht. »Also fällt er flach für uns?«

»Das kann man wohl sagen. Er ist tot, und noch eins, was mich schafft«, sagte Lu. »Er hat doch glatt ein Buch geschrieben. Hat mir's geschickt vor dem Unfall. Dieser Penner! Ein Buch schreiben!«

Sols Augen verengten sich.

»Na ja, nun: Nieten schreiben eben Bücher. Wovon handelt es?«

»Wie, zum Teufel, soll ich das wissen? Ich les' keine Bücher. Ich hab' mit meinen Pennern mehr als genug am Hals. Ich gab es Liz. Sie liest Bücher. Ihr hat's gefallen, aber Liz gefällt alles. Sie hat keinen Geschäftssinn. Also hör mal, Sol, was ist mit Chale McGivern? Wie wär's mit einem Test, hm?«

Sol stand auf.

»Ich red mit den Jungs. Wir wollten Jerry Stevens.«

»Sagtest du schon. Du hast gehört, er ist tot.«

»Ja, ja.« Sol streute Asche auf Lus durchgewetzten Teppich, dann hob er die Schultern. »Nun, sie kommen, und sie gehen. Wir werden auch gehen, Lu.« Er blieb nachdenklich stehen, zuckte dann wieder die Achseln. »Bis demnächst, Lu. Du, kauf dir einen neuen Anzug. Ich red mit den Jungs.«

Lu beobachtete, wie er ging, dann seufzte er. Er streckte die Hand aus und drückte auf den Summer, damit Liz ihm den ersten der Penner hereinschickte.

James Hadley Chase, dessen Romane (er veröffentlichte bisher nur einen einzigen Band mit Kurzgeschichten) im Ausland auch unter den Pseudonymen James L. Docherty, Ambrose Grant und Raymond Marshall erschienen, ist einer der produktivsten und erfolgreichsten Autoren der modernen Thrillerliteratur. Und mit Sicherheit ist er auch einer der umstrittensten. Ein Vorwurf, den die Kritiker immer wieder gegen ihn erheben, ist das unterschiedliche Niveau seiner Bücher: Nach einem meisterhaften Thriller folgt schon mal ein schwächeres Buch und Chase schreckt auch nicht davor zurück, sich selbst zu kopieren. Wenn man bedenkt, daß Chase bisher fast hundert Bücher geschrieben hat, ist das aber wohl verständlich. Außerdem wird dabei leicht übersehen, daß Chase in über vierzig Jahren rastloser Thrillerproduktion eine ganz eigene Welt geschaffen hat; einen geschlossenen Kosmos aus Zynismus, Härte und Amoral. Der süchtige Chase-Leser – und nicht wenige sind nach seinen Büchern süchtig geworden! – will in erster Linie in diese Welt versetzt werden. Die Handlung ergibt sich dann meist von selbst in dieser Welt, wo jeder brutal versucht, seine eigenen Interessen durchzusetzen.

Ein weiterer Vorwurf, den man oft hört, betrifft Chases amoralische Weltsicht und die in seinen Büchern herrschende Gewalttätigkeit. Tatsächlich ist Chases Welt, die meist nur den Namen mit den geographischen Gegebenheiten gemein hat oder völlig fiktiv ist, mit einer Art Dschungel vergleichbar: Jeder kämpft gegen jeden und Allianzen sind nur kurz, kommen nur durch die jeweiligen Eigeninteressen zustande. Die Motive seiner Charaktere sind fast ausschließlich Gier nach Geld, Sex oder ein geradezu psychopathischer Haß. In der Welt des James Hadley Chase ist wenig Platz für edle Gefühle. Wenn man sie schon einmal antrifft, dann bei schwachen Außenseitern, wie die kleine Vietnamesin in dem grandiosen Roman *Lotosblüten für Miss Quon,* die letztlich durch ihre Selbstlosigkeit scheitern und sterben müssen und meistens auch noch – und hier dokumentiert sich die Größe von Chase's Zynismus – das Gegenteil von dem verursachen, was sie eigentlich wollten! Die wenig sympathischen Protagonisten von Chase gewinnen nur, wenn sie skrupelloser und gewalttätiger vorgehen als ihre Kontrahenten. Heinz Remus analysierte Chases Romane so: »Die brutalen Konkurrenzgeschichten von Chase spiegeln einen auf die Spitze getriebenen Kapitalismus wider. Sein sozial-darwinistisches Weltbild schließt Handlungen aus, die nicht von brutalem Vorteilsdenken getragen werden. Oft scheitern seine Protagonisten gerade an ihrer Unfähigkeit zur Kommunikation. Chase schildert eine Welt, die von Psychopaten bevölkert ist. Eine Welt, in der das Materielle höchstes Ziel ist und die Mann-Frau-Beziehung total verdinglicht ist. Kurz: Eine Welt, die unserer Realität sehr ähnlich ist.«

Und wer ist dieser James Hadley Chase?

Er wurde als René Brabazon Raymond am 24. Dezember 1906 in London geboren. Er besuchte die Schule in Rochester, Kent, und ging anschließend zur Luftwaffe, wo er auch das »Royal Air Force Journal« herausgab. Später wurde er Buchvertreter und als ihm bei dieser Tätigkeit James Malahan Cains Roman *The Postman Always Rings Twice* (gerade zum viertenmal von Bob Rafelson mit Jack Nicholson verfilmt) in die Hände fiel, nahm das Schicksal seinen Lauf. Das Buch beeindruckte ihn stark und darf als der entscheidene Einfluß auf Chase gewertet werden (es inspirierte ihn später zu einem seiner besten Romane: *Das Rasthaus des Teufels,[Ullstein Krimi 1751].* Innerhalb von sechs Wochen entstand sein erster Thriller, der neue Maßstäbe setzte: *Keine Orchideen für Miss Blandish,* das demnächst bei Ullstein wieder neu herausgebracht wird. Das Buch erschien 1939 und bis heute sind in aller Welt über zehn Millionen Exemplare verkauft worden; allein in den ersten fünf Jahren nach Erscheinen wurden über eine Million Exemplare in England und den USA verkauft.

Während die Thriller der zwanziger und dreißiger Jahre, wie sie von Edgar Wallace und Sapper geschrieben wurden, an Patriotismus und oft genug auch an faschistische Neigungen appellierten, beschrieb Chase in seinem emotionslosen Stil eine Welt, in der man nicht zwischen Gut und Böse unterscheiden konnte.

Von nun an rollte die Romanmaschine Chase auf Hochtouren: Manchmal schrieb er drei bis fünf Bücher pro Jahr! Über seine Arbeitsweise sagte er einmal: »Alles ist Phantasie. Sagen wir, daß ich dieses besondere Talent besitze, zu wissen, was die Leute fesselt. Ich weiß genau, daß ich meinen Büchern ein bißchen von diesem und eine Spur von dem geben muß, damit sie sich gut verkaufen. All das ist das Ergebnis von Überlegungen, von kommerzieller Berechnung. Ich beschreibe Amerika in den kleinsten Details und doch bin ich niemals in New York gewesen. Ich spreche von männermordenden, bildschönen und fatalen Frauen, aber ich habe keine einzige solche Frau kennengelernt. Ich beschreibe wahnsinnig brutale Schlägereien und dabei habe ich niemals einen Boxkampf gesehen. Ich bin glücklich verheiratet . . . Man kann sich das kaum vorstellen. Aber sobald es sich um meine Arbeit handelt, sehe ich die Frau nicht anders als die Hauptfigur, die den Tanz anführt. Ich bin überzeugt, daß die Frauen den Männern einwandfrei überlegen sind, im guten wie im schlechten, an Willenskraft und Entschlußfreudigkeit. Sie sind widerstandsfähiger, was Schmerzen anbelangt, sie haben mehr Energie, kurzum, neben ihnen sind die Männer im allgemeinen Waschlappen. Diese Regel wende ich in meinen Romanen an, aber ich bin überzeugt, daß es im täglichen Leben nicht anders ist. Ich bin ein rein kommerzieller Schriftsteller – und nichts anderes! Ich habe keine Botschaft zu vermitteln; ich brauche keinen Haß zu befriedigen; ich bin in meiner Ehe vollkommen glücklich und schreibe einzig und allein, um Geld zu verdienen. Es paßt mir so, wie es ist. Ich schäme mich nicht dessen, was ich mache, aber ich lege auch keinen Wert darauf, daß man mir Denkmäler setzt.«

Seinen größten Erfolg hat Chase übrigens in Frankreich. Von den zahlreichen Verfilmungen seiner Romane – es müßten inzwischen um die fünfzig Filme nach Chase-Stoffen sein – wurden die meisten in Frankreich gedreht. Das verwundert nicht, denn die amoralischen Geschichten von Chase atmen einen ähnlichen Geist wie die französischen Unterweltsromane und Gangsterfilme. In der französischen Kriminalliteratur wurde der gesellschaftliche Außenseiter schon immer heroisiert und Filme mit Lino Ventura oder Alain Delon stilisierten den Gangster zum Helden in einer hoffnungslosen kapitalistischen Welt.

Zu den Verteidigern von Chase gehören Georg Seeßlen und Bernt Kling; sie schrieben in ihrem »Lexikon zur populären Kultur« über ihn: »Zwar spart er nicht mit der Schilderung von Grausamkeiten, doch anders als etwa bei Spillane oder Fleming, die die Gewalt verherrlichen, versucht er, ein psychologisch fundiertes Bild der gesellschaftlich antagonistischen Kräfte, der Verbrecher und der Hüter des Gesetzes zu geben . . . Die Verbrecher bei Chase sind von einer spezifischen Tragik bestimmt, ihr Scheitern steht stellvertretend für das Scheitern der Randgruppenexistenzen, deren es in Amerika ja nicht wenige gibt. Doch indem sich der Verbrecher (der Unangepaßte, der moralisch ›anders‹ konditionierte) als tragisch empfindet, im Zustand der Erwartung eines rituellen Todes, desto mehr verzichtet er auf politische Emanzipation. In dieser Stilisierung liegt der Keim zu einer Ästhetisierung der Gewalt, die bei Chase oft als Befreiung, gar als Erlösung erlebt wird . . . Diese Romane spiegeln ein letztlich desolates Weltbild, in dem weder Gesetz noch Freundschaft verläßliche Werte sind.« Chase ist sich den sozialen Mechanismen unserer Welt sehr bewußt und geht durchaus kritisch mit ihnen um: In *Dumme sterben nicht aus* (Neuauflage in Vorbereitung) zeigt er zum Beispiel auf, wie ein ehemaliger Journalist und Häftling durch die Bosheit und das Unverständnis seiner Umwelt zur Kriminalität getrieben wird.

Kriminalliteraturgeschichtlich kann Chase für sich in Anspruch nehmen, den bitteren Realismus der amerikanischen Detektivliteratur auf den Thriller übertragen zu haben. Damit hat er den Thriller »erwachsener« gemacht und dieses Subgenre der Kriminalliteratur, über das die Afficionados vorher immer etwas arrogant die Nase gerümpft hatten, zu einer durchaus ernstzunehmenden Form der vielseitigen Kriminalliteratur. Wer seine Romane auf Zynismus und Brutalität reduzieren will, tut ihnen Unrecht und beweist damit nur seine oberflächliche Sicht.

Abschließend noch eine kleine Anekdote, die Chases Einfallsreichtum illustriert:

Vor mehreren Jahren hatte er für einen Roman ein – damals – ganz neues Überfallsystem ausgeknobelt: Ein überfallener Geldtransporter wurde nicht sofort ausgeraubt, sondern in einen Lastwagen verladen, in dem die Gangster alle Polizeisperren ohne Schwierigkeiten passierten. Nach Erscheinen des Romans wandten amerikanische Gangster diese Methode peinlich genau an und erbeuteten so fast eine Million Dollar! Chase dazu: »Das wären keine Gentlemen. Sie haben mir nicht einmal die üblichen zehn Prozent geschickt . . .«

Martin Compart